U0027031

S—I—G—N—A—L

信號

시그널

下

金銀姬——著
胡椒筒——譯

(((編劇的話)))

用 2 年時間寫下了這 16 集劇本，在此期間，最讓我苦惱的是該如何呈現故事裡的人物。雖然過程是孤獨、痛苦的，但託那些陪我一起苦惱的朋友的福，才有了《信號》的誕生。
感謝一起走到最後的金元錫導演，奪目耀眼的演員們，感激不盡的工作人員，以及成為堅強支柱的 tvN 電視臺；不畏辛勞、一直在身邊鼓勵我的編劇組世利和潤熙，還有 Astory 的朋友，再此向大家深表感謝。
仍有我們尚未解決的案件，我懇切的祈禱，20 年後，這些傷痛可以得到治癒。
不放棄才會有希望。

—金銀姬—

演員的話

無論何時開始新的作品，我內心都會感到興奮、激動——但《信號》這部作品可能是個例外，大概是因為了解那些苦痛後，才投入準備工作的關係。
儘管如此，我還是選擇了拍攝這部作品，只因那一句話：「都過去 20 年了，至少在你那裡，應該有所改變了吧？」可惜我們所在的現實，並沒有任何改變。
所以，我認為至少應該有人站出來吶喊，我希望可以從自己的嘴巴裡喊出來！這裡有悲痛，有力不從心的現實，還有一直吶喊著的我們。
從這層意義來看，《信號》不是讓人回想起無數痛苦的作品，它是這沉重世界裡的一線希望。

—— 李材韓／演員 趙震雄

珍惜再珍惜，一直珍藏在心中的 16 集劇本。
於是，你我的時間又這樣連接上了。

—— 車秀賢／演員 金惠秀

金銀姬編劇並沒有忘記，她透過《信號》再次展現了在那些流逝的時光裡，被遺忘的案件受害者及家屬的痛苦。在此向她表達真心的感謝。
讓我們熱血沸騰的《信號》如今轉換成文字，希望能夠感動更多人。

—— **朴海英／演員 李帝勳**

人們總稱我們為「戲子」，卻期望我們像「文人」一樣生活。有幸能參與這部蘊含時代精神的作品，身為「戲子」，《信號》讓我感到無比驕傲！

—— **金偕哲／演員 金元海**

她的文字真實牢固，在不眠與宿醉的深淵中，撈起這些文字匯集成書，希望可以給更多的人帶來安慰……

—— **金范洙／演員 張鉉誠**

信號……歪斜了的瓦片，屋簷下等待母親的孩子流著眼淚，未曾現身的母親……向著真實邁出一步。
童年時的陽光，燦爛的臉龐。總是令人想哭的無力感，殘酷的現實，如今卻成為充滿淚水的回憶……
「不……不好意思，我們之前是不是在哪裡見過？」
如今，孩子已經長大成人……

—— **安治秀／演員 鄭海均**

劇本用語說明

D（Day）	白天
N（Night）	夜晚
S（Scene，場次）	組成電視劇的單位之一。相同的場所、時間裡連貫的動作與臺詞，構成一個場次。
Insert（插入）	為強調特定的動作或情況而從中間插入畫面，使情節更加明確，場面表現更加淋漓盡致。Insert 一般使用於特寫場面與一般場面之間。
Montage（蒙太奇）	將不同時間、畫面剪輯在一起的技法，常用在快速體現情感、情節或人物思想的變化。
Tilt Down	攝影機垂直由上至下的拍攝手法。
Tilt Up	攝影機垂直由下而上的拍攝手法。
Zoon In	鏡頭慢慢朝目標拉近的手法。
Quick Zoom	快速的 Zoom In、Zoom Out。
Omit（刪除）	最終版劇本中指示省略鏡頭的用語。

編按：本書盡可能忠實呈現了編劇金銀姬創作的劇本原貌，此為最終版劇本，其中包含電視劇未播出的部分。

登場人物

車秀賢

20代～30代[1]（女）／長期懸案專案組刑警
講話簡潔有力，氣場十足，一個眼神、一個動作就能震懾旁人。於驚險的現場出生入死、資歷15年的資深刑警。

朴海英

20代～30代（男）／長期懸案專案組罪犯側寫師
20代後半段，警察大學畢業後晉級警衛[2]，堪稱警界精英，卻對世界充滿不信任。

李材韓

20代～30代（男）／重案組刑警
不懂得耍小聰明，一旦認定的事便會勇往直前的耿直刑警。在暗戀的女孩面前卻是個連眼神都不敢對視的害羞大男人。

金范洙

30代～50代（男）／警察廳搜查局長
追逐名利、亟欲出人頭地。

安治秀

30代～50代（男）／首爾地方警察廳廣域搜查隊股長
實際上是警察廳搜查局長金范洙的一顆棋子，過去在鄉下警局當刑警時，初次遇見李材韓。

張英哲

50代～60代（男）／國會議員
與大盜案、仁州女高中生案有關的國會議員。

金偕哲　**40代（男）／長期懸案專案組刑警**
和秀賢一樣，同屬振陽警局重案組刑警。

鄭憲基　**30代（男）／長期懸案專案組科學鑑識員**
外表看起來是個不折不扣的大叔刑警，卻有著背叛冷酷外表的細膩內心。

黃義景　**20代（男）／廣域搜查隊義警**
身強體壯，警局中的小鮮肉。在辦公室負責打雜、跑腿，常被前輩呼來喚去。

吳允書　**30代（女）／國家科學搜查研究院法醫**
從3公尺外看冷酷、性感、聰明，但站在30公分處跟她對話，就會發現是個輕浮的人。

朴善宇　**10代（男）／朴海英的哥哥**
被看不到的背後勢力陷害，成為仁州女高中生案的嫌犯。

幼年海英　**（男）／朴善宇的弟弟**
和哥哥感情非常好，幼年經歷家庭的不幸。

---

1 韓語中，表示年齡段用「代」指稱，如10代指10～19歲、20代指20～29歲，以此類推。

2 韓國警察位階由低而高依序為：巡警、警長、警查、警衛、警監、警正、總警。

目錄

第九集

S／1　　N，現在，廣域搜查隊辦公室，廣域1股長室

海英走近一張辦公桌，材韓的聲音也越來越響亮。「朴海英警衛？」海英慢慢拉開抽屜，裡面放著對講機。海英不可置信的慢慢取出對講機，這時才看到位子上的名牌「廣域1股長安治秀」。

海英　這個怎麼……

說著，對講機的信號不知不覺斷了。海英表情混亂。畫面移動，治秀靜靜站在海英身後，面無表情的盯著海英。

治秀　……朴海英。

海英下意識轉過身，治秀眼神冰冷的看著海英。

海英　（慌張、混亂）這個……為什麼會在股長這裡？這……（語塞）

治秀　（目光陰沉，看著）怎麼？那對講機又不是你的！

海英　（看了看）聽股長的口氣，是知道這個對講機是誰的囉？

治秀　你想知道？（看著對講機）那個，是李材韓刑警的。

海英吃驚的看看對講機，再望向治秀。

海英　（不可思議）這個……是李材韓刑警的對講機？

治秀　（看著）沒錯，是李材韓刑警像護身符一樣帶在身上的東西。15年前，調查李材韓刑警失蹤案的監察官室職員，在發現李材韓車輛的荒山附近搜查時發現的。一直保管在證物室，因為期限過了，正打算報廢處理。不過……那對講機怎麼會在你手上？

海英驚訝的望著對講機，稍稍遲疑後，看向治秀。

海英　……那您又是怎麼知道這對講機在我手上的呢？難不成……您在監視我？

治秀　回答我的問題。你和李材韓刑警是什麼關係？為什麼一直在調查李材韓？

海英　……怎麼？我想知道李材韓刑警不行嗎？還是說，關於李材韓刑警的失蹤，有什麼祕密是不能讓我知道的？

治秀的表情變得冰冷僵硬，邁開步伐上前，停在海英面前，瞪著海英。

治秀　李材韓刑警失蹤……沒有祕密。

海英與治秀都眼神犀利的互相瞪視。開門聲響起，只聽見「可惜啊，應該五花肉配燒酒的」、「等非常時期過了，再痛快的喝一杯吧」，姜刑警和文刑警聊著天走進來，兩人看到治秀和海英，都一陣詫異，停住腳步。

治秀　下次敢再碰我的桌子，可不會這麼輕易就算了。

海英　……我的東西，我要帶走。

海英轉身，從一臉詫異的姜刑警和文刑警身邊走過。治秀眼神冰冷，看著海英的背影。

S／2　N，海英的屋塔房[3]

海英坐在書桌前，靜靜看著對講機。

海英(聲音)　李材韓刑警像護身符一樣帶在身上的對講機……我發現的那天，原本要報廢處理的……

3 指位於房屋頂樓天臺的房子。

- Insert
- 第一集，S 19 ～ 22，貨車上傳來對講機的雜音和材韓呼喊海英的聲音：「朴海英警衛，我是李材韓刑警。」
- 回到屋塔房，海英依舊望著對講機。

海英(聲音) 當時，這個對講機被我拿到……真的是巧合嗎？

- Insert
- 第三集，S 69，海英望著錶。11點23分會報時的錶。
- 第五集，S 79，11點23分會發出「吱吱吱」聲響的對講機。
- 回到屋塔房，海英依舊望著對講機。

海英(聲音) 為什麼……是11點23分呢？為什麼……為什麼偏偏是我……為什麼？

海英陷入更深的混亂，毫無頭緒，不停苦思、困惑……

治秀(聲音) 15年前，調查李材韓刑警失蹤案的監察官室職員，在發現李材韓車輛的荒山附近搜查時發現的。

海英靜靜看著對講機。

海英(聲音) 李材韓刑警失蹤案……裡面一定藏著祕密……為什麼是我……這個對講機為什麼會開始……

在海英的眼神畫面中。

- Insert

第五集，S 11，海英在監察官室查看文件。文件標題「振陽警局重案組李材韓警查失蹤案調查報告」。跟隨著海英的視線，一張張快速翻閱，Quick Zoom 調查報告上的文字。

「2000年8月3日，金允貞誘拐案調查期間，不服從上級的出動命令，潛逃」
「2000年8月10日，李材韓警查失蹤案移交監察組」
「逮捕首爾東部地區非法走私器官組織成員金成汎，於審訊中陳述，向振陽警局重案組李材韓警查定期上繳費用」
「調查期間，除非法走私器官外的13起案件，隱瞞調查實情受賄私吞總金額2億1千萬元」
「察覺監察組進行調查的李材韓警查疑似潛逃」
「發現13號公路丟棄的本人車輛」
「8月3日以後，手機、信用卡均無使用」
「嫌犯所在地不明」「時效期滿終結調查」
在此畫面之中。

海英(聲音) 李材韓刑警是被人誣陷成貪汙的刑警後失蹤，是警察內部有幫手，製造了偽證陷害他……

– 第九集，S 1，廣域搜查隊辦公室，回到自己位子上的海英，慢慢轉頭看向治秀。

海英(聲音) 找到那個人……就可以知道李材韓刑警為什麼、如何失蹤……就可以查清真相了……

S ／ 3 **D，酒店辦公室**

成汎取出兩本帳薄和幾捆現金放在桌上，一邊數錢一邊記錄。這時，服務生1敲門走進來。

服務生1 （把信封放在桌上）老闆，有快遞。

成汎瞄了一眼信封，上面寫著「安治秀」。

成汎 （確認安治秀的名字後，看向服務生）出去吧。

服務生出去後，成汎打開信封，取出裡面的一張紙。「韓城大樓後的停車場，4點，不要使用手機，有關李材韓案件的指示。」

S／4　　D，大樓停車場

空蕩的停車場沒有一個人經過，成汎四下察看著，悄悄走進停車場，走到裡面的一根柱子旁停住，再次巡視四周。

成汎　　（低聲自語）要我裝死、老實待著到什麼時候？又把人呼來喚去的搞什麼？！

海英(聲音)　　讓你來就來，讓你走就走，還真是夠忠誠的嘛！

成汎嚇一跳，只見海英從柱子後走出來。成汎不知所措的看著。

海英　　快遞服務還真不錯，不會送錯地方，只送到那個人手上，還能在指定時間內送達……

成汎　　（心慌）你在說什麼？

海英　　（看著）……是安治秀股長吧？是他製造偽證、誣陷了李材韓刑警。

成汎　　（眼神遊移）……安治秀是誰？我不認識。

海英　　安治秀股長當然不可能一個人搞出這種事了，這局布得太大了——是誰在背後指使？

成汎　　（眼神轉為兇狠）我不知道，既然你那麼想調查，那就拿了調查令再來。

成汎轉身快步走掉。海英看著走遠的成汎背影。

S／5　　D，過去，街道某處

手推車上傳出1997年的流行歌曲，街頭牆上貼著當時上映的《傷心街角戀人》、《No.3》等電影海報，畫面移動，是1997年的繁華街道。

＊字幕 — 1997年12月1日

1997年的材韓與第六集，S 75出現的望元，躲在街道角落注視著對面。

望元　（用眼神示意街道對面）他就是我說的金成汎。

只見1997年的成汎身邊跟著兩個小跟班，走在街上。

望元　道上流傳，他前年搞的老鼠會騙了幾十個億呢。

成汎和小跟班朝停在街上的車走去，打開後車廂把提著的包包放進去，後車廂裡堆滿裝蘋果的箱子。材韓緊盯著蘋果箱。

望元　你找他幹嘛？
材韓　知道太多，對你不好。

S／6　D，過去，車內

材韓坐在車裡看調查報告。「江連洞老鼠會案，嫌犯：金成汎」，翻了幾頁，在最後看到「因證據不足結案」，材韓看到這裡，闔上報告，看到封面寫著「江連洞老鼠會案，負責刑警：江連警局重案組長金范洙」。

材韓　……超過20億的詐騙案，證據不足？……金范洙這個王八蛋真是膽大包天啊。

S／7　D，過去，刑警機動隊大樓大廳

材韓走進擺著閃亮聖誕樹的大廳，秀賢正在裝飾聖誕樹，看到材韓立刻上前。

秀賢　前輩，你去哪了？
材韓　關妳什麼事？

秀賢看著語氣冷淡的材韓走過，又跟上來。

秀賢　前輩，聖誕節要做什麼啊？（遞上2張電影票）我有2張免費的電影票，前輩和朋友去看吧……
材韓　（板起臉，停住）
秀賢　（看到材韓的表情，有些詫異）那個……我是想感謝前輩這段時間教我開車……
材韓　我不看電影。
秀賢　為什麼？
材韓　就是不看。

材韓說完，頭也不回的走了，留下秀賢一個人。秀賢心想，我又做錯什麼了……覺得灰心。

S／8　D，過去，刑警機動隊辦公室

警員聚集在寫著「1997年12月1日～12月31日，密集查處娛樂場所非法營業時間」的黑板前，聽著范洙指示。

范洙　根據下達的指示，從今天起要針對查處非法營業時間，刑機隊也加入轄區警局配合查處行動，隨時待命，有問題嗎？

所有人都很安靜，材韓慢慢舉起手。

材韓　　現在正值年尾、年初這麼亂，按照上級指示多辦幾件案子固然重要，可身為大韓民國刑機隊，不是更應該負責人民治安的問題嗎？

材韓拿起旁邊正濟桌上的搶劫犯照片。

材韓　　這個不錯。江南6起、江西5起，總共11起，傷天害理的搶劫犯，雖然不是能背後收黑錢的大案，但這些敲詐勒索被IMF搞得愁眉不展的市民的傢伙，也得抓起來吧？

范洙慢慢走到材韓面前，正濟和其他刑警緊張的看著，秀賢站在遠處，也很緊張的看著。

范洙　　你那麼想抓這個搶劫犯？
材韓　　如果我說是呢？
范洙　　（一腳踢在材韓小腿上）
材韓　　啊……（因為痛，照片掉了一地。然後怒火湧現，瞪視）
范洙　　看什麼看，我是你上司。
材韓　　（目光顫抖）
范洙　　既然那麼想抓，就去抓吧。但只許你白天去，晚上要是不參加行動，就記你不服從指示的過。應該會吃不消，但你肯定沒問題吧？
材韓　　（咬牙切齒）當然沒問題了。
范洙　　（冷笑）一定會很忙啊，早晚都要工作，還要暗中調查別人……（轉身朝其他警察）就到這裡，解散。
正濟　　老實點吧！聽他的話，我們也過得舒坦些，還能準時回家。
材韓　　你去聽他的吧，我做不到。
正濟　　哎，真是的……那個搶劫犯，以後我跟你一起抓。
材韓　　算了，我自己來。誰叫我不肯服輸呢。

秀賢站在一旁心疼的看著材韓，撿起掉在地上的照片，目不轉睛的看著。

秀賢　　可是……這能看清臉嗎？我是看不清……光靠這個怎麼抓啊？

材韓　　重案組刑警靠臉抓人嗎？靠的是韌性。

S／9　　過去，Montage

- 白天，修車行傳出吵雜的焊接聲，師傅正在修機車。修車行一角，材韓正與師傅聊天。黑色的機車，黑色的安全帽。材韓拿CCTV拍到的搶劫犯照片給師傅看。

材韓　　山葉Virago750，最近有人送這個型號來修嗎？

- 白天，材韓又到另一家機車行查訪。
- 白天，刑機隊辦公室。材韓坐在椅子上打瞌睡。秀賢心疼的看看材韓，低頭看搶劫犯的照片。
- 白天，秀賢坐在辦公桌前，目不轉睛的盯著搶劫犯照片。
- 其他日子，白天，秀賢坐在辦公桌前吃麵包、喝牛奶，一邊用電腦整理調查資料，辦公桌前貼滿搶劫犯的照片。
- 淩晨，女值班室。整夜在外工作回來的秀賢一臉疲憊，望著值班室一角貼著的搶劫犯照片。
- 躺下的秀賢在看照片。

秀賢　　……夢裡見。

S／10　　N，過去，街道某處

秀賢、材韓和正濟身著警服，帶著標有「正常營業時間外營業屬違法行為」的肩帶，走上娛樂場所聚集的街道執行任務。材韓和正濟站在啤酒屋門前與老闆爭執：「正是一年的關鍵時刻，偏偏在這時候查緝，叫我們怎麼過嘛！」秀賢默默站在一旁，忽然看到遠處岔路口停著一輛正在等紅綠燈的機車。騎機車的人體型很眼熟，引起秀賢注意。

秀賢　那個人……

瞬間，秀賢腦海中照片上的搶劫犯，與機車男的姿勢、體型完全吻合。

秀賢　那……那個……！（手指向機車男）那個人！搶搶搶劫犯！

材韓　（左顧右盼）什麼？在哪兒？！

秀賢迅速跑過去。材韓看傻了眼。

材韓　傻瓜嗎？不是那輛機車啊……喂喂！

燈號轉綠，機車男正要出發，秀賢衝向那輛機車，差點被汽車撞到。喂喂……材韓眼神驚慌。秀賢縱身一躍，懸在空中……

S／11　N，過去，刑警機動隊辦公室

秀賢蓬頭亂髮，似乎流了鼻血，鼻孔裡塞著衛生紙。畫面從秀賢的狼狽樣轉到目瞪口呆的正濟和其他刑警身上。材韓站在後面，雙手抱胸看著。

材韓　（受不了的樣子）妳是……瘋了吧？

正濟　就是說啊！幸虧那個人真的是犯人……來，給我們的老么鼓鼓掌。

刑警紛紛鼓起掌，但材韓還是臭著臉。秀賢這才露出笑容。

正濟　話說，妳是怎麼認出來的？他戴著安全帽，連臉都看不到啊……

秀賢　……（笑嘻嘻）夢裡……見到的。

刑警們吃驚的看著她。

材韓　看吧，我就說她是個瘋子……

說著，走出去。

正濟　（看著離開的材韓）那傢伙對立功的人怎麼這個態度？

秀賢也有些灰心，收起笑容，看著材韓走出去的背影。

S／12　D，現在，廣域搜查隊大樓走廊一角

上個畫面的秀賢，與在走廊上與海英講話、現在的秀賢相重疊。秀賢面無表情的望著海英。

秀賢　為什麼問起李材韓前輩？

海英　托他的福，我們才能找到線索抓住韓世奎啊。我想感謝他，所以想多了解一下……聽說他和安治秀股長都在振陽警局……他們關係好嗎？

秀賢　這麼看來……還真是奇怪啊。

海英　（看著）

秀賢　金允貞案、京畿南部案、韓世奎案……你感興趣的這幾起案件，怎麼都和李材韓前輩調查的案子有關呢？

海英頓時語塞。秀賢緊盯著答不出話的海英。

海英　（藏起不知所措的神色）這樣……啊？我不清楚……

秀賢　（看著海英）……我不太清楚前輩和安治秀股長的關係如何，李材韓前輩是派到仁州市調查案子時，他們才認識的。

海英　（表情瞬間僵住）仁州市……？

秀賢　怎麼？知道那地方？

海英　……是我老家。

秀賢　（看著海英）這麼說，你也聽說過那起案子了，1999年女高中生被集體性侵的案子。

海英　……（聽到性侵兩個字，表情更加僵硬）那起案子……也是李材韓刑警調查的嗎？

秀賢　是啊，前輩也是調查組的一員。

海英　（眼神顫抖）

秀賢　怎麼了？

海英　……沒事，謝謝妳告訴我這些。

表情僵硬的海英轉身走遠。在看著海英背影的秀賢畫面之中。

朋友（聲音）　朴海英的哥哥朴善宇，有過前科。

S／13　D，警察廳內部休息室（秀賢的回憶）

秀賢與胸前掛著「情報科」警證的警察坐在一起聊天。

秀賢　（很意外）犯了什麼罪？

朋友　妳聽說過仁州女高中生案嗎？就是那起女高中生被集體性侵的案子。朴善宇是當時受到處罰的主犯之一，在少年輔育院關了幾個月。原本朴海英面試警察大學時，這成為問題，但當時的主考官希望給在困境中長大的學生一個機會，所以才通過考試。

秀賢　……那他哥哥呢？現在還住在仁州嗎？

朋友　　……沒有。
秀賢　　（看著）
朋友　　從少年輔育院出來沒多久就自殺了。

秀賢感到吃驚，表情沉下來。

S／14　D，長期懸案專案組

大家都出門辦事了，辦公室空無一人。海英愣愣的坐在位置上，因為秀賢講的話而感到混亂，陷入沉思。這時，內線電話響起。

海英　　（接起）長期懸案專案組。
秀賢母親（聲音）（著急）車秀賢刑警在嗎？手機也沒接……
海英　　她不在，現在人在外面……
秀賢母親（聲音）（慌張語氣）這裡是她家，家裡好像遭小偷了！
海英　　（驚訝的站起）什麼？

S／15　D，秀賢家／客廳／廚房／秀賢的房間

門打開，海英快步走進屋內。秀賢母親神色驚慌，見到海英。

海英　　（著急的問候）您沒事吧？
秀賢母親　　那……那個……

海英快速檢查一遍屋內，客廳抽屜被拉出來、窗簾桿掉在地上，秀賢房間的門大開，書櫃也倒在地上，屋裡亂成一團。

海英　　（環顧四周）打112報警了嗎？
秀賢母親　　那個……真是太對不起了……不好意思……

這時，秀賢的侄子拿著玩具槍從秀賢房裡跑出來，撞到海英身上。

秀賢母親　（怒吼）這些小傢伙，要打你們一頓才肯聽話嗎？

海英傻眼。

- 過一段時間。

海英和秀賢母親坐在一片廢墟似的客廳。

秀賢母親　（尷尬、抱歉）我以為家裡遭小偷了……誰知道是那兩個小傢伙……搞成這樣……

海英　（表情無奈）那也算是萬幸了，還好不是小偷……

秀賢母親　對不起啊，這可如何是好啊？（說著）不過……再次見到你，還是覺得你好帥啊。

海英　啊？……謝謝。（害羞，不知道要說什麼，打算起身）沒事的話，那我先……

秀賢母親　（站起來）既然來了，也得喝點什麼再走啊（突然腰好像閃到了，扶著腰）哎喲……

海英　（嚇到）您沒事吧？

秀賢母親　沒事，不用擔心……（說著又痛起來）哎喲……

海英　（攙扶）先到這邊坐下吧。

秀賢母親　坐什麼啊。（看著周圍）我還得趕緊收拾屋子呢……

只見秀賢母親喊痛的聲音更大了，海英不知該怎麼辦才好。

- 過一段時間。

海英打掃著客廳，身後的秀賢母親半躺在沙發上。

秀賢母親　不是，那個不是放那裡，應該放到這邊上面……那個，你到底多大了啊？

海英　啊？喔……27了。

秀賢母親　喔，正合適啊……（說著）對了，既然都來了，能不能再幫我個小忙啊？

－ 海英把一袋20公斤重的白米倒進米桶，脫下外衣丟在一旁。秀賢母親守在一旁看著。

秀賢母親　家裡都沒個男人……秀敏的丈夫調到鄉下去了。
海英　喔……

－ 客廳，海英正在移動大型花盆。

秀賢母親　你說我們家秀賢是不是很童顏啊？她這點像我。
海英　（又忙又累）啊……是啊。

－ 秀賢房間，海英站在椅子上換燈泡。

秀賢母親　我們家秀賢明年開始就能領年金了……
海英　（眼裡進了灰塵）您開燈看看吧。

秀賢母親打開燈，燈亮了。

秀賢母親　好了。（看著海英）天啊，看看這汗，我去給你倒點飲料喝。

海英還沒來得及阻止，秀賢母親已經走出房間。海英從椅子上下來，秀賢房間的地上到處都是東西，這時，海英注意到一本外皮老舊的筆記本，拿起來一看，上面寫著「振陽警局　李材韓」，筆記本上面的年度寫著2000年。海英一張張翻閱，裡面記錄著從金允貞誘拐案到扒手、搶劫等大大小小的案件。海英迅速翻到最後一頁，發現筆記本最後的封面裡夾著一張紙條。看到紙條內容的海英，眼神沉了下來。這時，秀賢母親邊說：「來喝點飲料。」端著飲料走進來，海英下意識把紙條塞進口袋。

S／16　N，現在，海英的屋塔房

海英望著放在桌上的褪色紙條，上面寫著的內容：
「1989年京畿南部案件」
「1995年大盜案（振陽新都市開發貪汙案）」
「1997年紅院洞案」
「1999年仁州女高中生案」
海英靜靜看著紙條。畫面特寫紙條上的「京畿南部案」。在這畫面之中。

海英(聲音)　京畿南部……

－ Insert
第二集，S 57 ～ 58。

材韓　現在正在推測的失蹤場所沿著3號公路搜尋失蹤者李季淑。

海英　李季淑……五聖山？你是說京畿南部連續殺人案嗎？

－ 回到屋塔房，畫面特寫紙條上的「大盜案」。在畫面之中。

海英(聲音)　大盜……

－ Insert
第五集，S 45。

材韓　1995年發生的大盜案嫌犯，到底是哪個傢伙？

－ 回到屋塔房。

海英　都是我和李材韓刑警一起經歷的案子……

海英注視著紙條上寫的「1997年紅院洞案」和「1999年仁州女高中生案」。

S／17　　N，過去，紅院洞街道某處

建築旁的陰暗角落堆積著黑色垃圾袋，垃圾袋上方牆上寫著警告語：「禁止亂丟垃圾，垃圾需投放至指定場所，隨意亂丟垃圾經舉報將處以罰鍰。（廢物管理法第63項1條），紅院1洞事務所長」。
畫面從警告語轉移，看到多棟公寓緊挨著的紅院洞街道，被黑暗包圍著。一旁的便利商店如同光點般燈火通明。

S／18　　N，過去，便利商店內

尚美（女，20代後段）站在垃圾桶附近擺設的桌前，靜靜吃著三角飯糰，面前擺著一瓶礦泉水。尚美戴著耳機，吃著三角飯糰，手上戴的廉價銀戒非常顯眼。尚美有意無意的瞄了一眼櫃檯，剛好與看向自己的店員珍優（男，20代初段）對視。尚美嚇一跳，移開視線，當她再次看向珍優時，發現珍優仍在注視自己。尚美瞬間嗆到了，想打開礦泉水卻怎麼也打不開。這時，旁邊伸過來一隻手，珍優不知何時走了過來，他輕鬆的打開礦泉水，擺在尚美面前。

珍優　　吃慢點。

說完，走進倉庫。尚美看著珍優的背影，臉上隱約露出微笑。

S／19　　N，過去，紅院洞街道某處

人煙稀少的紅院洞街道。尚美戴著耳機、低著頭走在路上。她取出口袋裡的CD隨身聽播放下一首歌後，抬頭與迎面而來的人相撞。尚美看過去，正是珍優。尚美認出珍優，點了點頭。尚美感到心跳加速，快步走掉，背後傳來珍優的聲音，但因為戴著耳機沒聽清楚。尚美摘下耳機，轉身。

尚美　　什麼？
珍優　　可以……幫我一下嗎？

S／20　N，過去，紅院洞另一條街道某處

小跑跟在珍優身後、氣喘吁吁的尚美。

尚美　　（不停左顧右盼）什麼顏色的？傷得很嚴重嗎？
珍優　　（沒有任何感情的語調）白色。
尚美　　（心疼）得快點找到才行啊……

說著，聽見遠處傳來小狗汪汪的叫聲，尚美快步朝黑暗的空地跑去，小白狗被綁在那裡。

尚美　　是不是那隻小狗啊？

尚美心疼的快步走向小狗，跪在地上邊查看邊說：「還好嗎？」珍優從後面慢慢靠近，小狗卻好像更害怕了，開始汪汪大叫。

尚美　　（輕輕摸著小狗，安撫牠）怎麼會被綁在這裡呢？
珍優　　……是我幹的。

尚美心想，在說什麼啊？正要轉頭，一個黑色塑膠袋罩在尚美頭上，珍優堵住尚美的嘴。

S／21　N，過去，珍優家／廁所

頭上罩著黑色塑膠袋的尚美側躺著，雙手被綁在身後，動也不能動。昏暗的電燈像是用了很久。畫面移動，這裡是半地下房間內的廁所，雖然破舊，但地上的瓷磚很乾淨。地上放著兩個裝米的袋子和繩子。尚美呼吸漸漸急促、陷入極度恐慌，哀求著。

尚美　（嘴裡似乎咬了東西，發音含糊）救命啊……救命啊……

珍優坐在一旁看著哀求的尚美，眼神充滿憐憫。

珍優　……活得很累吧？
尚美　（哭出來）
珍優　（語氣淡漠）不能出聲喔……

尚美哭得更兇了，珍優看著尚美的眼神漸漸陰沉。

珍優　我來幫妳……

珍優的雙手慢慢伸向尚美的脖子。

S／22　N，過去，紅院洞商店街大樓後方

過了熱鬧人多的大馬路，就能看到商店街後僻靜的小巷。巷內到處都是垃圾和可回收廢物。流浪漢在巷子裡晃來晃去，找到一條丟在那裡的毯子，打開一看發現還能用，彷彿像撿到寶，開心得不得了。這時，流浪漢注意到毯子後放著一個大袋子，被繩子綁得很結實，感覺很有分量。流浪漢好奇的望過去，在袋子的縫隙間看到人手，手上戴著尚美的廉價銀戒。流浪漢嚇得「呃啊」大叫，跌倒在地。畫面中響起對講機「吱吱吱」的雜音。

S／23　N，現在，海英的屋塔房

海英望著紙條，聽到對講機傳出聲音，開始翻包包。

S／24　N，過去，街道某處

正在執行查緝非法營業任務的材韓、正濟和刑警走在娛樂場所聚集的街道。這時，傳來對講機的雜音。刑警和正濟都以為是自己的對講機，材韓也看了看自己的對講機。不是，材韓有種預感。

材韓　（朝正濟）我去一下廁所。

材韓迅速跑進無人的巷子，取出與海英聯絡用的舊型對講機，對講機亮起，頻率也晃動著，那頭傳來海英的聲音。

海英(聲音)　李材韓刑警？我是朴海英。

材韓　是我，李材韓。這段時間怎麼都沒消息？我還以為你真的把對講機丟了呢。

S／25　N，現在，海英的屋塔房

海英　這段時間對講機有響過嗎？除了我，你還和其他人講過對講機嗎？

S／26　N，過去，街道某處

材韓表情訝異。

材韓　響是響過幾次，但都沒有人回應。怎麼？發生什麼事了？

S／27　　N，現在，海英的屋塔房

海英看著拿在手裡的紙條。

海英　那裡……是哪一年？還是1995年嗎？
材韓(聲音)　1997年，已經過了2年了。

海英視線看向「仁州女高中生案」。

海英(聲音)　97年的話，是在仁州案發生2年前，李材韓刑警還不認識安治秀股長，也不知道仁州發生了什麼事……

海英陷入沉思，對講機傳來材韓的聲音。

材韓(聲音)　你那裡呢？是哪一年了？
海英　……還是2015年。
材韓(聲音)　什麼？還是老樣子啊！

說著，海英的視線移到「1997年紅院洞案」的字跡上。

海英　如果是1997年，那現在是在調查紅院洞的案子了？

S／28　　N，過去，巷子某處

材韓　（愣了一下）紅院洞？紅院洞發生什麼事了嗎？什麼案子？

S／29　　N，現在，海英的屋塔房

海英看著電腦畫面，在網站搜索欄輸入「1997年紅院洞案」，但沒有找到任何相關內容。

海英　我也不知道，網路上也找不到任何消息。之前學罪犯側寫時調查過很多案子，但都沒聽說過這起案子。

材韓(聲音)　你這麼說真是讓人不安，每次接到你的對講機我都害怕，這案子該不會也成了未結懸案吧？

海英　雖然不是很肯定……但當時在紅院洞的確發生了什麼事，因為你的筆記本上是這麼寫的。

S／30　N，過去，巷子某處

材韓愣住。

材韓　我的……筆記本？上面都寫了什麼？

海英(聲音)　你的筆記本後面夾著一張紙條。

S／31　N，現在，海英的屋塔房

海英看著紙條。

海英　上面寫著1989年京畿南部案、1995年大盜案、1997年紅院洞案……還有1999年仁州女高中生案。

S／32　N，過去，巷子某處

材韓吃驚的愣在那裡。

材韓　真的……那麼寫？你確定？

但沒有人回應。材韓看向對講機，不知什麼時候，信號早就斷了。材韓不安的盯著對講機，從口袋取出自己的刑警筆記本。不是振陽警局的筆記本，而是刑機隊的筆記本。他慢慢翻到最後一頁，取出自己夾在最後一頁的紙條，打開來……上面只寫著「1989年京畿南部案」「1995年大盜案（振陽新都市開發貪汙案）」。（同一張紙條，後面還會再寫下兩起案子的感覺）材韓注視著紙條，目光充滿不安。

S／33　　D，過去，紅院警局外景

S／34　　D，過去，紅院警局大廳

材韓走進紅院警局大廳，正打算去重案組辦公室，忽然看到正與同事刑警1聊天的鄭刑警（40代，男）從前面走來，材韓舉手打了聲招呼。

材韓　大哥！
鄭刑警　（認出材韓）

S／35　　D，過去，紅院警局某處

紅院警局休息室，材韓與鄭刑警坐在椅子上邊喝販賣機咖啡、邊聊天。

鄭刑警　你又跑來挖什麼啊？
材韓　我又不是採參人，挖什麼挖？只是路過來看看你。
鄭刑警　哎喲，算了吧。

這時，走廊上有被害人家屬和刑警經過。

材韓　怎麼氣氛這麼亂……出什麼事了？
鄭刑警　看吧。
材韓　算了，我才不好奇……（說著又湊上來）……什麼大案啊？
鄭刑警　死了個女人，不過很奇怪。
材韓　哪裡奇怪？

材韓一把搶過鄭刑警手上的調查資料。

材韓　我看看現場照片。

鄭刑警　　喂喂喂！

材韓已經翻開資料。看到現場照片，材韓的表情變得嚴肅。與發現尚美的地點完全不同，照片上的朱仁熙是在露天停車場被發現，屍體用涼蓆包著，然後用繩子捆綁。

– 回到紅院警局休息室，材韓盯著朱仁熙的照片。

鄭刑警　　這該死的傢伙……給死人頭上套什麼塑膠袋啊！
材韓　　被害人呢？
鄭刑警　　是住在這附近的女人。37歲，主婦朱仁熙。
材韓　　鎖定兇手了嗎？
鄭刑警　　目前有保險金的問題，所以先從家人著手調查。

材韓靜靜望著照片裡被涼蓆和塑膠袋包裹的朱仁熙。

刑警1（聲音）　　前輩！

材韓和鄭刑警望過去，刑警1和街道清潔員（60代，男）站在重案組辦公室門前。

刑警1　　最初發現者的供詞。

鄭刑警搶回材韓手上的資料，站起身。

鄭刑警　　別看了，再看，照片都要被你看出洞了。

材韓望著與刑警1一起走進去的街道清潔員。

S／36　　D，紅院警局門口

調查結束，街道清潔員從大樓裡走出來。材韓很自然的湊上前。

材韓　請問您有時間嗎？

S／37　D，過去，茶坊

材韓與街道清潔員相對而坐。

街道清潔員　一開始我還以為是誰把人型模特兒丟了呢，哪想得到是真人啊！現在想起來，我的心臟都跳個不停。
材韓　除了您，還有其他目擊者嗎？
街道清潔員　那我就不清楚了，當時嚇得我什麼也搞不清楚。（說著）我說，這是在模仿那案子的吧？
材韓　（看著）
街道清潔員　就是上次隔壁洞發生的女子被殺案。
材韓　（愣住）那是什麼意思？
街道清潔員　聽說幾個月前，馬路對面的巷子裡也有一個女人被殺，頭上套了個塑膠袋。在那裡工作的同事親眼看到……

材韓的眼神漸漸不安。

S／38　D，過去，刑警機動隊大樓外停車場

清晨，上班時間。范洙停好車走進大樓，這時，等在門口的材韓拿著照片快步走向范洙。

材韓　有事跟您回報。
范洙　（不耐煩）以後再說。
材韓　（擋住去路）紅院洞殺人案，很不尋常。

材韓把朱仁熙的現場照片遞給范洙。

材韓　這是幾天前在紅院警局發生的殺人案。被害人37歲，主婦朱仁熙。

接著，材韓又把被米袋包裹的尚美現場照片遞給范洙。

材韓　　這是2個月前發生的殺人案。被害人21歲，是附近工廠的員工尹尚美。

看著兩張照片的范洙，眼裡充滿緊張。

材韓　　棄屍的方法一模一樣，是同個兇手殺害了兩個女人。這是……連續殺人。

范洙　　……轄區警局沒有任何報告。

材韓　　一條街之隔，兩起案子的轄區警局不一樣。第一起歸銀昌警局，第二起歸紅院警局，所以站在轄區警局的立場，沒辦法把兩起案子連在一起。

范洙　　這不過是你的推測罷了。

材韓　　人都被殺了！日後說不定還會有人遇害！

范洙　　一年光橫死的人就有數百名，警察怎麼可能全都一一阻止？

材韓　　……（眼神冰冷的看著）如果這些人都是和韓世奎一樣的人，你也會這麼說嗎？這些人要是國會議員、財閥的女兒，你肯定早就舉雙手雙腳贊成調查了吧？

范洙　　（看著）如果是那些人，根本就不會遇到這種事，因為他們活在另一個世界……

材韓　　（氣憤，眼神顫抖）什麼？

范洙　　從隊長到廳長，沒有人願意接手連續殺人案，連續殺人的「連」字都不許再提。

范洙講完，一把推開材韓，走進大樓。

材韓　　（火冒三丈，冷冷看著范洙）現在我算是知道了，原來你是活在另一個世界啊。

范洙　　什麼？

材韓　　就像你說的，我和你活在不同世界，我一定會抓住這個兇手。雖然一年裡有數百人死因不明，但兇手出現在我眼前，我就絕對不可能放過他……那就是我生活的世界。

范洙　我不管你做什麼，但是……別把事情鬧大。

范洙目光冰冷，看了一眼材韓，慢慢走遠。材韓看著范洙，怒氣沖沖的轉身正要走，感覺有什麼不對勁，看過去才發現身著警服的秀賢藏在機動車後。

材韓　妳在那做什麼？
秀賢　那……那個……看到你們談話……怕打擾到……
材韓　（看了看，走掉）
秀賢　前輩。
材韓　（看過去）
秀賢　真的是……連續殺人嗎？
材韓　（看著）不用妳管，這件事跟妳無關。

材韓從秀賢身邊走過，秀賢望著走遠的材韓。

S／39　D，刑警機動隊隊長室前（Omit）

S／40　D，現在，國科搜外景

S／41　D，現在，國科搜走廊

秀賢快步跑在走廊上，前方可以看到特殊驗屍室。

S／42　D，現在，國科搜特殊驗屍室

秀賢敲門走進來。允書和研究員正在檢驗白骨，允書像是預料到秀賢會出現，毫不驚訝的看著。

秀賢　聽說東義山發現了白骨？

允書　　今天也白跑一趟了。身高000cm，是體型矮小的女性。

秀賢表情失望，看了眼不鏽鋼檯子上擺放的白骨後，正打算走出去，突然發現什麼，停住腳步。平臺邊放著的資料夾上夾著白骨現場照。秀賢拿過資料，眼神顫抖的看著照片。允書看向秀賢。

允書　　包得很完整吧？用大塑膠袋裹住全身，又用繩子綁起來。托兇手的福，屍體完整保存下來了，死因也很明確，舌骨骨折，是頸部壓力導致窒息而死。

秀賢的眼神急劇顫抖。放下資料。允書詫異的看向秀賢放下資料的手，秀賢的手一直在發抖。

允書　　怎麼了？哪裡不舒服嗎？

秀賢默不作聲，站在那裡，目光變得渙散。

S／43　D，長期懸案專案組

秀賢、海英、偕哲和憲基聚在一起開會。秀賢看起來很沒精神。海英注意到那樣的秀賢。

偕哲　　我們來冷靜想想長期懸案的含意。就是指長期沒有破獲的案子，那麼究竟為什麼沒有破獲呢？是誰、如何、為什麼行兇殺人，這些幾乎都沒有查出來。大韓民國有史以來，像這種沒有破獲的神祕案件，最具代表性的，正是五大……
憲基　　（打斷）你那五大洋都不覺得煩嗎？
偕哲　　五大洋有什麼好煩的，都還沒開始查呢。
憲基　　聽你嚷嚷這麼久，感覺五大洋早就結案了。
偕哲　　所以我說，這次調查……
秀賢　　紅院洞怎麼樣？

海英一愣，看向秀賢。

偕哲	紅院洞？第一次聽說。
憲基	我也是。
海英	那是什麼案子？
秀賢	（表情嚴肅，語氣淡定）1997年，首爾紅院洞，2個月內，在距離不到1公里的範圍發現2名被害女性的屍體，死因都是頸部受壓窒息而死。特殊點在於棄屍的方式，兇手在被害人頭上套了黑色塑膠袋，再用米袋或涼蓆把身體包得密不透風。
偕哲	根本是個瘋子啊⋯⋯
海英	為什麼會變成懸案呢？
秀賢	初期調查很糟糕，兩起案子分別由不同轄區警局負責，因此兩起案件的調查無法整合，當時還鬧出保險金問題，雖然以遺屬為中心展開調查，但最後排除了所有人的嫌疑。

大家一語不發，看著現場照片。

偕哲	⋯⋯如果車刑警說的是真的⋯⋯那這案子怎麼看都像⋯⋯連續⋯⋯
憲基	不要說！太不吉利了！
海英	⋯⋯連續殺人的可能性相當高。

大家看向海英。

海英	從被害人的遺棄形態來看，特徵相當明顯，案發時間、場所也很接近，但還不能這麼快就下結論。根據FBI報告指出，至少要有3名被害人，而且作案期間存在冷卻期，並確定被害人是在不同情況下遇害時，才能被定義為連續殺人。
秀賢	⋯⋯如果還有一名被害人呢？

大家看向秀賢。

秀賢　　昨天在東義山發現了一具白骨……

— Insert
東義山某處，在遠離登山客走的路徑旁傳來狗叫聲，登山客詫異的看過去。登山客1扒開樹叢朝那邊走去，聽到腳步聲後，狗跑掉了。登山客1看到地上被狗挖出的坑，嚇得摔了一跤。後面跟上來的登山客也受到驚嚇，只見被狗挖開的地方有一個藍色塑膠袋，塑膠袋裡露出人手形狀的骨頭。

S／44　　D，國科搜特殊驗屍室

畫面與特殊驗屍室不鏽鋼驗屍檯上的白骨重疊。秀賢退後，站在後面，海英嚴肅的看著白骨，問旁邊的允書。

海英　　身分確認了嗎？
允書　　從失蹤者資料庫比對出DNA一致的人。被害人姓名徐英貞，2001年失蹤，失蹤當時年齡35歲。
海英　　失蹤時住在哪裡？
允書　　……據說是紅院洞。
海英　　（吃驚）確定是紅院洞嗎？

海英感到不安，秀賢也很緊張。允書瞄了一眼緊張的秀賢。

允書　　車刑警，今天也不舒服嗎？昨天看起來臉色也不好……這也不是妳要找的白骨，幹嘛這麼緊張啊？
秀賢　　沒事。（打算出去）
海英　　車刑警在找白骨？
允書　　同一組的連這都不知道？車刑警一直在找身高185cm，

肩膀有鋼釘的白骨。

聽到允書的話，海英愣住。

秀賢　　（推了一下海英肩膀）既然身分確認了，我們去見遺屬吧。

S／45　D，國科搜走廊

秀賢和海英走出特殊驗屍室。秀賢走在前面，海英直直盯著秀賢的背影。

- Insert
- 第五集，S 11，監察官室的調查資料，材韓的身體特徵，2000年材韓的照片，身高185cm，「右側肩膀有因固定鋼釘手術留下的疤痕」。
- 第七集，S 46，送走閔成後的專案組。

偕哲　　20年忘不掉一個人，怎麼可能？借出去的錢沒要回來倒是有可能。

秀賢　　……也有可能忘不掉。

- 回到國科搜走廊，海英跟上秀賢的腳步。

海英　　（突然）……妳有喜歡的人？

秀賢　　別在那邊想像，不是你想的那樣。

秀賢加快腳步。海英盯著秀賢。

S／46　D，工廠前某處

海英、秀賢坐在工廠前的長椅上，與看起來像工廠員工的英貞丈夫（40代後段，男）談話。

丈夫　　昨天都告訴警察了啊。
海英　　您妻子失蹤前有沒有什麼不對勁的地方？比如被人威脅……或是……
丈夫　　她幾乎都不外出，因為得了產後憂鬱症。
秀賢　　（眼神遲疑）……產後憂鬱症？
丈夫　　所以一開始我也以為她是跑去哪裡自殺了。誰知道……竟然就在這麼近的地方……

秀賢表情突然變得僵硬。海英注意到那樣的秀賢。

S／47　D，工廠外的停車場

秀賢表情僵硬的朝停車場走去，海英跟上秀賢。

海英　　怎麼了？哪裡不舒服嗎？
秀賢　　……一模一樣……作案手法、處理屍體的方法……被害人特徵……和1997年一模一樣……

海英表情嚴肅的看著秀賢。

S／48　D，過去，工廠

6、7臺縫紉機，女工坐在縫紉機前不停重複作業。工廠角落設置的小型辦公室裡，材韓拿出尚美的照片，正和工廠老闆講話。

老闆　　尚美的性格有點那個……人都走了，說這些不大好，但她不愛笑也不愛講話……總是一個人獨來獨往。
材韓　　她有提過最近感到不安或被人跟蹤嗎？
老闆　　不知道……休息時間也不和大家來往，沒聽她提過，整天就坐在角落聽音樂。

S／49　　D，過去，客運站售票處

小型的郊外客運站售票處窗口，女職員（20代，女）站著靠近玻璃窗，一臉不耐煩的回答材韓的問題。

女職員　都說我和那個死掉的大嬸不熟了。
材韓　售票處總共就兩名職員，總會知道點什麼吧？
女職員　她是個很難親近的人，性格憂鬱，一點幽默感也沒有。
材韓　（懷疑的看著）
女職員　不愛講話，臉上也沒有表情，整天聽那種死氣沉沉的音樂……反正我是跟她合不來。

S／50　　D，過去，街道某處

幽靜的街道某處，材韓邊走邊思考著。抬頭看過去，只見聽著耳機、低頭走來的尚美幻影。接著，另一條街上同樣走來聽著耳機、低頭走來的仁熙幻影。尚美和仁熙的幻影交錯……
在這畫面之中。

材韓（聲音）　體型、身高、年齡、髮型和職業……都不一樣，兩名被害人身上完全找不到共同點。

尚美和仁熙的幻影走過去，彷彿要相遇了。

材韓（聲音）　雖然住的地方很近，但上下班的路徑不同，也沒有共同的目的地……

尚美和仁熙的幻影，越來越近。畫面特寫，兩人耳朵上的耳機。

材韓（聲音）　唯一的共同點……耳機。兩名被害人平時總是聽憂鬱的音樂……

尚美和仁熙的幻影擦肩而過，材韓看到的幻影消失得無影無蹤。

S／51　　D，過去，刑警機動隊辦公室

安靜的刑機隊辦公室。大家熬了一整晚，到處都是拼起兩張椅子睡覺的刑警。材韓也趴在自己位子上打瞌睡，桌上放著喝光的牛奶盒和空麵包袋。資料整理到一半才睡著，桌上到處擺著紅院洞的調查資料：被害人照片、個人資料、整理的訪查紀錄⋯⋯這時一隻手伸過來拿起調查資料，畫面移動，是秀賢。秀賢拿起資料看了看，又整理好放回桌上，心疼的望著熟睡的材韓。只見材韓的筆記本上寫著「耳機」「憂鬱傾向」的字跡，上面畫著大大的圈。

S／52　　D，過去，紅院洞附近街道某處

清晨，秀賢望著尚美工作的工廠，打開帶來的地圖查看，地圖上有兩處紅筆打叉的地方，以及兩處藍筆打叉的地方。紅色的地點是尚美的工作場所和家，藍色的地方是仁熙的工作場所和家。

秀賢(聲音)　只要能找到兩名被害人路線重疊的部分，就有希望了。

秀賢看著地圖，戴上耳機、朝尹尚美家的方向走去。

S／53　　過去，Montage

- 白天，秀賢走在紅院洞附近的街道上。
- 夜晚，秀賢從朱仁熙工作的客運站朝朱仁熙的住處走去。秀賢的神情比以往看起來黯淡。
- 秀賢在紅院洞附近街上確認地圖，地圖上已經用紅筆和藍筆畫下許多條路線。

S／54　N，過去，街道某處

秀賢戴著耳機，看著地圖走在路上，用手搥了搥痠疼的腿。這時抬頭望去，前面有一家燈火通明的便利商店。聖誕節裝飾的彩燈一閃一閃的亮著。

S／55　N，過去，便利商店

秀賢隨著門鈴聲走進便利商店，默默走到飲料區從保溫櫃裡取出一罐飲料。身後的櫃檯裡，珍優正望著秀賢的背影。秀賢取出一罐熱的罐裝咖啡到櫃檯付帳，疲憊的低著頭。珍優也一聲不吭的掃描商品條碼，接過秀賢的萬元鈔票，再找零給她。秀賢看了看四周，走到吃泡麵的角落，站在那裡望著漆黑的窗外喝起咖啡。耳機裡傳來憂傷的歌曲。珍優靜靜望著秀賢。

S／56　N，過去，街道某處

秀賢回到街上，戴著耳機，只看著地面低頭走著。身後有人注視著秀賢。秀賢經過後，出現一雙緊跟在秀賢身後的運動鞋。秀賢以一定速度走著，身後男人的腳步卻越來越快……秀賢和男人的運動鞋畫面交錯，男人彷彿就要追上秀賢。這時，秀賢察覺背後有人，猛的轉頭，嚇了一跳，跟上來的男人是材韓。

秀賢　（摘下耳機）前輩。
材韓　妳在這兒做什麼？
秀賢　（答不上來）喔……那個……
材韓　（看著）妳看紅院洞的調查資料了？所以跑來查看被害人的移動路線？別自己亂往火坑裡跳，回去做妳該做的去。

秀賢　……可是……

材韓　我叫妳回去。

秀賢　……死掉的被害人……

材韓　（看著）

秀賢　……太可憐了。

材韓　（看著）

秀賢　我走了一遍被害人走過的路，一路上看到的只有地上的垃圾、按摩店的傳單，陰森森的鋼筋混凝土……

材韓這才注意到周遭的環境，幽暗的巷子，破損的宣傳單，工地露出鋼筋混凝土，陰鬱的街頭風景。

秀賢　一路上沒有一點生氣，也沒有任何好看的東西，甚至連個說話的人都沒有……生活已經很辛苦了，每天看到這樣陰暗荒涼的景色，我也快要憂鬱了。

材韓看了看提不起精神的秀賢。

材韓　所以我才要妳回去啊。吉祥物要像個吉祥物，在隊長發現之前，趕快回去做妳該做的事。

材韓說完，轉身走掉。材韓不明白自己的用意，讓秀賢心裡很不是滋味。秀賢深深嘆口氣，邁著沉重的步伐朝反方向的公車站走去……忽然，秀賢停住腳步，再次轉身望向紅院洞漆黑的街道。

S／57　D，現在，廣域搜查隊，廣域1股長室

放在治秀桌上的失蹤者名單，治秀不解的看向海英及站在後面的秀賢。

治秀　這是什麼？

海英　1997年到2015年，紅院洞一帶的失蹤者名單。（一張

張翻給治秀看）跟之前的被害人一樣，又有3名有憂鬱傾向的女性失蹤了。

治秀　在說什麼呢？

海英　昨天發現的徐英貞也許不是最後一名被害人。發現白骨的東義山，請允許我們追蹤調查。

治秀　（看著）

海英　（焦急）可能還會有其他被害人。

治秀靜靜望著海英嚴肅的眼神。

S／58　D，現在，東義山某處

發現屍體的現場被警察以封鎖線圍起，幾十名義警手拿鐵鍬，在發現屍體的附近搜索。距離現場稍遠的地方站著海英、秀賢、偕哲和憲基。

偕哲　啊，真是搞不懂。安治秀股長（瞄一眼海英）不是討厭朴警衛嗎？

憲基　就是說啊，我還以為他肯定不會同意搜查呢。

偕哲　是吧？話說回來……這裡真的還會有屍體？

海英　這條登山路去年才對外開放，CCTV也是最近設置的。據說之前這裡幾乎沒有人出沒，而且距離這裡最近的登山入口與1997年案發的紅院洞北側相連。考慮到移動距離，這裡可說是最適合偷偷埋藏屍體的地點。

組員們互相對望。

海英　這裡是兇手精心挑選的地點，如果要埋藏屍體……一定會是這裡。

秀賢表情僵硬，盯著搜索過程。海英注意到秀賢的表情。

海英　車刑警，關於這個案子是不是還有知道的情報？

秀賢　（慢慢看向海英）

海英　97年發生的兩起案件，屍體都像故意要展示一樣，遺棄在人來人往的地方，2001年卻選擇埋葬。兇手的作案模式發生了變化。

秀賢　（遲疑）

海英　（似乎看穿秀賢）……這是為什麼？妳知道對吧？

秀賢　……97年發生的紅院洞案，除了被殺的兩名被害人，還有一名被害人。

海英　這是什麼意思？

秀賢回想當時發生的事情，表情漸漸陰沉。

S／59　N，過去，刑警機動隊

回到刑機隊的材韓走回自己座位，發現秀賢不在位子上。材韓坐到自己的位子，問旁邊打瞌睡的正濟。

材韓　點五沒回來？

正濟　沒有，沒看到人啊。

材韓坐在座位上，秀賢的空位讓人放不下心。

S／60　N，過去，女值班室

關著燈的女值班室傳來敲門聲，但沒有人回應。材韓又敲了敲門，見沒人便開門、打開值班室的燈，空無一人。

S／61　N，過去，刑警機動隊辦公室

材韓在打電話。

材韓　　您好。我是車秀賢巡警的前輩，有點急事想找車秀賢……（說著）還沒……回家？

材韓感到不安。

S／62　　N，過去，紅院洞街道某處

秀賢仍舊走在街上尋找線索。一首歌播完，過到下一首歌的空檔，聽到某處傳來小狗的叫聲。秀賢心想這是什麼聲音？環顧四周，循著聲音傳來的方向慢慢走去。出現了尚美被綁架的空地，那隻小白狗被綁在那裡。秀賢看到小狗，走上前去。

秀賢　　怎麼了？哪裡受傷了？

突然，小白狗又害怕得叫起來。秀賢詫異的看著小狗，身後有人影快速靠近秀賢。秀賢來不及反應，頭上已被套上黑色塑膠袋，一隻手摀住秀賢的嘴巴。

S／63　　N，過去，街道某處

材韓來到 S 56 和秀賢分開的地方，巡視附近。接著向前走，擔心的環視四周，但沒看到秀賢。

S／64　　N，過去，珍優家／廁所

伴隨著水滴聲，畫面漸漸轉亮，但仍一片漆黑，是罩著黑色塑膠袋的秀賢視線。透過半透明的塑膠袋，隱約可以看到一處照明……不安、喘著粗氣的呼吸聲。沙沙作響的塑膠袋聲。畫面切換，是珍優的家和廁所。與尚美一樣，秀賢的雙手被綁在身後，整個人陷入恐懼，顫抖著。

S／65　N，過去，街道某處

材韓越來越不安，開始加快腳步尋找秀賢。

材韓　車秀賢！……點五！

S／66　N，過去，珍優家／廁所

恐懼中，秀賢顫抖著看到的畫面。有人朝自己走來，透過半透明的塑膠袋感受到有人靠近自己。秀賢受到驚嚇，呼吸更加急促。在秀賢身邊蹲下的人摸著秀賢的頭。

珍優(聲音)　……活著……很辛苦吧？

秀賢也被堵住了嘴，雖然喊著「呃……呃……」的救命聲，聲音卻發不出來。

珍優(聲音)　不能出聲……不然會挨罵……

秀賢更拚命的喊叫，但聲音就是發不出來。

珍優(聲音)　等一下……我會讓妳舒服的……

感覺到珍優漸漸走遠，接著聽到「咯噔」的開門聲，某處吹來一股冷風。腳步聲逐漸走遠，接著是關門聲。秀賢確認再也沒有腳步聲了，搖晃著身體站起來，用綁在身後的手摸索牆壁，小心的邁開步伐。

S／67　N，過去，街道某處

「碰」一聲，秀賢衝出門外，摔倒在地。套著塑膠袋的秀賢視線晃動。風吹來，塑膠袋更緊貼在臉上。因為緊張，秀賢的呼吸更加急促，彷彿隨時會有人上前拍自己肩膀。秀賢突然跑了起來，透過半透明的塑膠袋，模糊的看到路燈的燈光若隱若現。秀賢視線晃動不安，摔倒了，再跌跌撞撞的爬起來繼續跑。透過半透明的塑膠袋，秀賢的視線忽然撞到一個黑影，撞擊的瞬間，秀賢眼前一片漆黑。

S／68　　N，過去，另一條街道某處

持續奔跑、尋找秀賢的材韓，一邊呼喊：「車秀賢！車秀賢！」一邊跑著，忽然感覺到巷子裡有人，朝裡面望去，看到巷子深處秀賢的腳。材韓嚇得愣住，快步走向秀賢。只見秀賢頭上綁著黑色塑膠袋，雙手被綁在身後，倒在巷子裡。該不會……死了？材韓伸出顫抖的手撕開塑膠袋，秀賢突然睜開眼睛。材韓見秀賢沒死，鬆了口氣，但秀賢受到驚嚇，像瘋了似的認不出材韓，拚命想要逃脫。材韓喊道：「喂！醒醒！」想讓秀賢鎮定下來，但無濟於事。最後，材韓一把摟緊秀賢，才讓她鎮定下來。

材韓　　沒事了……現在沒事了……

秀賢雖然沒有完全擺脫驚嚇，但在材韓的懷裡稍稍放鬆下來，像個孩子哭了起來。材韓緊緊抱著哭泣的秀賢。

S／69　　D，現在，東義山屍體發現現場

聽了秀賢的敘述，海英、偕哲和憲基都緊張的看著秀賢。

秀賢　　……我……真的以為就此結束了……因為在那之後……再也沒出現被害人……

海英靜靜看著秀賢，正想開口再問些什麼時，遠處傳來巡警1的呼喊。

義警1（聲音）　找到了！

秀賢、海英、偕哲和憲基吃驚的望過去，然後迅速跑過去，望向義警們看著的地面。被挖出來的泥土裡看到用氣泡布包裹的屍體頭部，不透明的氣泡布下可以看到黑色塑膠袋。秀賢的眼神劇烈顫抖。臉色蒼白的義警2從另一處跑來。

義警2　……那邊也……也有異常。

組員們吃驚的看著。
– 過一段時間。
治秀快步走向發現屍體的現場。等在入口處的偕哲見到治秀，點頭行禮。

偕哲　在那邊。

偕哲帶路，走到秀賢、海英和憲基聚集的地方。治秀到後，秀賢、海英和憲基一起望向某處。

治秀　又發現……被害人了？
秀賢　……是的……但是……不只3個人。

治秀愣住，看著。大家慢慢讓開視野，治秀看向大家望去的地方，嚇得定住。現場鋪開的防雨布上並排擺著白骨。有8具白骨被帳篷、破舊的涼蓆、黑色塑膠袋、紙箱、氣泡布、毯子、編織袋等捆綁住。

治秀　這……
秀賢　（臉色蒼白）加上昨天發現的白骨，共有9具屍體。

海英　……極有可能是同一個兇手殺害後埋葬，嫌疑最大的……是1997年紅院洞殺人案的兇手。

S／70　N，過去，巷子某處

接S 68，有人盯著在電線桿旁抱住秀賢的材韓。遠處的路燈下，珍優靜靜望著兩人，退後幾步，消失在黑暗裡。

S／71　D，現在，東義山屍體發現現場

海英表情嚴肅的望著白骨。

海英　……兇手……沒有停止殺人……

發現白骨的現場，海英、秀賢還有其他組員看著白骨。過去的珍優望著秀賢和材韓，接著消失在黑暗裡，畫面交錯。

第九集　終

第十集

S／1　D，現在，警察廳小會議室

會議室裡安靜得彷彿掉下一根針也能聽見。黑暗的室內，伴隨「喀嚓」聲響，大螢幕上出現被害人、咖啡廳服務生李惠映的照片。

秀賢（聲音）　李惠映，2000年9月失蹤，失蹤當時年齡27歲。

下一個畫面是主婦徐英貞與孩子的合照。

秀賢（聲音）　主婦徐英貞，2001年5月失蹤，當時年齡35歲。

被害人的照片依序出現，隨著照片轉換，秀賢的聲音響起。

秀賢（聲音）　朴亞英，2004年3月失蹤，當時年齡25歲；盧賢美，2005年10月失蹤，當時年齡43歲；朴世靜，2006年推測是在4月失蹤，當時年齡28歲；金潤敏，2008年1月失蹤，當時年齡39歲；南宮善，2010年4月失蹤，當時年齡31歲；李美廷，2011年6月失蹤，當時年齡23歲。

在照片與秀賢的聲音畫面中，可以看到小會議室聚集的人們。表情嚴肅的注視螢幕的警察廳長，包括范洙在內的局級幹部，還有坐在一旁的治秀與正在簡報的秀賢。隨著最後的「喀嚓」聲出現的照片，被毯子包著，頭上綁著黑色塑膠袋的白骨。照片畫面中，響起秀賢的聲音。

秀賢（聲音）　包括……尚未確認身分的最後一名被害人，共在東義山西南面發現9具白骨。

螢幕照片切換成發現白骨的現場照。

秀賢　屍體分別用涼蓆、紙箱、大塑膠袋等包住，在頭部綁有黑色塑膠袋的狀態下被埋葬。

廳長　……也就是說，是同個兇手所為的連續殺人案？

秀賢　……是的，可以這樣推測。

范洙向秀賢投去銳利的目光，屋內出現低微的嘆息。

秀賢　這並不是全部。

秀賢調整畫面，螢幕上出現1997年紅院洞殺人案的被害人尚美和仁熙的照片。

秀賢　這是1997年發生在紅院洞一帶的未結懸案被害人，包裹屍體的方法、犯案手法等都與這次發現的屍體幾乎一致。

所有人看向大螢幕，表情更加嚴肅。

廳長　……這是怎麼回事啊？當時警察沒抓住兇手才又死了9個人？你們到底都在幹什麼？！這件事要是被媒體知道，輿論可是會爆炸的，這局面要怎麼阻止啊！

范洙　……阻止不了，也不能阻止。

廳長　（氣憤）什麼？

范洙　這是有9名被害人的連續殺人案，想控制媒體是不可能的。

廳長　那現在是要自暴自棄、承認警察無能嗎？

范洙　……把這案子交給長期懸案專案組吧。

秀賢和治秀看向范洙。

范洙　從京畿南部開始，這個組破獲了各大重要案件，受到外界信任。因為過去警察的失誤留下的未結懸案，就交給專案組解決。這樣一來，輿論也會平靜下來。

廳長　……（掃視其他局長）大家有什麼想法？

警務局長　搜查局長的建議非常好。

廳長　……好吧。廣域搜查隊全力支援專案組，案件調查情況透過搜查局長，直接向我匯報。

治秀　明白了。

S／2　D，警察廳走廊

會議結束，局長們一個接一個走出會議室。范洙最後一個出來，走在走廊上，看到前面像是在等自己的治秀。范洙瞥了一眼治秀，正要走過去。

治秀　……您是故意的吧？

范洙　（看著）

治秀　您是盼著專案組破不了這個案子吧？想把責任都推給專案組，好把他們解散……不是嗎？

范洙　怎麼？你這是擔心起自己的手下了？所以……朴海英背地裡調查金成汎的事也不跟我報告嗎？

治秀　（愣住）

范洙　（眼神冰冷）這案子要是失敗，倒霉的可不只專案組。

治秀看著無情的范洙轉身走掉的背影。

S／3　D，廣域搜查隊辦公室／長期懸案專案組

在一片心煩意亂的氣氛中，廣域搜查隊的刑警等待著命令。位於辦公室最裡面的長期懸案專案組員也一臉沉重。或坐或站的人們目光都集中在秀賢身上。

海英　……告訴我們吧。妳被綁架時究竟發生了什麼？為什麼沒抓住兇手？

S／4　　N，過去，刑警機動隊辦公室

秀賢經過緊急包紮後，坐在那裡手拿一杯熱水。材韓、正濟和其他刑警圍住秀賢。

正濟　　沒事嗎？是不是該住院啊？

材韓　　（眼神充滿擔心，但硬裝作不在乎）說吧。

秀賢　　（眼神顫抖）不……不知道，因為什麼也看不見……

材韓　　車秀賢，妳不只是被害人，妳是刑警。

秀賢　　（看著）

材韓　　綁架妳的人已經殺了兩個人，要想抓住他，必須倚靠妳的記憶。

正濟　　我說，也沒確切的證據，幹嘛這樣啊？隊長不是也說，把這看成單純的綁架案來調查嗎？

材韓　　（不理會正濟，看著秀賢）說說看，沒辦法看到，那總能聽見什麼吧？

秀賢　　……聲音……

大家集中在秀賢身上。

秀賢　　水……我聽到水滴的聲音……

滴答、滴答……從水龍頭滴下水滴的聲音越來越大。

– Insert

珍優家的廁所，水槽中滴著水。秀賢頭罩黑色塑膠袋，雙手被綁在身後，靠著牆坐在那裡。珍優靠近。聽到聲音。

珍優(聲音)　　……活著……很辛苦吧？……不能出聲，出聲會挨罵……

– 回到刑機隊辦公室。

秀賢　　……聽聲音像是年輕的男人……還有……手。

－ Insert

珍優家的廁所，珍優把手伸向秀賢的脖子。

—回到刑機隊辦公室。秀賢漸漸感到痛苦，無法再回想下去。

秀賢　　……手又細……又冰，然後說要我等一下……就出去了……門開了，吹進冷風……我想，現在不逃出去，就會死在這裡。於是我站起來……開始找門……可是……

說著，秀賢想起當時的情況，被恐懼包圍，閉緊雙眼，回想這件事讓她痛苦。

秀賢　　我做不到。

材韓　　繼續說。

正濟　　喂，讓人家休息一下……

材韓　　（抓住秀賢的雙肩）車秀賢，看著我。

秀賢　　（閃躲視線）

材韓　　（硬要秀賢看著自己）看著我。現在沒事了，把一切說出來。

秀賢　　（感到痛苦，說不出話，但還是艱難的開口）……找到了……門……

－ Insert

－ 珍優家。從廁所走出來的秀賢。貼著牆，朝剛才發出聲音的地方，用手摸索移動著。摸到一旁的衣櫃，秀賢打開衣櫃一邊的門摸到裡面，衣櫃裡掉出一隻死了的女人的手。秀賢發覺自己摸的是屍體冰冷僵硬的手時，恐懼襲來，全身開始顫抖……

－ 回到刑機隊，材韓和其他刑警都表情僵硬，盯著秀賢。

秀賢　　（想起當時，渾身顫抖）……

正濟　　真的……是屍體？
秀賢　　不清楚……但那隻手……很冰……
材韓　　妳怎麼逃出來的？

- Insert
- 珍優家。秀賢陷入恐慌，瘋狂的沿著牆壁尋找大門，終於在一面牆上摸到大門。門縫吹進冷風。就是這裡。秀賢拚命抓住門把想打開門，但就是打不開。從門外看到的畫面，門外掛著生鏽的門閂。門裡面，秀賢打不開門，更加恐慌，開始用盡全力撞擊大門。終於，門開了。
- 回到刑機隊，秀賢顫抖不已，材韓、正濟和其他刑警一語不發的看著秀賢。

材韓　　然後呢？
秀賢　　我一直跑，但是……撞到了什麼後就昏過去了，等我再睜開眼睛，就看到了……前輩……
材韓　　（看著）往哪個方向跑的？
秀賢　　……一直往前跑……但什麼也看不見……
材韓　　……跑了多久？
秀賢　　不知道。
材韓　　仔細想想。
秀賢　　……10分……15分鐘左右。
材韓　　還有別的嗎？
秀賢　　……味道……
材韓　　什麼味道？
秀賢　　……逃出來的時候……聞到臭水溝的味道……

刑警們互看一眼。

正濟　　紅院洞有條排水溝。（問秀賢）聽到流水聲了嗎？
秀賢　　不知道……
材韓　　想想看。

秀賢　　好像聽到了……聽到流水的聲音……

正濟　　（看了看）好了，別再問了。紅院洞排水溝附近，有廁所的1樓住家，獨居的男人。有了這些情報，很快就能找到。（對秀賢）回家休息吧，或者去醫院……誰把她送回去。

S／5　　N，過去，刑警機動隊大樓前

秀賢低頭坐在機動車後座，機動車出發。材韓和正濟站在一旁目送秀賢離開。

正濟　　（車剛開走）喂，人都嚇成那樣了，你就非得這麼對她嗎？

材韓沒有回答，走回大樓裡。

正濟　　上哪去？

材韓　　（眼神殺氣騰騰）兔崽子……我非殺了他不可。

S／6　　過去，Montage

- 白天，刑機隊辦公室。
  整面牆上貼著紅院洞一帶的地圖。地點上畫著點，以點為中心連著幾條直線到大排水溝。正濟在大排水溝附近標出圓圈，寫下「推測綁架場所」的字跡。

正濟　　有廁所或水槽的1樓住家，20代初中段，單身男子。

- 白天，珍優家。水槽的水龍頭滴著水。一隻手扭緊水龍頭，正是珍優。他默默整理倉庫裡的繩子和箱子。畫面慢慢移動，看到除了廁所、衣櫃和廚房洗碗槽，沒有一扇窗戶、破舊的半地下屋內。
- 白天，洞事務所。刑警們指著紅院洞地圖上用紅筆圈起來的地方。職員拿出資料簿查找獨居的單身男子。刑警們奮筆疾書。

- 材韓和正濟在秀賢被綁架、綁著小狗的空地附近搜查。小白狗不見了。
- 夜晚，清理乾淨的珍優家。衣櫃門已關好，珍優看了看屋內，熄了燈。黑暗的室內。
- 發現秀賢的地點附近，材韓和正濟向居民打聽。但居民什麼也不知道，直搖頭。
- 材韓和正濟從某個住家走出來。這次也沒有任何收穫，表情鬱悶。
- 夜晚，珍優鎖好門走出來，是簡陋、偏僻的獨戶住宅小門。珍優慢慢走向只亮著一盞路燈的方向。走到十字路口時，刑警們的車從珍優面前駛過。
- 夜晚，車內。刑警1瞥了一眼珍優走來的那條路。

刑警1 那邊呢？

刑警2 （看看筆記本）那邊沒有獨居的男人。

- 夜晚，十字路口某處。
  珍優望著漸漸遠去的車，轉身走向車子遠去的反方向。

S／7 D，現在，長期懸案專案組

海英、偕哲和憲基在聽秀賢說話。

秀賢 ……以為馬上就能抓到兇手了，但是……最終還是一場空。隨著時間經過，當時擔任隊長的金范洙局長下令結案。

海英 ……結案？死了兩個人，警察都差點被殺了！（鬱悶）要是當時抓住兇手……那9個人也不會死了。

偕哲 無論現在還是過去，沒有幹部喜歡接手連續殺人案。

憲基 沒有動機啊。僅憑想殺人的衝動，殺死不確定數目的人，根本找不到特定的線索。現在抓住的連續殺人犯都是靠市民舉報，或無意間發現的線索才抓到人的。

借哲　累得半死也找不到線索，還到處被罵無能……每當這種時候，就得有倒楣的人出來擔責任、被炒魷魚。這次也一樣，萬一抓不到人，我們就得揹黑鍋，一句話，就是踩到屎了。

S／8　D，現在，廣域搜查隊辦公室，大會議室

會議室正面設的大螢幕上出現從2000年失蹤的李惠映到2011年最後一位身分不明的被害人，推測身高000cm和年齡20代後段～30代。秀賢面對治秀及廣域搜查隊刑警，正在說明情況。

秀賢　除了最後一具屍體尚未確認身分，我們走訪了其他8名被害人的家屬，訪查後得到一個值得注意的事實。8名被害人中有3名住在紅院洞，其他5名在失蹤當時因工作、搬家、結婚等原因，經常到紅院洞附近。

秀賢切換大螢幕畫面，出現了1997年尹尚美和朱仁熙被發現的現場照。

秀賢　包括1997年的2名被害人在內，所有被害人都與紅院洞有關，發現屍體的東義山西南面也與紅院洞北側地區相連，根據這點推測，兇手自1997年開始到現在，很可能一直工作或生活在紅院洞。

治秀　除此以外，還有其他線索嗎？

秀賢　（看了看治秀和重案組刑警）連續殺人，特別是這起案件，與過去的連續殺人案一樣，罪犯側寫的角色非常重要。接下來，會講解到目前為止有關兇手的罪犯側寫結果。

秀賢朝海英使了個眼色，走下來。海英上臺準備講解。重案組刑警的目光異常冷漠，坐在後面的姜刑警自言自語：「真是晦氣……」覺得沒有必要聽下去，起身正要走出去。

海英　大家也都知道，我只懂得理論，對調查不過是個門外漢。

刑警們莫名其妙的看向海英，姜刑警也停住腳步，轉過身。

海英　所以接下來我要講的只是理論上的內容。抓住兇手後，可能會覺得我講得很荒謬、是毫無意義的推測。還請各位在調查時做為參考。

姜刑警一副「倒要看看這小子講什麼」的表情，雙手抱胸站在那裡看著。其他刑警也注視著海英。

海英　從東義山發現的白骨的包覆方式及埋葬情況來看，可以推測兇手的性格非常縝密、細心。

S／9　D，便利商店

第九集，珍優工作的另一家便利商店。整理商品架的手指甲很乾淨。畫面慢慢移動，是正在整理商品、現年30代中段的珍優，穿著整潔、髮型俐落。在畫面中響起海英的聲音。

海英（聲音）　服裝或髮型很可能由於強迫症，處理得非常整齊俐落。住所、工作場所也會整理得非常乾淨。

畫面看到珍優整理的商品，排成一排，整齊極了。

S／10　　D，現在，廣域搜查隊辦公室，大會議室

海英仍在講話。

海英　　包裹屍體需要大量時間，兇手應該擁有不會受任何人打擾、自己專屬的處理場所，很可能是沒有院子的獨棟住宅。如果家裡有院子，埋在院子裡就可以了，不必大費周章把屍體搬到東義山。此外，被害人特徵中有一點非常值得注意。被害人的年齡、外貌、身高都不相同，但有一點相同，就是都患有憂鬱症或有憂鬱傾向。

S／11　　D，便利商店

珍優回到櫃檯，從包裡取出藥瓶、吃藥。在畫面中響起海英的聲音。

海英（聲音）　　這種情況下，兇手極可能具有相同的傾向或症狀。也就是說，兇手很有可能是憂鬱症患者。

這時，伴隨著自動門鈴聲，20代後段的昇燕走進來，她外表雖然可愛，卻不注重打扮。昇燕拿起泡麵走到櫃檯，連頭也不抬。珍優留心觀察這樣的昇燕。
– 過一段時間。
昇燕吃著泡麵，感覺有人在看自己，轉頭瞄到靜靜盯著自己的珍優。昇燕覺得奇怪，繼續吃泡麵。

海英（聲音）　　並且，觀察被害人需要相當長一段時間，因此兇手會在可以一直觀察被害人的地方。

S／12　　D，現在，廣域搜查隊辦公室，大會議室

海英　　當務之急是要找到被害人共同去過的心理諮商室，或經常光顧的店家。集中調查被害人從家到工作場所的路線中，常去的地方和共同認識的熟人等。

治秀　（看看海英，又看向秀賢）車秀賢，妳怎麼看？

秀賢　我同意他的說法。

治秀　那好。重案一組負責調查被害人工作場所、同事及其他熟人。重案二組負責分析被害人移動路線。專案組集中精力，負責調查最後一名被害人的身分。

秀賢　還有一件事。

大家　（望過去）

秀賢　還有一個……唯一目擊過兇手的證人。

S／13　D，現在，廣域搜查隊辦公室走廊

刑警們穿好外衣，各忙各的任務去了。秀賢從會議室走出來，朝專案組走去。海英跟上來，一把抓住秀賢。

海英　妳真的要接受催眠？

秀賢　你的興趣是一個問題問兩遍嗎？

海英　就算是警察，經歷了那種事，心理也會留下創傷的，妳確定這麼做沒關係嗎？

秀賢　這件事應該更早以前就做的……都是因為我……那些人才……都是因為我沒抓到兇手，她們才會遇害。

海英　妳不是沒看到兇手長什麼樣子嗎？

秀賢　……雖然沒看到臉，但說不定能找到他的住處。在我的記憶裡，一定可以找到線索。

S／14　N，催眠室

昏暗的房間，秀賢躺在沙發椅上，望著天花板昏暗的照明，身旁坐著誘導催眠的催眠師。

催眠師　現在閉上眼睛，深呼吸。

秀賢閉上眼睛，大口吸氣

催眠師　　空氣進到妳身體裡，體內每個角落都得到放鬆，徹底得到放鬆，注意力集中在呼吸上。

S／15　　N，催眠室隔壁的觀察室

治秀、海英、偕哲和憲基在觀察室，透過玻璃窗望著躺在沙發椅上的秀賢。

S／16　　N，催眠室

催眠師觀察到秀賢漸漸被催眠後，誘導她回想當時的記憶。

催眠師　　現在是1997年12月20日晚上，妳被人綁架了。

緊閉雙眼的秀賢感到恐慌，表情顯得扭曲。

- Insert
  頭上被綁著黑色塑膠袋的秀賢視線。
- 回到催眠室。

催眠師　　別的記不起來沒關係。我們回到從那裡逃出來的時候，有感覺到冷風吹嗎？

S／17　　N，過去，Montage

- 「哐噹」一聲，門被撞開，秀賢跌倒在地。

催眠師（聲音）　之後怎麼了？
秀賢（聲音）　……我摔倒了……味道……
催眠師（聲音）　什麼味道？
秀賢（聲音）　腐壞的味道……臭水溝的味道……

催眠師（聲音）　接著發生什麼事？

彷彿馬上就會有人撲過來，秀賢害怕的站起身，開始向前跑。透過黑色塑膠袋看到右側的路燈，發出昏暗的光亮。

S／18　N，現在，催眠室

催眠師不停向躺在沙發椅上被催眠的秀賢提問。

催眠師　之後發生了什麼事？
秀賢　……一直跑……向前……但什麼也看不見……

- Insert
- 過去，秀賢再次撞到牆壁、摔倒在地。摸著粗糙的牆壁想站起身時，頭撞到圓形的大門把。秀賢站起來繼續向前跑，左側再次晃動著路燈的光亮。
- 回到催眠室。秀賢彷彿回憶起當時的情景，呼吸變得急促。

催眠師　還在跑嗎？
秀賢　是的……一直向前跑……但是……

- Insert
- 過去，奔跑著的秀賢撞到了什麼。
- 回到催眠室，催眠師問躺著的秀賢。

秀賢　……撞到了什麼。
催眠師　撞到什麼？看到了嗎？

突然，秀賢大口喘氣，一直搖頭。

秀賢　我好難受。

催眠師　沒事的，妳很安全，慢慢呼吸。

但是秀賢的呼吸更加急促，看起來很痛苦。催眠師朝觀察室的窗戶搖頭，表示無法再進行下去了。

S／19　N，同一場所

秀賢從催眠中清醒，臉色很難看，坐在椅子上。海英、偕哲、憲基和治秀站在秀賢身邊。

海英　沒事吧？
偕哲　做了催眠也還是找不到有關兇手家的任何線索，還是和以前一樣啊。
秀賢　（臉色雖然難看，但看向治秀）我再試一次，也許錯過了什麼，不……好像錯過了什麼。
海英　別做了。利用車刑警的記憶尋找兇手住處，是過去失敗的調查方法。那之後又出現了9名被害人，現在最好集中精力調查那9名被害人。
治秀　朴海英說得沒錯，失敗的調查方法沒有必要再重複，把精力集中在確認最後一名被害人的身分。

治秀走出催眠室，偕哲和憲基不可思議的互望，低聲。

偕哲　剛才安治秀股長說朴海英說得沒錯，你聽到了吧？不是我聽錯了吧？
憲基　……由恨生愛也是夠可怕的。

海英像是沒聽見兩人的對話，擔心的看著秀賢。秀賢努力保持冷靜，但還是可以看到顫抖的手。

S／20　N，過去，紅院洞街道

材韓在流淌著水的大排水溝附近敲著住家大門，但屋內沒人回應。材韓鬱悶的看著手中的地圖，在上面畫下「×」。這時，對講機響了，材韓趕快取出對講機走進巷子深處。

材韓　朴海英警衛？是我。
海英（聲音）　是，我在聽。
材韓　1997年紅院洞，黑色塑膠袋……是吧？

S／21　N，現在，廣域搜查隊大樓停車場，車內

海英看著對講機。

海英　沒錯，就是那個案子。

S／22　N，過去，紅院洞街道某處

材韓一臉快要抓狂。

材韓　該不會沒抓住那個瘋子吧？

S／23　N，現在，車內

海英　……是的，還沒有抓住兇手。現在我們也在調查，所有被害人都與紅院洞有關，除了發現她們有憂鬱傾向，還沒找到任何關鍵的線索。當時，你那裡有沒有發現被害人之間其他的共同點呢？

S／24　N，過去，紅院洞街道某處

材韓　被害人都是連家附近的雜貨店都不會去的害羞性格，主要移動路線也都不同。（鬱悶）殺了兩個人，我們機動隊的老么也差點死在他手裡，一定要抓住這該死的傢伙！

S／25　　N，現在，車內

海英　　（聽著）機動隊老么……是車秀賢刑警嗎？

S／26　　N，過去，紅院洞街道某處

材韓　　（愣住）你認識車秀賢？你怎麼知道車秀賢？

S／27　　N，現在，車內

海英　　車秀賢刑警是我們的組長，首爾廳長期懸案專案組。

S／28　　N，過去，紅院洞街道某處

材韓　　（不可思議）組……組長？車秀賢？點五？哇……真是我今年聽到最震撼的消息了。你們組的運作正常嗎？

S／29　　N，現在，車內

海英　　（覺得材韓的反應很有趣，淡淡的笑了）怎麼？車刑警做事很糟糕嗎？

S／30　　N，過去，紅院洞街道某處

材韓　　何止糟糕啊！車秀賢連機動車都開不好，竟然當上了組長？哇……

S／31　　N，現在，車內

海英　　那時她似乎受到很大的打擊……她人還好嗎？就算是警察，被兇手綁架了，打擊一定不小。

S／32　N，過去，紅院洞街道某處

材韓頓了一下。

- Insert
- S5，坐在機動車後方、低著頭的秀賢。
- 回到紅院洞街道某處。

材韓　……她會撐下去的。雖然她車開得很糟糕，卻是個很有擔當的人。

海英（聲音）　……請你親自告訴她這些吧。

材韓　（不明白海英的意思）什麼？

S／33　N，現在，車內

海英　光在心裡想，對方是不會知道的。你親自告訴她這些，會成為她堅持下去的力量。李材韓刑警告訴她這些的話……會成為她更大的力量。

材韓（聲音）　我嗎？為什麼？

海英　就是……感覺會那樣。（說著）不過，你……不好奇嗎？現在……2015年的你會是什麼樣子……

S／34　N，過去，紅院洞街道某處

材韓靜靜望著對講機。

材韓　……我呢，連我爸去算命都討厭。以後過得好壞，知道了又有什麼用？反正自己的人生自己做主……要是到時你見到我，看到我糊里糊塗的過日子就給我一巴掌，打醒我……

S／35　N，現在，車內

海英聽著對講機，仍然不放心材韓的未來。

海英　刑警，其實……你……

說著，對講機的燈熄滅了。海英心情十分複雜。

S／36　N，過去，紅院洞街道某處

材韓看著對講機，心裡也感到不安。

S／37　D，現在，廣域搜查隊辦公室，小會議室

姜刑警、文刑警以及搜查隊刑警，還有偕哲，正與治秀一起開會。

姜刑警　在已經確認身分的被害人周圍進行了調查，因為被害人不與人來往，除了家人幾乎沒什麼朋友，和同事也只是打招呼而已，根本沒有可以觀察這些被害人的人。

文刑警　被害人上、下班的路線、經常去的地方也都調查過了，都是幾乎足不出户的人。雖然這些被害人都住在紅院洞，但共同點只有搭乘地鐵或公車這些大眾交通而已，通勤的時間和搭乘的公車路線也都不同。

治秀　（鬱悶）也就是說沒有找到線索了？還沒有確認身分的被害人呢？

偕哲遞給治秀一張照片，是當時發現屍體時，被害人穿著的外套照片。

偕哲　這是發現屍體時，被害人穿著的外衣。根據死者穿的羽絨服來看，失蹤時間應該是冬季。我到這件衣服的製造廠查過，這件衣服是在2014年首次生產，也就是說，

被害人很有可能是在2014年以後失蹤。

S／38　D，國科搜特殊驗屍室

不鏽鋼驗屍檯上擺著一具白骨，海英和允書正在談話，秀賢一語不發的站在後面。

允書　雖然用全國失蹤人口資料庫比對了DNA，但沒有找到相同的人。沒有接受過牙科治療，也沒有做過手術。檢驗了屍體後，從骨頭中檢測出大量水銀，雖然不到致死量，但死者應該長期與水銀有過接觸。
海英　還有別的嗎？
允書　還有一點很奇怪。其他死者的塑膠袋都是從正面打結。

－ Insert
發現白骨時的照片。套在屍體頭部的塑膠袋，打的結都在前面。
－ 畫面回到國科搜。

允書　也就是說，兇手是看著被害人的臉套上塑膠袋的，但這具屍體不一樣，塑膠袋的結打在後面。也就是說，兇手是從身後套上塑膠袋，還有舌骨骨折的模樣也不一樣。
海英　什麼意思？
允書　其他被害人都是從正面用雙手掐住脖子窒息而死，但從這具屍體的骨折形狀來看，是從背後勒住脖子窒息而死。（用手臂從身後摟住海英的脖子示範）像這樣。
海英　……您的意思是，兇手對待這具屍體時，是從背後下手。
允書　沒錯。
海英　……這具屍體……是被毯子包裹。
秀賢　（看著）
海英　……毯子……柔軟又溫暖的材質……沒有看著臉……處理屍體的方法發生了變化。兇手的心理產生了變化。

秀賢　　什麼意思？

海英　　如果狀態發生變化，就一定有理由。這名被害人牽動了兇手的情緒，如果能確認這名被害人的身分，就能找到有關兇手的線索了。

S／39　D，便利商店

昇燕坐在窗邊的桌前吃泡麵，如同第九集，S 18的尚美一樣。昇燕也注意到珍優，偷偷看向櫃檯。珍優也意識到在注意自己的昇燕。

S／40　N，烤肉店

滋滋的烤肉聲，烤盤上烤著五花肉。烤肉店裡鬧哄哄的聲音，烤盤上方舉起的燒酒杯。坐在角落裡的昇燕也勉強舉起酒杯，碰了一下杯，但沒喝一口就放下。同事們有說有笑，昇燕被冷落在角落插不上話，一直用筷子亂撥著小菜。烤肉店外，透過玻璃窗可以看到昇燕被冷落的孤單模樣，沒有人跟昇燕講話。珍優站在馬路對面，面無表情的觀察昇燕。

S／41　N，街道某處

到處響著聖誕歌，昇燕提著裝有橘子的黑色塑膠袋走在滿街都是幸福的情侶之間。昇燕低著頭、無精打采的慢慢走著。注視著昇燕背影的視線，是尾隨在昇燕身後的珍優。昇燕步伐緩慢，珍優也放慢腳步，視線固定在昇燕駝著背、有氣無力的背影。這時，昇燕慢慢轉彎消失，珍優緩緩跟上，轉過彎，突然停住。先轉彎的昇燕沒提好塑膠袋，橘子掉了一地，昇燕趕忙撿起掉在地上的橘子，撿起最後一個掉在轉角處的橘子時，視線與珍優相對。珍優面對突如其來的狀況顯得不知所措，昇燕也不知該如何是好，看著珍優。昇燕把最後撿起來的橘子塞到珍優手中，害羞得轉身快步走掉了。珍優看著手裡的橘子，眼神急劇顫抖，像是見到什麼可怕的東西，把橘子丟在地上，轉身跑走。

S／42　N，珍優家

珍優回到家，躲進衣櫃旁的角落，大口喘氣，眼神顫抖。隨著珍優的視線，看到廚房洗碗檯旁，抱著膝蓋、蹲坐角落的幼年珍優（7歲，男）。眼神悲傷的珍優穿著破舊的衣服，好像幾天沒有洗澡的頭髮亂七八糟的。家裡像冰庫一樣冷，珍優不停發抖。

珍優母親（聲音）　兒子，很冷吧……媽媽讓你暖和些。

– 珍優母親把兒子塞進紙箱，蓋上蓋子。被塞進黑暗的箱子裡，珍優哭喊著：「媽媽……我好怕……讓我出去！」
– 家裡，珍優搖著頭，不想吃東西，但珍優的母親硬是往珍優的嘴裡塞麵包。

珍優母親（聲音）　我會讓你舒服些的，我們一起去更好的地方……

– 家裡。吃下麵包、臉色蒼白的幼年珍優吐了出來。
– 家前面的巷子。幼年珍優表情陰沉的往家走著，看到前面有一隻朝自己搖尾巴的小白狗。珍優露出笑容。
– 家裡。幼年珍優抱著小狗，非常喜歡，但小狗一直發出叫聲。

珍優母親（聲音）　我們……讓小狗舒服點吧。

– 家前面的巷子。幼年珍優想著要見小狗，高興的往家裡跑。在家門前丟垃圾的地方發現了什麼，停下腳步。小狗被裝在黑色塑膠袋裡丟掉，露出一條腿。

- 回到現在的家裡，兒時的幻影消失不見。珍優顫抖著從口袋裡取出藥瓶，沒有喝水直接把藥吞下去。珍優耳邊再次響起母親的聲音。

珍優母親（聲音） 活著很累吧……我來幫你……

耳邊總是響起母親的聲音，珍優摀住耳朵，模樣非常痛苦。

S／43 Montage

- 便利商店門前。
  白天，珍優正在便利商店前整理陽傘和椅子，忽然看到昇燕從前面走來。昇燕想打招呼，珍優卻裝作沒看見，走進店裡。昇燕有些失望。
- 便利商店內。
  晚上，坐在便利商店裡喝咖啡的昇燕。看向櫃檯，空無一人。珍優躲在倉庫，想等昇燕走後再出去。
- 便利商店外街道。
  晚上，昇燕度過辛苦的一天，眼裡充滿疲憊。走到便利商店門口看向店內，與珍優視線相對，珍優轉身走向商品架。昇燕看著消失的珍優，覺得是自己自作多情，露出難過的眼神，更加提不起勁，垂著肩膀走遠。珍優站在商品架之間，注視走遠的昇燕。

S／44 D，現在，紅院洞街道某處

秀賢、海英、偕哲和憲基站在車旁談話。

海英 年齡在20代後段到30代後段，身高000cm，失蹤時間在2014年以後，一定與紅院洞有關。從失蹤後沒有報警這點來看，死者應該沒有親人。以附近的房屋仲介為中心，調查一下是否突然有獨居女性消失，應該很快可

以找出來。

偕哲　哈……光紅院洞這一帶的房屋仲介就有幾百家了。

海英　必須找出來。只有找到這個人，才能找到有關兇手的線索。如果兇手還活著，他會繼續殺人的。在此之前，我們必須抓住兇手。

S ／ 45　D，便利商店內／便利商店外街道

珍優在便利商店裡工作，看到中午出來吃飯的昇燕慢悠悠的朝店內走來。珍優裝作沒看見，轉身走向商品架……昇燕經過便利商店門口，垂頭喪氣的看了看珍優，突然在結冰的路上滑倒了。絲襪破了，包包裡的錢包、書、日記本掉了一地。驚慌失措的昇燕連膝蓋破了都不知道，連忙撿東西。經過的路人沒有人幫助昇燕，走過去的大叔還踢了一腳掉在地上的東西，日記本被踢得更遠了。昇燕起身正要往日記本的方向走去，只見珍優撿起日記本。昇燕與珍優視線相對，珍優面無表情的把日記本遞給昇燕，立刻轉身走進便利商店。昇燕看著珍優遞給自己的日記本，露出淡淡微笑。

S ／ 46　N，便利商店外街道

珍優換好衣服後下班，推開便利商店的門走出來，只見外面下起了雨，路人打著傘穿行。珍優仰望一下天空，戴上連在衣服上的帽子準備往家走，忽然感覺怪怪的，回頭一看，昇燕站在身後撐著雨傘。昇燕與珍優視線相對。

昇燕　那個……雨傘你用吧，我……還有一把……

珍優有些驚慌，看著昇燕，連話也不說就轉身快步走掉。昇燕不知所措，立刻追上珍優幫他撐傘。珍優再次回頭，看向昇燕。

昇燕　我家……也往這邊……這麼冷……淋雨會感冒的……

珍優看了看昇燕，又快步向前走。昇燕也再次追上珍優幫他撐傘。

S／47　N，珍優家前的小巷

昇燕撐著傘，終於隨著珍優走到珍優家前面的小巷。雖然珍優沒有淋濕，但身後伸手幫珍優撐傘的昇燕除了頭沒淋到雨，肩膀以下全都淋濕了。珍優的家就在前面，珍優忽然停下腳步，昇燕也停下來。

昇燕　你住這裡……？
珍優　（回頭）

看到珍優看著自己，昇燕害羞得不知所措，不由自主轉移視線。

昇燕　（道別）那再見……

昇燕紅著臉，轉身快步走遠。珍優望著走遠的昇燕。

珍優　柳昇燕……

昇燕吃驚的轉身。

昇燕　你怎麼知道我的名字……？

珍優望著昇燕的目光，充滿不知道是殺氣還是愛情的情感。

S／48　　D，現在，紅院洞房屋仲介

偕哲正在紅院洞附近查訪房屋仲介。聽到偕哲的詢問，房屋仲介老闆都搖搖頭。

S／49　　D，現在，紅院洞另一處街道

另一家房屋仲介，走出來的海英和秀賢沒有任何成果，一臉鬱悶。

秀賢　　……分頭行動吧。
海英　　（看著）
秀賢　　我負責紅院1洞，你負責3洞。
海英　　一起吧。
秀賢　　你當我小孩子啊？我真的沒事，分開走吧。
海英　　剛才我都看到了。

－ Insert
S 38，特殊驗屍室，海英和允書看著白骨談話時，海英注意到秀賢。秀賢因為水龍頭的滴水聲，和驗屍檯前資料夾著的現場黑塑膠袋照片，雖然努力裝作鎮定，手卻一直顫抖。
－ 回到紅院洞街道。

海英　　經過催眠後，過去的記憶會更加鮮明，而且這裡與妳之前被綁架的地點很近，最好還是一起行動吧。
秀賢　　你不是說過，必須快點找到兇手，分開找更快。有什麼事隨時聯絡。

海英還沒來得及阻止，秀賢就已經轉身走遠。

S／50　D，過去，刑警機動隊辦公室

看著紅院洞地圖，材韓、正濟以及其他刑警正在開會，所有人都筋疲力盡。地圖上紅色圓圈的半徑也已經擴展到2公里以外。

正濟　大排水溝附近都找遍了，連隻螞蟻都沒有。
材韓　好，那把搜查區域的半徑再擴大些，再搜搜看。
正濟　喂，時間和人力都不夠。現在刑機隊其他負責的案子都停下來了。不只這案子，其他案件要是2週以內找不到線索，也會成為懸案的。
材韓　你沒聽車秀賢說嗎？那裡還有別的屍體啊！
正濟　……也不能肯定啊，也可能是人型模特兒……
材韓　什麼？
正濟　車秀賢講的話前後不一致的地方太多了。10分還是15分？連時間都不確定……現在這等於是徒勞無功啊。
材韓　（提到秀賢）車秀賢呢……？還在醫院嗎？
正濟　現在才想到問人家啊。她有點不對勁，已經3天無故缺勤了。

材韓轉頭看了看秀賢的空位，在材韓的表情上，響起海英的聲音。

海英（聲音）　那時她似乎受到很大的打擊……她人還好嗎？就算是警察，被兇手綁架了，衝擊一定不小。

S／51　D，過去，秀賢家門前

材韓按下門鈴，秀賢出來開門，臉色看起來很差。材韓的意外出現，讓秀賢感到吃驚。

S／52　D，過去，秀賢家建築外景

站在機動車旁談話中的秀賢和材韓。

材韓　有……什麼事嗎？哪裡不舒服？
秀賢　……（一語不發，低頭看著地面）
材韓　我都幫妳跟隊長講好了，說妳不舒服……
秀賢　（低著頭）不用……那麼做了。
材韓　（看著）什麼？
秀賢　前輩說得沒錯……
材韓　（看著）
秀賢　我不適合當警察……
材韓　喂，我那是……
秀賢　我做不下去了……
材韓　（看著）
秀賢　（眼眶泛淚）我……聽到塑膠袋沙沙作響的聲音都會害怕，心臟跳得像快要爆炸似的……總是會想起……那天的事……
材韓　（看著流淚的秀賢）
秀賢　我怕走小巷……也怕屍體……還有，兇手實在太可怕了……如果是這樣，不就沒有資格當警察了嗎？我……可能再也不能做警察了……

材韓看著秀賢，忽然走到車旁，打開車門取出什麼，遞給秀賢。秀賢接過一看，上面寫著「尚州一等柿餅」。

材韓　給妳的禮物。
秀賢　？
材韓　妳抓住的那個機車搶劫犯，那案子的受害者為了表達感謝寄給妳的，說多虧了妳才能找回錢。

秀賢仔細一看，盒子上用筆寫著「車秀賢刑警，謝謝您」的字跡。

材韓　我也會……害怕兇手。

秀賢　（看著）

材韓　哪有人不害怕兇手的？我在查案時也遇過各種各樣的傢伙，持刀撲上來的傢伙、丟利器的小混混，還有拿斧頭砍過來的傢伙呢！（拉開沒有彈性的衣領）妳看，因為那傢伙，我肩膀上還打了鋼釘。

秀賢　……因為和拿斧頭的人打架嗎？

材韓　不是……因為害怕，逃跑時跟機車撞個正著。

秀賢　（這又是什麼情況？看著）

材韓　可是……沒辦法啊，總要有人去抓啊，總要有人……

秀賢看看材韓，低下頭，默默看著盒子上寫的「車秀賢刑警，謝謝您」。

材韓　辭職也沒關係，沒有人會罵妳，只要妳做出對的選擇。不過話說回來，當警察也不錯。誰知道呢……說不定妳以後……還能成為一個像樣的組長呢……

秀賢靜靜看著盒子，打開盒蓋。發現盒裡只剩下一個柿餅，秀賢感到十分荒唐。

材韓　（有點不好意思）那……那群機動隊野獸般的傢伙們非要嘗嘗味道……但我可沒吃啊！

秀賢　（看著）

材韓　我可是從那群野獸手裡拚命守住了妳這一顆。

秀賢看著柿餅，拿起來咬了一口。

材韓　自己家晒的，特別甜，好吃吧？

秀賢　（點點頭）

材韓　查案子就是為了這點甜頭。

秀賢嘴角露出微笑。

S／53　D，現在，紅院洞街道某處

秀賢靜靜望著街道。第九集，S 53，Montage中走過的一條街道。秀賢望著那條街道。

- Insert
- 第九集，S 62，撫摸小白狗的秀賢遭到攻擊。
- 第九集，S 64，在珍優家，頭上套著黑色塑膠袋的秀賢清醒過來。
- 回到街道，秀賢的手不自覺顫抖，但再度打起精神。

秀賢　總要有人……抓住他……

秀賢調整心態，邁開步伐。

S／54　D，現在，紅院洞另一間房屋仲介

海英站在房屋仲介老闆對面打探。

海英　我們正在找去年冬天失蹤的女人，她應該住在這附近，年齡在20代後段。

老闆　嗯……沒聽說過……

海英　（雖然沒有收穫，但很有禮貌）謝謝您抽出時間。

摸不著頭緒的海英轉身正要走，忽然看到什麼停住腳步。一面牆上掛著紅院洞的地圖。

海英　這裡是哪兒，怎麼全都空著？

老闆　那裡？那裡沒有住家，都是工廠。

海英　工廠？

－ Insert
－ S 38，特殊驗屍室裡，允書對海英說。

允書　　骨頭裡驗出大量水銀，雖然不到致死量，但死者應該很長一段時間接觸過水銀。

S／55　　D，現在，紅院洞工廠區街道某處

走在工廠聚集的街道上，在海英畫面中響起。

憲基（聲音）　　紅院洞附近的工廠中只有一家與水銀有關，世江燈泡，是一家做燈泡的公司。去年因為非法填埋水銀廢棄物，新聞鬧得沸沸揚揚。

海英環視周圍，在一家工廠前停下來。「世江燈泡」。

S／56　　D，世江燈泡工廠

辦公室裡，海英對面坐著一位看似主管的男人。坐在旁邊辦公桌的會計不停偷瞄兩人。

職員　　（忌諱警察）去年失蹤的女職員？
海英　　冬天的時候。
職員　　不清楚啊……一聲不吭就不做的員工太多了……
海英　　不會對公司有任何影響的，因為是非常重要的事才來詢問。
職員　　（很不情願）
海英　　不然，您讓我見一下女職員，我親自去打聽。

這時，後面傳來會計的聲音。

會計　　那……是不是要找去年冬天一聲不響就不見了的那個人啊？

S／57　　D，燈泡公司走廊

會計和海英朝倉庫走去。

會計　　她平時不愛講話，廠裡也沒有和她親近的同事。她一直住在宿舍，去年工廠打官司時，大概冬天吧，突然就不見人影了。公司的人也沒什麼經驗，所以沒人在意，我幫她把東西保管起來了。

會計打開倉庫的門。

S／58　　D，燈泡公司倉庫

會計在狹小的倉庫裡找到一個紙箱遞給海英。海英打開箱子，看到S 45，昇燕掉在地上的日記本。

S／59　　N，長期懸案專案組

憲基在傳真機前一邊收傳真，一邊和海英講電話。憲基確認傳真內容。

憲基　　柳昇燕，確認到家庭關係，父母都已經過世，也沒有兄弟姐妹……外婆還活著。

S／60　　N，紅院洞附近街道某處

海英坐在停在路邊的車裡，與憲基通電話。

海英　　請把她的DNA與白骨的DNA做一下比對，那白骨很有可能就是這個人。

海英掛斷電話，打開副駕駛座上放著的箱子。消失的女人使用過的簡陋物品。海英取出剛才看到的日記本，翻開一、兩頁，讀起裡面的內容。

「不知怎的，今天哭了。天空很藍，天氣也很晴朗。今天休息，宿舍裡沒什麼人，到公園去透透氣，別人都成雙成對的。明年生日不要再一個人了……昇燕啊，生日快樂」「一到那裡就會心跳，所以總想去那個地方。這種感覺就是幸福嗎？希望明天快點到來……希望在那裡還能見到他……」「他跟在我後面，在看著我。起初還以為是巧合……他真的喜歡我嗎？他總是在我身後……怎麼不直接跟我說句話呢？」

日記下面，〈飛吧小雞〉的標題下抄寫著歌詞。海英翻到後面，看到以月為單位的支出記帳明細。海英翻看著12月的支出內容：「洗髮精7000元，襪子3000元……三角飯糰700元，泡麵800元，礦泉水700元，便當2500元……」

海英順著明細往下看。

海英　　便利商店……（忽然定住）

- Insert
- S 24，講對講機的材韓。

材韓　　被害人都是連家前面的雜貨店都不會去的害羞性格。

- 回到現在，海英有種感覺，馬上又翻看其他月份的內容。幾乎都是三角飯糰、泡麵、便當、三明治等便利商店購買的清單。海英打電話給秀賢。

S／61　　N，紅院洞另一處街道

尋找其他房屋仲介的秀賢走在亮起路燈的街道上。電話響了，是海英。

秀賢　　是我。發現什麼了？

海英（聲音）　是便利商店。
秀賢　便利商店？

S／62　N，紅院洞街道某處

海英開著車，正趕往某處。

海英　被害人都是連家前面的雜貨店都不會去的害羞性格，日用品會在哪裡購買呢？便利商店和雜貨店不同，買什麼、什麼時候去，都不會受干涉，是一個不需要溝通的空間。沒有人陪也可以一個人吃飯，24小時燈火通明，隨時隨地都可以去。

S／63　N，紅院洞另一處街道

秀賢在聽海英說明。

海英（聲音）　最後一名被害人推測也是如此，看她記載的支出內容，幾乎都是在便利商店消費。
秀賢　那名被害人的身分確認了？
海英（聲音）　現在正在比對DNA，結果出來就可以確定了。我先去被害人居住的宿舍附近查看便利商店。
秀賢　知道了，我也過去找你。

秀賢掛斷電話，跑向停車的地方，路燈燈光晃動，突然，想起過去的記憶。

- Insert
- S 17，透過黑色塑膠袋看到晃動的右側路燈光亮。
- 回到現在，想起過去的事情，秀賢臉色變得蒼白。不要去想，秀賢搖晃著頭……突然，秀賢停下腳步。
- Insert
- S 18，秀賢栽倒在地，再度起身奔跑，接著看到晃動的

停住腳望向某處，顫抖的目光直視有著半圓型手把的破舊大門。

秀賢（聲音）　我是在這裡摔倒的……

- Insert
  S 17，秀賢看著右側晃動的路燈光亮奔跑，摔倒在地時撞到了大門把。
- 回到現在，秀賢震顫的視線，慢慢轉身。

秀賢（聲音）　當時我失去了方向……所以又跑回了原來的路……所以……路燈的方向反過來了。

- S 18，透過黑色塑膠袋看到左側晃動的路燈光亮。秀賢奔跑著，撞到了什麼摔倒在地。秀賢撞到的是人，站在摔倒在地的秀賢面前的人腿。撞到秀賢後，拿在手上的繩子和箱子都掉到地上。
- 現在的秀賢不停發抖。

秀賢（聲音）　我……忘了的記憶……不願再想起的記憶……

- 回到過去，頭上套著黑色塑膠袋的秀賢，意識到自己撞到的是人。

秀賢　（被堵著嘴，吃力的説）救救我……

無助的秀賢視線上方，響起男人的聲音。

珍優（聲音）　我……不是説了會幫妳的嗎？

站在頭套黑色塑膠袋的秀賢面前的男人，正是珍優。秀賢難以置信，開始發抖，用盡渾身力氣站起來，跑進旁邊的小巷。珍優隨後跟上來，開始勒秀賢的脖子。秀賢極力反抗，但抵擋不住珍優的腕力。秀賢的意識漸漸模糊、昏了過去……珍優更加用力。這時，遠處傳來材韓的聲音。「車秀賢！車秀賢！」珍優遲疑了一下。材韓的聲音漸漸逼近，珍優只好放手，躲進路燈後的黑暗裡。秀賢失去意識，昏了過去。這時，從巷子另一邊經過的材韓看到秀賢，迅速衝上前。

– 回到現在，秀賢走進黑暗的小巷。

秀賢　　案發現場……就在這附近……

S ／ 66　　N，便利商店

海英表情嚴肅，環視整潔的便利商店。突然手機響起，是憲基。海英接起電話。

憲基（聲音）　　DNA結果出來了，是最後一名被害人，柳昇燕是最後一名被害人。

在海英的畫面上，響起珍優的聲音。

珍優（聲音）　　柳昇燕。

S ／ 67　　N，過去，珍優家門前

接S 47，珍優和昇燕互相對望。

昇燕　　你怎麼知道……我的名字……

瞬間，雨傘掉在地上。

S ／ 68　　N，現在，珍優家門前

上個畫面的雨傘消失，秀賢慢慢走在珍優家門前的路上。猛然停下腳步，刺鼻的臭水溝味。

秀賢　　那時的味道……

轉過頭，是旁邊的下水道散發的味道。秀賢看了看下水道，又慢慢望向下水道旁的住家。

S／69　　N，現在，便利商店

海英緊張的朝倉庫走去，一把將從倉庫走出來的店員推到牆上制伏他。但那不是珍優，而是一臉稚氣的高中生。

店員　　怎麼回事！
海英　　（看著店員的臉，一隻手仍架住店員，另一隻手指著商品架）這些都是誰整理的？你嗎？
店員　　不是，是在我前面上班的大叔整理的。
海英　　（遲疑）那個人現在在哪？
店員　　下班了，應該回家了吧。

海英眼裡充滿不安。

S／70　　N，現在，珍優家門前

秀賢望著陰森黑暗的住家，慢慢朝那裡走去。「叩叩」敲了幾下門，裡面沒有回應。秀賢看了一眼門把，伸手握住門把。「咿呀」一聲，門開了，裡面一片漆黑。畫面停在望著那片黑暗的秀賢。

第十集　終

第十一集

S／1　　N，現在，珍優家

秀賢一步步走進被黑暗籠罩的珍優家，某處傳來微弱的歌聲，彷彿馬上會有人出現似的……

S／2　　N，便利商店

海英站在櫃檯前一邊迅速抄寫店員提供的珍優家住址和姓名，一邊問店員。

海英　平時他有沒有什麼可疑的地方？
店員　他不怎麼愛講話，也不好相處……不過……今天倒是有點奇怪。

– Insert
便利商店外，珍優在堆積的紙箱裡挑選紙箱，另一隻手上拿著繩子。在店內的店員透過窗戶望著珍優，感到很奇怪。珍優選好紙箱，轉身離開，目光顯得黯淡。
– 回到便利商店。

海英　（遲疑的眼神）紙箱和繩子？
店員　是啊。

海英眼裡充滿不安。

海英（聲音）　棄屍時用到的東西……他是……又打算殺人了。

S／3　　N，珍優家

秀賢緊張的視線，從胸口掏出手槍。眼睛還沒適應黑暗，只能貼著牆壁摸索著往裡走，猛然又想起過去的記憶。

- Insert
- 第十集，S 4。廁所裡，秀賢頭上套著黑色塑膠袋、倒在地上。
- 第十集，S 4。珍優家，陷入恐慌的秀賢瘋了似的用手摸索牆壁，尋找大門。
- 現在，走進珍優家裡，打起精神像過去一樣摸著牆壁前進……手指碰觸到衣櫃，秀賢的呼吸突然急促起來。

- Insert
- 第十集，S 4。秀賢從廁所出來，顫抖的手摸著牆壁朝剛才傳出關門聲的方向移動，接著摸到擺在一旁的衣櫃，秀賢摸到衣櫃裡掉出來的死掉女人的手。
- 再次回到珍優家。秀賢顫抖的手慢慢伸向衣櫃。這時，秀賢身後的大門悄悄的打開又被關上。一隻手慢慢朝秀賢伸過來。秀賢察覺到身後有人，腦中閃現兇手修長冰冷的手。

- Insert
- 第十集，S 65。秀賢頭上套著黑色塑膠袋，察覺自己撞到的是人。

秀賢　（嘴巴被塞住，發音吃力）救命啊……

秀賢的視線上方響起男人的聲音。

珍優（聲音）　我……不是說了會幫妳的嗎？

站在頭罩黑色塑膠袋的秀賢面前的男人，正是珍優。秀賢難以置信的開始顫抖，用盡全身力氣站起來，跑進旁邊的小巷，珍優緊跟上來，開始勒緊秀賢的脖子。那雙珍優的手。

- 回到現在，那隻想要抓住秀賢肩膀的手。陷入恐慌的秀賢尖叫：「啊！」抓住那隻手推向牆壁，一個人狠狠撞在牆壁上，看過去，是海英。

海英　　車刑警！

秀賢眼神失焦，劇烈顫抖著。海英望著眼前的秀賢，小心翼翼伸手握住秀賢舉起手槍的手腕，「啊！」秀賢尖叫著想掙脫海英。

海英　　車刑警、車刑警！醒醒！是我，朴海英！

但秀賢已失去理智，反應越來越大，她被恐懼包圍，幾乎快要崩潰。海英痛苦的望著秀賢，突然一把摟住秀賢。秀賢喊得更大聲了，想從海英的懷裡掙脫，但海英更用力抱緊秀賢。海英在秀賢的耳邊說。

海英　　是我，朴海英。我不是兇手，我是朴海英。

秀賢聽到海英的聲音，逐漸找回理智，拚命反抗的動作慢慢停止。海英見秀賢平靜得差不多了，於是緩緩鬆開雙臂。海英抓住秀賢的肩膀，看著她的眼睛。秀賢眼中仍然充滿不安、顫抖著。海英與秀賢的視線相對。

海英　　車刑警，看著我。慢慢呼吸……深呼吸……慢慢的……

秀賢跟隨海英的節奏，調整呼吸。

秀賢　　你怎麼……找到這裡的？
海英　　我找到了兇手工作的便利商店。這次一定要抓到他，他從便利商店拿走了紙箱和繩子。
秀賢　　（眼神僵住）又要……殺人了。
海英　　這樣下去不行。妳到車裡去休息一下，我已經請求支援了，馬上就會趕到。
秀賢　　不……我必須抓住他……只有抓住他……這個噩夢才會

結束。

S／4　　N，現在，珍優家外景

珍優家門外趕來的機動車。包括憲基在內的鑑識組人員從車上下來，治秀和廣域搜查隊刑警從另一輛車下來。大家走向站在門口等待的海英與秀賢。

治秀　　確定是這裡？

秀賢和海英表情嚴肅的看著治秀。

S／5　　N，現在，珍優家

治秀、海英和秀賢一起走進珍優家，朝衣櫃走去。

秀賢　　姓名金珍優，年齡37歲，是便利商店的店員。

秀賢打開衣櫃門，被清空的衣櫃裡只放著一個小盒子。秀賢用手帕包住手，取出盒子，打開盒蓋。治秀看到裡面的內容物後，表情僵硬。畫面特寫每一件物品：用簽字筆寫著「徐英貞」，1966年生的徐英貞身分證；寫著「尹尚美」的褪色筆記本；寫著「朱仁熙」的名牌；寫著「朴世靜」的舊小說；把手處寫著「盧賢美」的摺傘等被害人的物品（黑色簽字筆的字跡都是珍優的筆跡）。

秀賢　　這些都是被害人的物品。

治秀的表情更加僵硬。

S／6　　N，Montage

– 姜刑警及重案一組的刑警闖進珍優工作的便利商店，搜查櫃檯裡珍優留下的物品，找到一瓶抗憂鬱症的藥。
– 便利商店外，與進入便利商店的刑警一起趕到的秀賢，在附近尋找CCTV。隨著秀賢的視線，畫面Quick Zoom，拉近CCTV。在畫面中響起。

治秀（聲音）　重案一組和車秀賢到金珍優工作的便利商店，搜查附近的CCTV，找出金珍優下班後的去向。

– 辦公室裡，忙著往各個地方打電話的偕哲、文刑警及重案二組刑警們。

治秀（聲音）　重案二組和金偕哲負責調查金珍優的手機、信用卡紀錄，確認金珍優的個人資料，調查一下親戚、畢業學校的朋友最近是否與金珍優聯繫。

– 珍優家，憲基和鑑識人員分頭進行鑑識工作。海英巡視屋內。

治秀（聲音）　鑑識組負責在現場蒐集證據，朴海英負責嫌犯的罪犯側寫。

S／7　　N，珍優家

包括憲基在內的鑑識人員仍到處尋找證據，海英在稍遠的地方確認盒子裡的物品。

海英（聲音）　第一起尹尚美的筆記本，第二起朱仁熙的名牌，第三起李惠映的手帕，第四起、第五起、第六起、第七起、第八起、第九起、第十起……少了一個……最後一名被害人，沒有柳昇燕的東西……

S／8　　N，廣域搜查隊小會議室

文刑警在向治秀報告。

文刑警　重案一組來電，確認CCTV後，捕捉到兇手從便利商店下班後朝住處走去，但住處附近幾乎沒有CCTV，目前還無法判斷兇手回家後的行蹤。等附近居民起床後，會請居民協助，看一下行車記錄器的影像。

偕哲　（手拿傳真跑來）調查了嫌犯金珍優的家庭關係，金珍優兒時父母離婚，之後一直與母親生活在一起。母親為李順英，那房子也歸李順英所有。

S／9　　N，珍優家

海英一邊講電話，一邊巡視四周。

海英　兇手和母親一起生活？沒有啊，這裡沒有女人生活過的痕跡，連個化妝品都沒有……

說著，海英不安的看向鞋櫃，走上前打開鞋櫃。男人的運動鞋……還有，最下面放著破舊的女人鞋子。海英的視線定格在幾乎有18年以上沒穿過、布滿灰塵的鞋子。這時，後面傳來憲基的聲音。

憲基（聲音）　這應該是……人的骨頭……

正在鑑識衣櫃的憲基，從衣櫃裡取出一塊骨頭。

S／10　　D，紅院洞街道某處

漸漸破曉的清晨。秀賢確認停在珍優家附近車輛的行車記錄器。車旁站著像是車主的婦女與刑警1。這時，秀賢發現了什麼，按下行車記錄器的暫停鍵，隨著秀賢的視線，看到行車記錄器的影像。
夜晚，珍優拉著黑色行李包朝某處走去，秀賢一臉嚴肅的下車。

秀賢 昨天晚上11點半經過了這裡。
刑警1 （確認畫面，望向珍優走去的方向）往那邊去了……（遲疑）那裡……
秀賢 （望著同樣的方向）……埋葬屍體的東義山。

這時，秀賢的手機響了，是海英。

秀賢 （接起）是我。
海英（聲音） 之前妳被綁架時，說過在衣櫃裡摸到了屍體，是吧？妳的記憶應該是對的。

S／11 D，珍優家

海英 衣櫃裡發現了人骨，有人把屍體保管在衣櫃裡。這絕非單純的被害人，他把屍體保存在家裡，說明死者與兇手之間存在感情關係。把屍體遺棄到外面會有身分暴露的危險。如果那具屍體……是他親生母親的話……

S／12 D，東義山某處

鐵鍬丟在地上，像是剛埋好白骨。珍優站在被翻過的土地旁，望向清晨的陽光，眼神空洞冷漠。

S／13 D，東義山入口

緊急剎車，秀賢和刑警們急忙從車上下來，朝山上跑去。

海英（聲音） 雖然不知道為什麼他現在才埋葬保管了18年的母親屍

體，但很明顯的是，金珍優的感情發生了變化。

S／14　　D，東義山某處

秀賢和刑警們在山路上疾速行走，大家打算分開行動，互傳了信號後，分頭尋找珍優。

S／15　　D，珍優家

焦急的海英等著秀賢的電話，一名鑑識人員採集CD播放機上的指紋時，不小心按到播放鍵。響起的音樂正是〈飛吧小雞〉。海英愣住，看過去。

－ Insert
第九集，S 60，昇燕日記本裡抄寫的歌詞。
－ 回到現場，海英望著播放音樂的CD播放機。

海英　　是柳昇燕喜歡的歌……

S／16　　D，東義山某處

珍優拿出黑色塑膠袋。望向某處，是掛在樹梢上、打成圓形結的粗繩。珍優看了看黑色塑膠袋，接著套在自己頭上，一腳踢開墊腳石，打算自殺。

S／17　　D，東義山另一處

廣域搜查隊刑警們跑在山路上，突然，某處傳來「砰！砰！砰！」三連發槍響。所有人嚇得停下腳步，眺望過去。

S／18　　D，東義山某處

從冒著白煙的槍口畫面，移到握著手槍、喘著粗氣的秀賢。子彈擊中綁著繩子的樹梢，粗大的樹枝掉到地上，珍優倒在地上咳嗽喘氣。秀賢一步步走到珍優面前撕開塑膠袋。珍優這才看到秀賢，他的眼神渙散。

秀賢　（冰冷的眼神俯視珍優）這次我來幫你……你……可不能就這麼輕易死掉，絕不可以……

秀賢的畫面漸漸轉暗。

S／19　　D，廣域搜查隊大樓，調查室

珍優呆坐在調查室裡。

S／20　　D，廣域搜查隊大樓，調查室隔壁的觀察室

觀察室裡，范洙望著珍優，治秀站在一旁報告。後面站著秀賢、海英、偕哲和憲基。

治秀　東義山連續殺人案的兇手金珍優，與他一起被發現的白骨，已經確認是金珍優的親生母親李順英。從牙齒狀態判斷，死亡當時的年齡在40代中段，推測死亡時間是1997年，第一起案件發生前後。死因雖尚未確定，但舌骨及頸椎都沒有骨折跡象，自然死亡的可能比他殺更大。

范洙　就算沒殺死自己的親生母親，那為什麼要殺死其他女人呢？

秀賢　金珍優7歲時，父母離婚，之後一直和患有憂鬱症的母親一起生活，推測是因為兒時無人照顧，加上被虐待，因此產生殺人動機。

范洙　兒時被虐待就都去殺人嗎？簡直是個瘋掉的人渣嘛。

海英瞪著范洙。范洙轉過身看一眼秀賢，視線移到海英身上時，眼神變得冰冷。

范洙　　辛苦了，移交給檢察前做好收尾工作。（看了看海英，又看向治秀）要開記者會，趕快把新聞稿準備好。

范洙走出觀察室，治秀和秀賢也跟出去。觀察室裡留下的偕哲和憲基覺得無言，互看一眼對方。

偕哲　　什麼啊，就這樣？難道不該給我們一級特晉或補償點什麼嗎？

憲基　　警察沒抓住的兇手、又殺了9個人，怎麼可能大肆宣揚啊。唉，心情真差，不如去喝杯焦糖瑪奇朵吧。

偕哲　　什麼焦糖瑪奇朵……還是去喝杯燒酒吧。

偕哲和憲基走出去，剩下海英一人，海英靜靜望著調查室裡的珍優。

S ／ 21　　D，廣域搜查隊大樓，調查室

海英和珍優在調查室裡相面而坐。珍優的眼睛空洞，海英望著那樣的珍優，桌上放著CD播放機，海英剛按下播放鍵，裡面便傳出歌聲。是珍優家播放的那首歌。瞬間，珍優有了反應。

海英　　最後一位被害人柳昇燕的物品……就是這個吧？柳昇燕常聽的歌。

珍優　　……

海英　　聽說你一直循環播放這首歌，整整一年只聽這首歌嗎？

珍優一聲不吭的注視海英。

海英　　柳昇燕……與別人不同吧？

在靜靜聽著歌曲的珍優畫面之中。

S／22　N，過去，珍優家的廁所（珍優的回憶）

掉在地上的昇燕的耳機裡傳出微弱的歌聲，昇燕頭上套著黑色塑膠袋，一邊抽泣一邊喊：「救命啊……」珍優面無表情的看著昇燕，從正面把手伸向昇燕的脖子……但像是感到害怕，往後退一步……

珍優　　……我來……幫妳。

珍優再次扶起昇燕，從背後用手臂像擁抱般勒住昇燕的脖子。昇燕感到痛苦，拚命掙扎，死亡逼近，昇燕的手垂了下來。珍優第一次從廁所鏡子裡看到自己殺人的樣子（之前都是從正面掐住被害人的脖子）。珍優流下一行眼淚，他不知道為什麼會流淚，抹掉眼淚，但眼淚又流了出來。在珍優的畫面中響起歌聲。

S／23　N，現在，廣域搜查隊大樓走廊

戴著手銬、被警察押送在走廊裡的珍優背影。海英和秀賢站在稍遠處盯著珍優。

海英　　也許金珍優根本不知道自己喜歡那個女生，因為沒有人教過他那種感情。從那以後，他再也不能殺人了，所以才選擇自殺。不能再殺人，自然也沒有活下去的理由了……

秀賢　　……

海英　　……妳也那麼認為嗎？他只不過是個……瘋掉的人渣？

秀賢　　就算是兒時遭遇不幸，金珍優仍是殺死11個人的兇手，不值得同情。

海英　……或許有人生下來就是怪物，但也有人為造就的怪物。如果能有人……哪怕一個人肯伸出手……金珍優或死去的被害人……說不定所有人都能獲救。

- Insert
- 過去，仁州，法院前。海英哭喊著「不是我哥哥」，但沒有人在意他。最後只留下海英一個人待在原地哭泣。
- 過去，海英回到仁州的家。「哥……我回來了。」走進屋裡，幼年海英發現割腕自殺的善宇。
- 現在，回到廣域搜查隊走廊，望著珍優背影的海英目光變得黯淡。

S／24　N，海英的車內

車內的電子時鐘走向11點23分，坐在駕駛座上的海英沉思著。這時，聽到「吱吱吱」的對講機雜音。海英望向手中的對講機，對講機亮著光，指針也動了起來。

S／25　D，過去，紅院洞住宅區

持續一個人訪查的材韓，從某戶人家大門走出來。一無所獲，材韓嘆口氣，抓了抓頭。這時，聽到「吱吱吱」的對講機雜音。

S／26　D，過去，圍牆邊

材韓走到人煙稀少的圍牆邊，拿起對講機。

材韓　警衛？怎麼樣了？抓住兇手了嗎？

S／27　N，現在，海英的車內

海英　刑警……

S／28　D，過去，圍牆邊

材韓　是，我在聽。兇手呢？

S／29　N，現在，海英的車內

海英　兇手……抓到了。

材韓（聲音）　到底是誰？

海英　（看了看對講機）你知道的，我們無法決定任何人的人生。萬一有什麼差錯，會毀了無辜人的一生。

S／30　D，過去，圍牆邊

材韓　總不能明知有人會遇害，卻只在一旁袖手旁觀吧？

海英（聲音）　第一次用對講機的時候你對我說過，絕對不要放棄……

S／31　D，現在，海英的車內

海英　未結懸案正是因為有人放棄才產生的……所以……請你也一定不要放棄……

海英低頭望向對講機，不知何時，對講機的信號斷了。

S／32　D，過去，圍牆邊

材韓也一臉鬱悶的看向斷了信號的對講機。在材韓的畫面之中。

正濟（聲音）　放棄吧，案子結了。

S／33　D，過去，刑警機動隊

材韓剛回辦公室，走到座位上，看著鄰座的正濟。

材韓　　怎麼回事？

正濟　　隊長下令結案。他說一起單純的綁架案要查到什麼時候，過來大鬧了一場。

材韓立刻站起身要出去，被正濟攔下。

正濟　　又要去幹嘛？

材韓　　不能就這麼放棄，只要再調查一下就可以……

正濟　　喂！要是有線索早就找到了。你一輩子就查這一個案子啊？跟隊長硬碰硬，到頭來吃虧的只有你自己。

材韓　　（鬱悶）

S／34　　D，現在，調查室隔壁的觀察室

海英開門走進來。帶著或許會有所改變的期待看向玻璃窗……珍優依舊在接受文刑警審訊。果然沒有發生任何改變。

S／35　　D，過去，刑警機動隊

接S 33，材韓憋著一股氣走出辦公室，打開門的瞬間愣住了——回來上班的秀賢站在門口。材韓身後的正濟和其他刑警高興的上前：「哇，車秀賢！妳怎麼現在才來啊？」秀賢雖然憔悴，但還是努力打起精神，笑了笑。材韓靜靜看著微笑的秀賢。

S／36　　D，現在，廣域搜查隊走廊

海英邁著沉重的步伐走回辦公室，突然有一股風從海英身邊吹過，海英沒有感覺到，伸手摸了摸口袋……摸到了什麼，拿出來一看，是材韓筆記本後面夾著的紙條。一股風再次吹過看著紙條的海英，海英回神看向紙條，大吃一驚。

S／37　　D，過去，太平間

不鏽鋼檯子上蓋著白布的屍體，一隻蒼白的手露在外面。材韓和秀賢低頭看著那隻手。

材韓　　摸摸看。到底是人形模特兒還是真人，妳親自確認一下。
秀賢　　（猶豫）
材韓　　試試看，妳可以的。

秀賢看到材韓認真的眼神，再次下定決心。秀賢緊閉雙眼，伸出顫抖的手摸了摸屍體的手。

材韓　　（看著）
秀賢　　（點點頭）是的……就是這種感覺。

S／38　　D，過去，材韓的車內

材韓查看紅院洞地圖。

材韓（聲音）　　為什麼把屍體藏在衣櫃裡呢？……為什麼？在怕什麼？如果是擔心屍體被發現會暴露身分……

材韓像是領悟出什麼。

材韓　　如果不是獨居的男人……而是兩個人生活的家庭呢……

S／39　　過去，Montage

– 白天。紅院洞事務所。材韓翻閱資料薄抄寫下兩人的家庭。
– 白天。紅院洞街道某處。材韓挨家挨戶敲門、按門鈴，進行調查。
- 夜晚。站在大門前朝材韓搖頭的屋主。

S／40　　N，過去，珍優家門前

材韓一步步走來，停下腳步，正是珍優家門前。材韓望著緊鎖的大門，突然聞到一股味道，踩在腳下的下水道冒出臭水溝味。難道……材韓懷疑的站在那。這時，咯吱一聲，門開了，走出來的人正是珍優。材韓與珍優站在家門前互望著。

S／41　　D，現在，廣域搜查隊大樓走廊

海英看著紙條。紙條上只寫著「1989年京畿南部案」、「1995年大盜案（振陽新都市開發貪汙案）」、「1999年仁州女高中生案」。

海英　　紅院洞案消失了……

海英轉身朝調查室跑去。

S／42　　D，現在，調查室

海英猛力推開調查室的門，只見裡面空無一人，他眼神顫抖，望著空蕩的調查室。

S／43　　D，現在，紅院警局調查支援組

海英接過職員遞來的影印資料。

職員　　這是您要的資料。

海英看到資料開頭寫著「1997年10月～12月紅院洞殺

人案」，翻到後面看到「嫌犯金珍優」以及事件概要，海英顫抖的眼神看到最後一頁寫著「1998年1月20日於嫌犯家中逮捕嫌犯」。

S／44　　D，現在，住宅區某處

平凡的住宅區，女人打開大門走出來，50代、上了年紀的徐英貞一手提著菜籃準備去買菜，她低著頭走路，表情依舊顯得憂鬱。海英站在巷子另一頭注視著徐英貞。

－ Insert
－ 第九集，S 44的白骨。
－ 第十集，S 1。
下一個畫面，主婦徐英貞和孩子一起拍的照片。

秀賢（聲音）　主婦徐英貞，2001年5月失蹤，當時年齡35歲。

－ 回到現在的住宅區，海英望著徐英貞漸漸走遠的背影，某處傳來叫「媽媽」的聲音。只見一個20代初段的女大學生，英貞的女兒跑來攬著她的手臂：「去買菜啊？一起去吧！」接著母女二人消失在海英的視線裡。

海英（聲音）　2000年以後的被害人都活了下來……現在也還活著……

S／45　　D，現在，治療監護所外景

S／46　　D，現在，治療監護所

職員（30代，女）與海英並肩走在走廊上。

職員　1997年因殺人罪被判無期徒刑，服刑期間病情惡化才被移送到這裡。

海英隨著職員的視線看去，只見珍優靠在單人牢房的鐵窗前，面無表情，看上去虛弱無力。職員看向某處，接著對海英說了聲「稍等一下」便走開了。聽到職員的聲音傳來：「大家都是今天新來的義工吧？」
海英靜靜望著珍優一陣後，轉身正打算離開，職員及5、6名義工從海英身邊經過，其中可以看到昇燕。只隔了一扇鐵窗，珍優和昇燕就這樣擦肩而過……昇燕透過鐵窗看了一眼珍優，但他們並不認識。兩人不認識的海英也慢慢走遠。

海英（聲音）　救下這些人的代價或許會給另一些人帶來不幸……但只要活著……無論如何，只要活下來……至少有機會抓住希望吧……

S／47　D，現在，秀賢家，客廳

秀賢穿著平時上班穿的衣服走出房間，秀賢的母親不可置信的看著秀賢。

秀賢母親　妳瘋了吧？
秀賢　怎麼了嗎？
秀賢母親　穿成這樣去相親？
秀賢　怎麼了？這可是最好的牛仔褲呢！

S／48　D，現在，秀賢家，秀賢的房間

秀賢放棄似的坐在化妝檯前。畫面移動，看到秀賢穿著輕盈的洋裝，秀賢的母親拿出項鍊和耳環，無法決定要如何搭配。

秀賢母親　哎……也不知道律師喜歡什麼風格？
秀賢　（隨便抓起一條項鍊）就這個吧。

秀賢正要起身，又被母親按回座位上。秀賢母親拿起粉撲沾了沾粉底。

秀賢母親　皮膚怎麼搞成這樣，昨天不是叫妳敷面膜嗎？

秀賢覺得心煩，拿過粉餅隨便在臉上拍了幾下。

秀賢　行了吧？

這時，秀賢的手機響起。秀賢接起電話，臉色突然大變。

S／48-1　D，三明治店外景

S／48-2　D，三明治店

海英站在櫃檯前點餐。

海英　一份總匯三明治。
店員　麵包需要加熱嗎？
海英　需要。

S／49　D，長期懸案專案組

休息日，偕哲和憲基都不在辦公室，海英一個人坐在位子上吃三明治，盯著電腦畫面。義景拿著拖把經過。

義景　今天不是休假嗎？
海英　（用電腦看著每起案件）我覺得這裡更有趣。

說著，遠處傳來：「喂，黃義景！」義景急忙跑過去。海英看著案件報告，突然看到「白骨」兩字，愣住。

S／50　D，國科搜特殊驗屍室

敲門後，海英急忙走進來。

海英　那個，白骨……

海英邊說邊走進來，允書詫異的看著。

允書　今天……一起來的？

只見已經趕到的秀賢。海英打量了一下秀賢的打扮……感到疑惑。

海英　這是……怎麼回事？

秀賢沒心情搭理海英，朝允書。

秀賢　接著說。

允書低頭看向不鏽鋼檯子上的白骨。

允書　性別是男性。（看著秀賢）還有……右側肩膀有打過鋼釘的痕跡。

秀賢和海英同時表情僵住。

允書　雖然要等DNA鑑定結果出來才能確定，但說不定……是妳要找的那個人。

海英顯得緊張，秀賢顫抖的眼神注視著白骨……

S／51　　D，過去，刑警機動隊辦公室

畫面從牆上掛著1999年2月12日的日曆，移到氣氛閒散的辦公室。正濟和其他刑警們有的在寫調查報告，有的在看報或做雜務。

＊字幕 — 1999年2月12日

在這些人當中，秀賢坐在電腦前，對面坐著20代、長相清秀的男人，旁邊坐著表情氣憤又委屈的3個女人。1999年的秀賢在對這些人進行調查，如今的秀賢比從前顯得更加從容。

秀賢　（對女人們）那好，妳們3個人中聽他說過「我愛妳」的，請舉手。

女人們馬上舉手。

秀賢　（怒目斜視男人）這傢伙，就是個感情騙子嘛！
男人　（冤枉）不是啊，交往的時候不都說「我愛你」才上床嘛，哪有人說「滾開」才上床的？
秀賢　你還好意思說？還理直氣壯？你這種玩弄別人感情的騙子！世界上最壞的就是你這種人了。

坐在一旁的女人中，有人哭了起來。

秀賢　再遇到好男人不就行了，哭什麼啊。

說著，要找紙巾，桌上沒有。秀賢從包裡拿出隨身紙巾時，一個非常女性風格包裝的巧克力盒掉在地上。秀賢怕被人看到，迅速撿起放回包包。沒人看到吧？秀賢四下張望，鄰桌的正濟和其他刑警都沒有注意。
– 過一段時間。

秀賢帶著男人和女人出去。辦公室裡一片寂靜，接著像水壩開閘似的，刑警們同時放下報紙，扭轉椅子開始竊竊私語。

正濟　　車秀賢一個人在單戀，查個案子也太感情用事了吧？

刑警1　　剛才看到了吧？是巧克力吧？看來車秀賢這次是真的要給他巧克力了。

刑警2　　2年了，終於肯告白了？

正濟　　李材韓那傢伙也真是的，誰都看出來了，怎麼就他自己什麼都不知道呢？

刑警1　　一點眼力都沒有的傢伙能懂什麼？

刑警2　　車秀賢到底看上那傢伙哪一點了？

這時，材韓打著哈欠走進辦公室，頂著個鳥窩頭。材韓坐到位子上，大夥一起看向材韓。

正濟　　誰知道啊，世界之謎啊。

其他刑警也一臉不解的看著材韓。

材韓　　（傻呼呼）……幹嘛？

這時，秀賢走進辦公室，刑警們假裝埋頭做起事來。正濟想幫秀賢。

正濟　　聽說後天就是情人節啊，送巧克力的日子。

秀賢　　（一愣）

正濟　　（看著材韓）李材韓，有沒有人送你啊？

秀賢心跳加速，下意識的看向材韓。

材韓　　我最討厭送那種東西的女人，吃飽撐著，沒事找事。

刑警們吃驚的看向秀賢，走回座位的秀賢身體晃了一下。

S／52　N，過去，秀賢家

秀賢把包包往地上一丟，悶悶不樂的大字型躺在床上。坐在書桌前的高中生秀敏走到床邊坐下。

秀敏　怎麼樣？告白了？說什麼了？
秀賢　……我累了，別跟我說話。
秀敏　幹嘛，被拒絕了？
秀賢　吵死了。

秀敏嘟著嘴，忽然看到地上的包包，裡面放著上個畫面出現的巧克力盒。

秀敏　搞什麼，連巧克力都沒給啊？
秀賢　……
秀敏　天啊，真是夠了……到底是多了不起的人啊，連告白都不敢？張東健啊？妳到底喜歡他什麼啊？

秀賢躺在床上眨著眼睛。

S／52-1　D，過去，刑警機動隊辦公室

材韓從外面調查回來，一臉疲憊走進辦公室，看到椅子都搬到桌上，正濟和刑警們正在大掃除。

材韓　平時都不打掃，怎麼突然大掃除？
正濟　你也過來幫忙，今天議員要來視察。
材韓　我們又不是高中衛生部的，還是像平常一樣做事吧。

這時，穿著警服的秀賢端著洗好的咖啡杯走進來，好像

感冒了，臉色很難看。

秀賢　回來了……（咳嗽）
材韓　她怎麼又扮起咖啡廳服務生了？不去查案子，成天送咖啡？

秀賢臉色難看，放下托盤，咳嗽著走過去。正濟戳了一下材韓。

正濟　人家都病了還這樣對人家？你以為她想啊？上面一來人，就叫她什麼吉祥物的……你以為她喜歡啊？

材韓看著邊咳嗽、邊走出去的秀賢。

材韓　那群人自己沒手沒腳啊，憑什麼非要女人泡咖啡？

S／52-2　D，過去，女值班室

秀賢吃了藥後，靠坐在牆邊閉目養神。正濟到處尋找秀賢，伴隨敲門聲推開值班室的門，秀賢被吵醒，睜開眼睛。

正濟　妳怎麼還在這啊，議員來了！

秀賢一驚，站起來。

S／52-3　D，過去，刑警機動隊大隊長室

大隊長和戴著金徽章的議員、范洙坐在會客區聊天，議員身後站著助理。

大隊長　議員口都渴了，咖啡怎麼還沒送來？
范洙　刑警機動隊的車秀賢巡警正在準備，她是我們大隊的首

位女巡警。

大隊長　是我們刑機隊之花。

S／52-4　D，過去，刑警機動隊辦公室

正濟和秀賢慌慌張張、小跑進辦公室。

正濟　（邊跑）叫李材韓那傢伙去值班室找人，這是跑哪去了？

秀賢和正濟趕忙跑到放咖啡托盤的桌前……咦？托盤不見了。

正濟　怎麼回事？剛才還在這的，跑去哪了？

S／52-5　D，過去，刑警機動隊大隊長室

聊天中的議員、大隊長和范洙。這時，隨著敲門聲，材韓端著咖啡托盤走進來。大隊長、范洙和議員一臉搞不清楚狀況，全瞪大眼睛看著材韓。材韓盡量擺出自然、溫柔的表情走進來，把咖啡托盤放在桌上，又很不情願地把咖啡杯端到議員面前。

材韓　奶精……您需要加幾匙啊？

S／52-6　D，過去，刑警機動隊大隊長室門外走廊

秀賢和正濟朝大隊長室跑來，突然看到了什麼，嚇得停住腳步。只見材韓打開大隊長室的門，端著托盤走出來。

正濟　……你……瘋了吧？

秀賢　前……前輩……

材韓很難為情，故意以生氣的口吻、用手指點了下秀賢的頭。

材韓　虧妳還混重案組呢……看看，眼睛睜得那麼大，到哪兒都眨著大眼睛笑瞇瞇的，才被人叫去送咖啡。刑機隊之花，妳打算做到什麼時候啊？

秀賢　那……是前輩要我親切和藹的……

材韓　瞧瞧，眼睛又睜得那麼大那麼漂亮。重案組刑警的眼睛要有力。

秀賢　（不知道到底該怎麼睜眼睛）

材韓　妳就是弱不禁風的才會感冒。看看我們，一年365天，哪天生過病啊？總之，妳再這樣病懨懨的，我就給妳好看。

說完，材韓難為情的端著托盤，朝辦公室跑走。

正濟　（看了看材韓，追上去）喂，Miss Lee，也給我來杯咖啡啊！ Miss Lee ！

正濟邊喊邊追過去。秀賢望著材韓遠去的背影，材韓回頭朝正濟回嘴：「你找死啊？」與秀賢視線相對。瞬間，秀賢心裡小鹿亂撞，臉頰發燙。

秀賢　是因為感冒嗎？

說著，摸了摸材韓碰過的自己的頭……又覺得熱了起來。

－ 回到秀賢的房間，躺在床上的秀賢笑了起來。

秀敏　妳哪裡不舒服嗎？

秀賢　要妳管……

秀賢翻身把臉埋進床裡。

S／53　　D，現在，國科搜特殊驗屍室外走廊

走廊上，秀賢和海英背靠著牆，滿臉焦急的等待DNA鑑定結果。這時，允書從遠處拿著DNA鑑定報告走來。兩人緊張的注視著。

海英　結果如何？DNA……一致嗎？
允書　（看向兩人，搖搖頭）不是，不一致，是別人。

S／54　　D，現在，國科搜某處

海英和秀賢並肩走著，秀賢看起來很沒精神。

海英　在休假時白跑了一趟。
秀賢　……

海英上下打量了一遍秀賢。

海英　……不過，妳的喜好一直都這樣嗎？又不是去相親。
秀賢　……
海英　真要去相親啊？
秀賢　不關你的事。
海英　真的打算結婚嗎？

秀賢停下腳步，看著海英。海英莫名其妙，被看得心裡發毛。

秀賢　我結不結婚，關你什麼事？
海英　（看著）
秀賢　話說回來，你為什麼在這？為什麼對李材韓前輩那麼感興趣？
海英　……不是跟妳說過了，他是我很想感謝的人。
秀賢　別說那些沒用的，真正的原因是什麼？到底是為什麼？

海英　（看著）告訴妳真正的原因，妳會信嗎？連我自己都很難相信的事，妳又怎麼會信呢？

秀賢　什麼？

海英　（看著）對相親的對象溫柔點，別跟現在一樣，審訊犯人似的，會把人家嚇跑的。

海英說完，轉身走遠。秀賢喊了句「朴海英」，但海英沒有回應，消失不見。秀賢望著海英走遠的背影。

S／55　N，現在，海英的屋塔房

坐在書桌前的海英看著紙條。畫面特寫紙條上寫的「1999年仁州女高中生案」。

S／56　D，過去，材韓家

材韓用毛巾擦著濕漉漉的頭髮，這時，對講機響起「吱吱吱」的雜音。材韓完全沒有預料到，嚇得看一眼門外，撿起地上的外套，取出對講機。

材韓　朴海英警衛？

S／57　N，現在，海英的屋塔房

海英坐在書桌前與材韓講著對講機。

海英　是我。抓住金珍優的……是你吧？

S／58　D，過去，材韓家

材韓　（不安）怎麼了？之後又發生什麼奇怪的變化嗎？

S／59　　D，現在，海英的屋塔房

海英　　沒有。一切……都很好。多虧了你，那9個人才活下來。

S／60　　D，過去，材韓的房間

材韓　　真的嗎？（放下心）謝天謝地，真是萬幸……

S／61　　N，現在，海英的屋塔房

海英看著紙條。

海英　　現在……只剩下一個案子了。

S／62　　D，過去，材韓家

材韓　　最後一個案子？……什麼意思？

S／63　　N，現在，海英的屋塔房

海英　　……那裡是1999年嗎？

S／64　　D，過去，材韓家

材韓　　你怎麼知道？

S／65　　N，現在，海英的屋塔房

海英　　1999年仁州女高中生案，這是紙條上寫著的最後一個案子。你會負責調查……那個案子。

S／66　N，過去，材韓家

材韓　（詫異）……仁州女高中生案？那是什麼案子？仁州那裡發生了什麼事嗎？

S／67　N，現在，海英的屋塔房

海英　有件事我想拜託你。1999年，當時在仁州發生了什麼事……請把那件案子的真相告訴我。這對我……真的很重要。

S／68　D，過去，材韓家

材韓　可是……仁州市不是我們的管轄啊，雖然現在還不知道那裡發生了什麼事……

說著，發現對講機已經斷了信號。材韓一頭霧水。

S／69　N，現在，海英的屋塔房

海英看了看斷訊的對講機，又看向紙條，眼中充滿懇切。畫面拍到紙條上的「1999年仁州女高中生案」字跡。

S／70　N，過去，仁州市街道某處

夜晚，建築物到處亮著燈，是人跡稀少的鄉下小城市。像是洞事務所的公共機關門前掛著橫幅，上面寫著「建造空氣新鮮、適合居住的美好仁州市」。

＊字幕 — 1999年2月，仁州

S／71　　N，過去，仁州市，某處

黑暗的房間，亮著的電腦螢幕，畫面拉近，看到仁州高中的網站。點擊網站的手。在討論區敲下一個接一個字的雙手。
「所有的一切都是從柳樹家開始的。」

S／72　　N，過去，Montage

－ 夜晚，仁州市內網咖。
網咖裡煙霧繚繞，充斥著玩線上遊戲的聲響。男高中生1跑進網咖。

男高中生1　喂，看到網站討論區了嗎？

－ 過一段時間。
男高中生們聚在一起看討論區的貼文：「所有的一切都是從柳樹家開始的。最初是1個人，接下來是7個人，最後變成10個惡魔。」
－ 住家。2名女高中生神情緊張，盯著電腦螢幕。
「惡魔離我們並不遙遠，惡魔就在我們周圍。」
－ 過去，仁州市某處。不停敲打鍵盤的雙手。
「他們像禽獸一樣踐踏了女同學，但仍舊和我們一起……像什麼事都沒發生過似的，有說有笑……」
－ 另一處仁州市內網咖。正在玩遊戲的小混混1和其他不良少年。其中一人看到討論區上的文章，臉色大變，戳了戳小混混1。

小混混1　幹嘛啦！
不良少年　（表情嚴肅）這個……
小混混1　什麼？
不良少年　柳樹家不就是那裡嘛。

小混混1看完討論區上的貼文，表情也僵住。

S／73　N，過去，海英家

教科書攤在餐桌上，善宇正在教海英做功課。這時，客廳的電話響了，善宇接起電話。

善宇　喂？是我。什麼事？（驚嚇的眼神）

S／74　N，過去，海英家門外

善宇剛跨出家門，海英便跟了出來。

善宇　都叫你在家等我了。
海英　我不能跟去嗎？
善宇　那裡不是你能去的地方，哥哥很快就回來。

海英嘟著嘴回到家，善宇匆忙跑遠。

S／75　N，Montage

- 仁州高中外景，跑在學校走廊裡的惠勝背影。
- 教務處的老師表情嚴肅的看著學校討論區上的貼文。（討論區下方是全文內容。以Montage畫面穿插的感覺。）

「所有的一切都是從柳樹家開始的。最初是1個人，接下來是7個人，最後變成10個惡魔。他們像禽獸一樣踐踏了女同學，但仍舊和我們一起……像什麼事都沒發生過似的，有說有笑……那麼多人犯下罪行，卻沒有一個人受到懲罰。從哪裡出的錯……我該如何是好……」

- 在學校樓梯上疾速奔跑的惠勝的腳。
- 晚自習時間，學生們竊竊私語。「聽說那個討論區的事了嗎？」「柳樹家。」「聽說是3班那個女生。」

- 惠勝的腳不停跑在樓梯上。到了最後一個臺階，打開屋頂的大門。
- 夜晚，仁州高中的屋頂。來不及阻擋、衝向欄杆的惠勝背影。在彷彿馬上要跳下去的惠勝畫面之中。

S／76　N，過去，高級日式餐廳走廊

寂靜的日式餐廳走廊，范洙跟在助理身後走在走廊上，顯得十分緊張。助理在一個包廂前停步，餐廳店員恭敬的打開門。

S／76-1　N，過去，高級日式餐廳包廂

助理走進寬敞、高級的日式餐廳包廂。

助理　（90度鞠躬）人已經到了。

助理看向後面，使了個眼色。范洙緊張的走進來，這才看到餐桌前坐著的人……桌上擺滿傳統日本料理，張英哲議員正品嘗著桌上的食物，正眼都不瞧范洙。范洙看到英哲，立刻跪下來行了個大禮。

范洙　我是刑警機動隊隊長金范洙。
英哲　（視線依舊不看范洙，朝助理）警察那邊呢？
助理　警察廳預計明天進行人事異動。
英哲　是啊……要想組織不腐敗，就要一直注入新血。

跪著的范洙聽到英哲這麼說，眼睛一亮，姿態放得更低。

范洙　不論任何事情，請交給我吧，我會忠誠為您效力。

英哲這才慢慢看向范洙。

英哲　　這是什麼話，怎麼能對我忠誠呢？警察可不能這樣啊……

范洙聽英哲這麼說，更加緊張了。

英哲　　身為警察，不管發生任何事都不能動搖，要公正透明的去調查……

范洙搞不懂英哲的意思，慢慢抬頭，與英哲冰冷的視線相對。

范洙　　（愣了一下後，才領悟出英哲的真正用意）那是一定的，公正透明的……

英哲　　不能有絲毫差錯……

范洙望著英哲冰冷的視線，露出卑鄙的笑容。

范洙　　不能有絲毫差錯……我會照做的。

范洙再次朝英哲放低姿態。英哲慢慢移回視線，臉上掛著從容的笑，優雅的抬起手繼續用餐。

S／77　D，過去，刑警機動隊辦公室

材韓走進辦公室，看到大家喝著咖啡、聚在角落竊竊私語，有人搖頭，有人看上去心事重重。秀賢夾在那群人之間，看到材韓，迎面走來。

秀賢　　回來了。

材韓　　出什麼事了，氣氛怎麼這樣？

秀賢　　仁州發生了一起性侵案，有點……

材韓　　怎麼了？

秀賢　　被害人是個女高中生……但牽扯進來的加害人數卻超過10個人。

材韓　　（難以置信）什麼？10個人？！

在材韓吃驚的目光之中。

– Insert，S 67。

海英　　有件事我想拜託你。1999年，當時在仁州發生了什麼事……請把那件案子的真相告訴我。這對我……真的很重要。

– 回到刑機隊辦公室，范洙開門走進來。

范洙　　大家都聽說了吧？仁州出了案子，轄區警局處理起來比較棘手，所以決定以刑機隊為中心，組成特別調查組進行調查。刑機隊一組為主，由我親自負責指揮。刑機隊一組，金正濟、崔石元、金藝哲、蔡尚勳。

范洙叫著名字，畫面拍攝正濟、刑警1、刑警2、刑警3。

范洙　　快去準備，1個小時後（掃視組員）馬上出發去仁州。

范洙走出去。被點名的刑警起身準備整理行李，材韓叫住刑警3。

材韓　　喂，過來一下。

S／77-1　　D，過去，刑警機動隊大樓前／機動車內

發動的機動車停在大樓前，范洙提著行李走來，坐上副駕駛座看了眼後照鏡，愣住。後面坐著刑警1、2和材韓。

范洙　　你怎麼在這裡？
材韓　　蔡刑警說他身體不舒服，所以我替他去。

范洙不爽的透過後照鏡看著材韓。

材韓　　怎麼？有我不能去的理由嗎？
范洙　　（看到材韓就心煩，朝正濟）出發吧。

正濟開車出發。

S／78　　D，過去，公路某處

機動車行駛在往仁州的公路上，正濟坐在駕駛座上開車，范洙坐在副駕駛座，後面坐著材韓和其他刑警。材韓和范洙的視線可以看到前方綠色標語牌「歡迎來到仁州」。經過標語牌，車開進了仁州市。

S／79　　D，過去，仁州警局前

范洙、材韓、正濟和其他刑警從車上下來。聚集在仁州警局門前的記者，圍到材韓一行人面前。

記者1　　你們是刑機隊的嗎？
記者2　　可以透露一下日後的調查方向嗎？
記者1　　有傳聞說，上級有意縮減調查規模？

這時，治秀從仁州警局的大樓裡走出來，扒開記者們走到材韓一行人面前。

治秀　　從刑機隊來的吧？請往這走。（推開記者）好了、好了，讓開。

刑機隊一行人在治秀的帶領下，走進警局大樓。

S／80　D，過去，仁州警局重案組辦公室

坐在重案組辦公室桌前的材韓、正濟和刑警1、2。辦公室一邊坐著一排包括小混混1在內的5名不良少年。不良少年前面站著幾個學生家長，正在和警察爭吵。

母親　調查？誰同意你們調查了？我兒子做錯什麼了？
轄區刑警　所以才要調查……
母親　調查什麼，有什麼好查的？那女生搖著尾巴勾引我兒子，哪有男的能不上鉤！我兒子可沒做錯事！

刑機隊一行人看著現場情形。這時，治秀端著咖啡走來，放在桌上。

治秀　遠道而來，真是辛苦各位了。來，喝杯咖啡吧。
正濟　就是他們嗎？
治秀　是被害人做最初陳述時提到的不良少年，都是市裡惡名昭彰的傢伙。這幫臭小子專挑壞事做……
材韓　剛才那些話是什麼意思？
治秀　（看著）
材韓　記者說的話。
治秀　（表情略僵，又假裝微笑）都是亂傳的謠言，哪有人能縮減調查啊。

S／81　D，過去，仁州警局重案組隊長室

范洙翻閱著到目前為止的調查報告，仁州警局隊長坐在對面察言觀色。

范洙　（看了幾頁）從頭到尾……簡直一場糊塗。
隊長　（擦汗）那個……

范洙　就是這樣做事，記者那邊才會冒出閒言閒語。現在不比以前，查案必須要透明公開的……

隊長　什麼？可是……

范洙看著調查資料中，討論區的貼文內容。

范洙　是從這開始的？

隊長　這文章剛貼上討論區，我就找人刪掉了。

范洙　所以說……從這開始的應對就錯了。內容刪了，學生之間的傳聞就會不見嗎？把原文內容公開給記者。

隊長　（吃驚）什麼？可是……

范洙　這世上有很多傢伙就像蟲子一樣沒有生存的價值，想一次抓住那些像蟲子一樣的傢伙，就必須徹底的連根拔起才行。

隊長　（不明白范洙到底什麼意思）

范洙　最初是1個，接下來是7個，最後是10個，加在一起就是18條蟲子，必須都抓起來，案子才能結束。反正都是些有損仁州形象的垃圾，趁著這個機會好好消消毒……公開透明的。

隊長　不管怎樣……我就相信金范洙隊長您了。

范洙　也有需要隊長您另外處理的事情。

隊長　（看著）

范洙　（拿起討論區內容）找到貼出這些內容的禍首。

隊長　不用您說，已經在找了……

范洙　（瞪大眼睛）不是在找，是必須找出來。

隊長　（唯唯諾諾）明白了。

S／82　D，過去，仁州警局會議室

包括治秀在內的4、5名仁州警局重案組刑警，和包括材韓在內的刑機隊刑警。范洙把討論區貼出的內容發給大家。

材韓　（看著討論區內容）這些都是事實嗎？誰寫的？

范洙　目前只能推測是仁州高中的學生，是誰還不知道。

正濟　如果這是事實，加害學生的人數可能會更多。

范洙　必須要找出來，徹底的……李材韓負責去見被害人，確認這些內容是否屬實。金正濟負責調查案發現場；其他人負責到學校調查學校相關人員，找到貼這篇文的人。刑機隊與轄區警局兩人一組展開調查。以上。

范洙走出去，刑警們分成兩人一組，互相打招呼。治秀走到材韓面前，露出明朗的笑。

治秀　以後請多多關照，剛才太忙也沒正式打招呼。我是仁州警局警查安治秀。

S／83　N，現在，醫院加護病房外走廊

上個畫面的治秀，與現在上了年紀的治秀畫面重疊。表情難過的治秀，透過玻璃窗望著加護病房裡躺在床上的女孩（10代後段），床前掛著的名牌上寫著「患者：安賢京，家屬：安治秀」。護士在檢查患者的狀態。治秀難過的望著女兒。

－ 過一段時間。

醫生與治秀，站在加護病房門前談話。

醫生　大概撐不了太久了……還是做好心理準備吧……

治秀　！

醫生點頭行禮後離開了。治秀茫然若失，透過玻璃窗望向女兒……這時手機響起，看向手機畫面，是金范洙搜查局長。

S／84　　N，警察廳，搜查局長室

治秀敲門後走進局長室。范洙望向窗外，治秀望著范洙。

范洙　聽說你女兒病危了？

治秀　……

范洙　所以……才這樣做嗎？（轉身，眼裡沒有一絲憐憫，目光冰冷）女兒快死了，也不需要醫藥費了，所以才這麼不聽話嗎？

治秀無聲的望著范洙。

范洙　朴海英是那時死掉的朴善宇的弟弟……這你早就知道了吧？

治秀　（遲疑、看著）

范洙　知道卻不報告的理由是什麼？

說著，范洙走到治秀面前，狠狠抓起治秀的衣領一把推到牆上。

范洙　我養的狗，竟然反過來咬主人？我現在馬上就能拿下你股長的頭銜！

治秀　……我知道。

范洙　什麼？

治秀盯著范洙，猛的抓起范洙的手用力甩開，從外套口袋裡取出一個信封，放在附近的桌上。

治秀　現在都結束了……

治秀點頭行禮，走出局長室。范洙看過去，桌上的信封寫著「辭職書」。范洙的眼神變得冰冷陰沉。

S／85　N，現在，公路某處

汽車馳騁在昏暗的公路上，開車的治秀表情黯淡。前方看到綠色標語牌。經過「歡迎來到仁州市」的標語牌，車開進仁州市。

S／86　N，現在，海英的屋塔房

桌上擺著仁州案的調查紀錄及該案件的相關新聞剪報。海英重新翻閱調查紀錄。這時手機響起，畫面顯示「安治秀股長」。

海英　（詫異的看一眼時間）我是朴海英。
治秀（聲音）　……是我。
海英　這個時間有什麼事嗎？出什麼案子了？

S／87　N，現在，仁州醫院某處

治秀一邊和海英講電話，一邊穿過大廳，走向某處。

治秀　……朴海英。我知道你為什麼一直執著在仁州這件案子上。你哥哥朴善宇的死……我也很遺憾。

S／88　N，現在，海英的屋塔房

海英嚇得一愣，感到背脊發涼。

海英　您是……什麼意思？您在背後調查我？你都知道些什麼？！

S／89　N，現在，仁州醫院某處

治秀走過急診室門前，背後傳來救護車的鳴笛聲，以及快速經過的移動病床聲。

治秀　　那案子……比你想得還要危險。如果你知道了真相，也會和你哥哥一樣陷入危險的。

S／90　　N，現在，海英的屋塔房

海英　　……不。我必須要知道，我哥哥為什麼一定要死，我寧願死也要找出真相。

S／91　　N，現在，仁州醫院某處

治秀經過急診室，推開電梯對面的緊急出口門。背後傳來電梯抵達「叮」的聲音。治秀走進緊急出口樓梯間，大門「碰」的一聲關上。

治秀　　知道了真相也能承受的話……就來吧，到仁州來……

S／92　　N，現在，海英的屋塔房

海英　　當時發生了什麼事……您都知道？

S／93　　N，現在，仁州醫院，緊急出口樓梯

治秀　　（下定決心）沒錯……我知道當時發生了什麼事……是我……親手偽造了那起案件……

S／94　　N，現在，海英的屋塔房

海英十分驚愕，倏的站起。

海英　　您說的……都是真的？
治秀（聲音）　2個小時後……仁州醫院門口見。

S／95　　N，現在，仁州醫院緊急出口走廊

手機裡傳來海英「喂？股長！」的叫喊，但治秀沒有理會，直接掛斷電話。

S／95-1　　D，過去，仁州市內醫院大廳

材韓與過去的治秀一起走進大廳。

治秀　　被害學生叫姜惠勝，是即將升高二的學生。

這時，穿著校服的東鎮與從前面走來與材韓和治秀擦肩而過，在兩人背後越走越遠的東鎮手上，提著裝有紅圍巾的購物袋。

S／96　　D，過去，仁州市內醫院走廊／病房

材韓和治秀一邊講話，一邊走向惠勝的病房。

治秀　　聽說她和加害人那群小混混經常在一起，案發後還試圖自殺，現在精神狀態非常不穩，見她本人可能有些困難。

這時，收到治秀和材韓的聯絡、在走廊等待的惠勝父親看到治秀，鞠了個躬。

– 過一段時間。

治秀、材韓和惠勝父親站在走廊一角談話。看到治秀遞過來的討論區文章，父親顯得猶豫。

惠勝父親　　（還給治秀）沒錯啦。

材韓　　（看著）你是說哪裡沒錯？

惠勝父親　　上面寫的內容沒錯。

材韓　　（看著）聽說一開始被害人陳述時提到10名加害人，她為什麼要說謊？

惠勝父親　女孩子遇到那種事，哪好意思說被更多人糟蹋了啊？她覺得丟臉，所以才說謊了。

治秀　她還記得是哪些人嗎？

惠勝父親，從口袋裡掏出一張紙條遞過去，材韓看到上面寫著18名學生的名字及學校。

惠勝父親　說是每天晚上都混在一起的傢伙……女孩子不檢點，才會遇上那種事。

材韓瞅了一眼惠勝的父親。

治秀　確定嗎？

惠勝父親　她自己不是也在上面簽字了嘛。

材韓看向名單，最下方寫有姜惠勝的名字。

材韓　從開始到現在，都是您在替您女兒陳述，我想親自見見您女兒，聽她怎麼說。

惠勝父親略顯慌張，看了眼治秀。

治秀　院方說被害人精神狀態很不穩，謝絕見客。

材韓　一下子就好。

惠勝父親　什麼一下不一下的，都說不行了。該說的已經都說了，你們走吧。

材韓　您喝酒了吧？

惠勝父親　（愣了愣）你這人真是多管閒事……該說的都告訴你們了，走吧！（轉身朝病房走）我喝不喝酒關你什麼事？真倒霉……警察就了不起啊！

材韓看著惠勝父親的背影，從打開的病房門縫裡看到半躺在病床上的惠勝。材韓與惠勝視線相對。惠勝父親正要關門的瞬間，材韓奪門而入，走到惠勝床前。

材韓　妳就是惠勝吧？我是首爾來的刑警。

惠勝父親和治秀大吃一驚，連忙上前阻止材韓。受到驚嚇的惠勝大叫起來，用被子蓋住頭。

治秀　你這樣很讓人為難啊！
惠勝父親　你是要逼死我女兒啊？

材韓衝破兩人的阻擋，把自己的名片放在惠勝床邊的桌上。

材韓　妳要有話想親自對我說，就打電話給我，知道了嗎？

最終，材韓被惠勝的父親和治秀拖出病房。「碰」一聲，門被關上了。

治秀　你這樣做，萬一被害人出了什麼事怎麼辦？
材韓　……被害人的父親是不是酒精中毒者？
治秀　就算酒精中毒，那也是被害人的親生父親。
材韓　可是……
治秀　調查被害人提供的名單不就能知道事情原委了嗎？現在只要我們去調查就可以了。

材韓覺得無奈。

治秀　走吧。

材韓沒辦法，只好跟著治秀，畫面轉向材韓和治秀的反方向，善宇站在那裡，目睹了剛剛發生的一切。材韓和治秀轉彎消失後，惠勝的父親走出來，把揉成一團的材韓名片丟在地上。

惠勝父親　真是晦氣……留下這種東西……

說著，轉身正要走回去時，視線與善宇相對。

惠勝父親　不是叫你不要出現在這裡嗎？！
善宇　惠勝還好嗎？
惠勝父親　要是你，你會好嗎？趕快滾，敢再來試試看！

惠勝父親眼中冒著怒火走回病房。善宇靜靜看著地上的名片。

S／97　D，過去，仁州市內醫院外停車場

材韓和治秀走到停車場。這時，材韓的手機響起。

材韓　我是李材韓。（說著，面露吃驚）那是哪裡？

掛斷電話，對治秀說。

材韓　找到案發現場了。
治秀　（愣住）

S／98　D，過去，仁州市區外公路某處

車停在公路邊的單層建築前，材韓和治秀下車。正濟和其他刑警早已抵達。材韓走向正濟。

材韓　怎麼回事？
正濟　這棟廢棄建築直到前年都是經營烤肉店的，市裡那些不良少年把這當作聚會場所，烤肉店名就叫柳樹家。
材韓　（遲疑一下，看向建築）CCTV呢？

正濟　　廢棄的房子誰會裝CCTV啊？對面種田的夫婦和附近居民經常看到學生出入。傳目擊者提供一下證詞，應該就能找到頭緒了。

正濟看向某處，材韓也望過去，只見警察正向一對看起來很純樸的農民夫婦問話。

S／99　　D，過去，Montage

- 夜裡，仁州警局重案組辦公室。農民夫婦坐在辦公室裡接受調查。

丈夫　　有好長一段時間了，那群學生進出那棟房子……成天躲在裡頭喝酒、抽菸……報警也只能解決一時的問題……

正濟把不良少年和其他學生的照片混在一起，放在桌上排成一排。

正濟　　認得出來是哪些學生嗎？

農民夫婦開始一張接一張抽出照片。

正濟　　聽說有一個女生經常和那群學生一起進進出出……
丈夫　　沒錯，是有一個女生。

- 根據農民丈夫的陳述看到的畫面。白天，一群學生走進單層的廢棄建築，是包括小混混1在內的不良少年，也有看起來很膽小的惠勝。
- 農民丈夫看到惠勝的照片。

丈夫　　沒錯，就是她。
材韓　　您確定？
丈夫　　看到過好幾次呢，確定就是這孩子。

－ 材韓正在盤問穿著仁州高中校服的女學生，女學生們看起來受到驚嚇。

材韓　　　　妳和惠勝關係好嗎？
女學生1　　她……在學校沒什麼朋友，也不常來上學……
女學生2　　經常在市區看到她和那群小混混玩在一起。
材韓　　　　（拿出照片）認得出是哪些人和惠勝在一起嗎？

女學生們開始指認照片，范洙站在遠處看著一切。

－ 仁州警局會議室。加害人的照片一張張貼在白板上，正濟和材韓注視白板，旁邊貼著惠勝父親提供的加害人名單。

正濟　　　　總共18名，與被害人提供的加害人名單一致。
材韓　　　　（陷入沉思）
正濟　　　　又怎麼了？
材韓　　　　……沒有確切的證據。
正濟　　　　喂，這又不是在首爾，連個像樣的CCTV都沒有的地方，上哪找確切的證據啊？能拿到目擊者證詞就已經是奇蹟了。

話雖如此，材韓還是覺得哪裡不對勁，注視著白板。

正濟　　　　這案子差不多就這樣了，我們輪流去補眠吧。
材韓　　　　……（依然覺得哪裡不對勁）
正濟　　　　喂，求你就到此為止吧。你先去睡，等下我才能睡啊。

S／100　D，過去，旅館附近街道

一路在思考什麼的材韓朝旅館走去。這時，穿著校服的善宇從前方低著頭走來，與材韓擦肩而過。材韓瞅了一

眼善宇後，走進旅館。

S／101　　D，過去，旅館入口

材韓走進旅館，櫃檯後的旅館老闆詫異的看著一個大信封，見材韓走進來。

老闆　　刑警先生，您是首爾來的吧？
材韓　　怎麼了？
老闆　　（遞過信封）剛才有個學生說要我把這個轉交給李材韓刑警……你能幫我給他嗎？

材韓詫異的接過信封，打開一看，裡面只有一張A4大小的彩色照片。像是展示在某處的照片，照片下印著「1998年，仁州高中學生會幹部交流會」，7名男學生面帶微笑，以樹林為背景拍下這張照片。材韓心想這是什麼意思？把照片放回信封，走沒兩步又突然停下……材韓再次打開信封取出裡面的照片，看著「仁州高中學生會幹部交流會」的字跡……數了數孩子的人數。

材韓　　7名……

在材韓眼神顫抖的畫面之中。

－ Insert
「最初是1個人，接下來是7個人，最後變成10個惡魔。」
－ 回到旅館。
材韓用筆在仁州高中的「仁」字和幹部的「幹」字上畫圈④。

材韓　　……7個人……7名仁州高中學生會幹部……

材韓眼神開始不安。

材韓　　　難道⋯⋯

S／102　N，現在，仁州市內街道某處

- 深夜，海英的車開在人煙稀少的仁州市內，前面可以看到仁州醫院的大樓。這時，對面開來一輛白色汽車，與海英的車交錯而過。白色汽車的後照鏡上掛著一個白色動物毛做的飾品（不一定要動物毛，顯眼的飾品即可）。海英急著趕路，沒有注意到那輛車，快速開抵仁州醫院門口，但不見治秀人影。
- 海英取出手機打給治秀，邊走邊在附近尋找治秀。治秀沒接電話，海英十分納悶，再次撥通電話，四處尋找治秀。醫院正門旁的小巷隱約傳來手機鈴聲。海英順著聲音跑進巷子，只見治秀站在路燈下。海英掛斷電話，叫了一聲：「股長！」朝治秀走去⋯⋯突然，治秀癱坐在地上，海英嚇得趕忙跑過去扶住治秀。治秀的表情痛苦，胸口沾滿了血。在海英驚嚇的望著治秀的畫面之中。

第十一集　終

4 仁的韓文「인」、幹的韓文「간 」，組在一起為「인간」，意思為人、人類。

第十二集

S／1　N，現在，仁州，街道某處

海英驚訝的看著流血倒地的治秀。

海英　股長……這是……

海英顫抖的手匆忙伸進口袋，取出手機按下119，治秀抓住海英的手。

海英　（著急）您撐著點，我打119……
治秀　（打斷）對講機……
海英　什麼？
治秀　李材韓的……聲音……我聽到了……

海英僵住的眼神看向治秀。

－ Insert
夜晚，廣域1股長室。所有人都下班了，治秀坐在空蕩的辦公室裡盯著對講機。這時，時間到了11點23分，對講機突然亮起燈，發出「吱吱吱」的雜音。治秀驚訝的看著對講機，對講機另一頭清楚傳來材韓的聲音。

材韓（聲音）　朴海英警衛？我是李材韓。

治秀大吃一驚，對講機掉到地上。

材韓（聲音）　警衛？你在聽嗎？警衛？

在治秀聽到材韓聲音、嚇得發抖的畫面之中。
－ 回到街上，治秀看著海英。

治秀　……不可能……李材韓不可能還活著……聽到對講機後……我去確認了……明明還在那裡……石階下……

海英　　這是什麼意思啊？

治秀　　……是我……殺了李材韓……

海英嚇得僵住不動。

海英　　那是……什麼……

治秀　　是我親手……殺了李材韓……這件事……我最後悔……

海英　　（不敢相信）股長……

治秀　　如果他還活著……如果李材韓刑警還活著……替我告訴他……我是迫於無奈……逼不得已……

海英　　到底……到底為什麼……股長。

治秀　　（意識逐漸模糊）一切都是從……仁州……開始的……

海英　　股長……醒醒啊！

但是，失血過多的治秀慢慢失去意識。

海英　　（急忙撥打119）這裡是仁州醫院旁的小巷，有人受傷了！請趕快派人過來。（說著按住治秀的胸口幫他止血）股長！不行，您不能死啊！股長！

在海英的畫面之中，逐漸轉暗。

S／2　　N，醫院太平間外走廊

秀賢、偕哲和憲基伴隨急促的腳步聲跑來。海英滿身是血，茫然的坐在太平間前走廊的椅子上，旁邊站著報警後趕來的轄區刑警1、2。

秀賢　　（快步走向海英）到底怎麼回事？

偕哲　　股長遇害？這是怎麼回事啊？

海英不知該從何說起，毫無頭緒，接著又傳來一陣匆忙的腳步聲，是接到通知趕來的姜刑警及廣域搜查隊其他刑警。姜刑警受到打擊，用顫抖的目光看了看秀賢、海英和轄區刑警。

姜刑警　　怎麼回事？
轄區刑警1　　我們也在調查。收到119報案、抵達現場時，看到那位（看著海英）與被害人在一起。他是唯一的目擊者。

姜刑警看向海英，只見海英的衣服和手上沾滿血跡，瞬間一股火湧上心頭，姜刑警上前抓住海英的衣領往後推。

姜刑警　　你這小子！你對股長做了什麼？！

偕哲和憲基上前勸阻姜刑警。

偕哲　　都是一家人，你這是幹什麼啊！
姜刑警　　誰跟你們一家人？
憲基　　放開他！不是還不知道怎麼回事嘛！
姜刑警　　這小子手上沾的是誰的血？是股長的啊！

這時，聽到范洙的聲音。

范洙（聲音）　　這是怎麼回事？！

所有人看過去，范洙出現在走廊盡頭。范洙一出現，姜刑警及廣域搜查隊刑警們行禮後，讓出通道，范洙一步步走來，看著秀賢和海英。

范洙　　……安治秀股長呢？

所有人都不說話，默默看著范洙。

海英　　……當場……身亡了。

看向海英的秀賢眼中藏著擔心。范浨面無表情，廣域搜查隊刑警們的眼中充滿敵意。

S／3　　D，廣域搜查隊，小會議室

小會議室裡靜得彷彿掉根針也能聽到。海英坐在會議桌一端，對面坐著眼神冰冷的范浨，秀賢、偕哲、憲基和廣域搜查隊刑警們圍在會議桌旁，注視著兩人。

范浨　為什麼和安治秀股長約在仁州見面？
海英　……股長打電話給我，說關於1999年仁州女高中生集體性侵案，有事要告訴我。
范浨　什麼事？
海英　……股長說那件案子是捏造的。

范浨看著海英。

范浨　案子是捏造的？怎麼說？
海英　沒有講到那。我抵達時，股長已經遇害了。
范浨　現場沒有發現可疑人物？
海英　……只看到股長一個人。
范浨　兇器呢？
海英　沒看到。
范浨　（聲音越來越大）證人呢？周圍情況呢？
海英　周圍太暗了……

范浨「碰」的拍桌，站起身。

范浨　大韓民國的警察……遇害的還是你的直屬上司，竟然什麼也沒聽到、看到？

廣域搜查隊的刑警個個眼中充滿殺氣，瞪著海英。

范洙　　廣域搜查隊，你們怎麼看？你們的上司，帶領這麼多精英的廣域搜查隊負責人，竟然被人殺害，死在冰冷的路邊。沒抓到兇手以前，我看你們也睡不安穩吧？

廣域搜查隊的刑警們看著范洙。

范洙　　廣域搜查隊所有人員負責調查這個案子。安治秀股長遇害前的行蹤、通話紀錄、信用卡紀錄、現場周圍的CCTV，全部一一調查，把兇手抓到我面前。不過……

廣域搜查隊的刑警、秀賢、偕哲和憲基看著范洙。

范洙　　長期懸案專案組除外。
秀賢　　安治秀股長也是我們的上司。
范洙　　……你們組裡有最可疑的嫌疑人，不能讓你們參與調查。

海英表情僵住。

海英　　不是我。我為什麼……
范洙　　這由我們來判斷。（看向廣域搜查隊刑警）開始調查。

范洙走出去。姜刑警見范洙一走，朝海英。

姜刑警　（冰冷的）請協助調查吧，朴海英警衛。

S／4　D，廣域搜查隊調查室

海英與姜刑警相對而坐，接受調查。

姜刑警　最後一次通話時，是約在仁州醫院前，11點見面，沒錯吧？
海英　　（看著）是的。

姜刑警　這件事有跟其他人說過嗎？

海英　沒有。

姜刑警　股長也沒跟別人說。我查了股長的通話紀錄，最後一通電話是打給你的。所以……你們約在那裡見面的事除了股長和你……沒有別人知道。

海英　……（鬱悶）不是我。

姜刑警　上次你和股長為什麼吵架？

海英　（愣了愣，看著）

姜刑警　上次在辦公室……忘了？

– Insert

第九集，S 1。

海英　……怎麼？我想知道李材韓刑警不行嗎？還是說，關於李材韓刑警的失蹤，有什麼祕密是不能讓我知道的？

治秀的表情變得冰冷僵硬，邁開步伐上前，停在海英面前，瞪著海英。

治秀　李材韓刑警失蹤……沒有祕密。

海英與治秀都眼神犀利的互相瞪視。開門聲響起，只聽見「可惜啊，應該五花肉配燒酒的」、「等非常時期過了，再痛快的喝一杯吧」，姜刑警和文刑警聊著天走進來，兩人看到治秀和海英，都一陣詫異，停住腳步。

– 回到調查室，姜刑警眼神銳利的盯著海英。

姜刑警　那天你和股長說了什麼？為什麼和股長吵架？

海英說不出口。姜刑警懷疑的看著海英。

S／5　廣域搜查隊辦公室

刑警們在搜查治秀的辦公桌，從抽屜裡翻出小相框，是治秀女兒幼時健康的照片。另一個抽屜裡翻出通知書，全都是光聖醫院的通知書。

S／6　D，光聖醫院，加護病房前走廊

在光聖醫院加護病房前，文刑警與醫生對話中。

文刑警　骨髓癌？
醫生　是的，患者和家屬都很痛苦，患者也與病魔奮鬥了很長一段時間。
文刑警　那患者呢？

S／7　D，警察廳搜查局長室

文刑警向望著窗外的范洙報告。

文刑警　股長有個女兒……但3天前因骨髓癌過世了。股長向來不愛談家裡的事，所以沒有人知道……真是內疚啊。
范洙　……還有其他情況嗎？
文刑警　正在調查案發現場及附近的CCTV，股長遇害的地點附近沒有CCTV。如果是故意選擇在那裡見面，很可能是預謀行兇。
范洙　通話紀錄和信用卡紀錄呢？
文刑警　調查了股長去世當天的通話紀錄，的確有可疑的地方。

S／8　D，廣域搜查隊另一間調查室

文刑警和成汎對坐在調查室裡。桌上擺著通話紀錄，其中成汎的號碼用螢光筆標記。

文刑警　你和安治秀股長是什麼關係？

成汎　黑道出身的酒店老闆和廣域搜查隊的股長能是什麼關係？

文刑警　（冷淡）不老實回答是吧？

成汎　（看了看）他是之前負責調查我手下那群小弟的刑警，從那時開始，只要發現有用的情報，我都會提供給他。

文刑警　（指著通話紀錄）這天下午3點，你和股長通過電話吧？說什麼了？

成汎　只是閒聊而已。

文刑警　（拍桌）給我老實講！

成汎　說了你們也不會相信我。

文刑警　不肯說是吧？

成汎　……警察之間搶飯碗，要是摻和進去，吃虧的都是我這種人。

文刑警　……什麼意思？

成汎　……幾個禮拜前有一個警察找上門。

文刑警　哪個警察？

成汎　叫朴海英的警察。找上門，沒完沒了的問了很多安治秀股長的事。

文刑警　（眼神丕變）問了些什麼？

成汎　問安治秀股長有沒有貪汙，有沒有捏造案子……一堆有的沒的。我說我不知道，但他一直糾纏個沒完。就因為這個，我才會打電話給股長，讓他提防下屬……

S／9　D，警察廳搜查局長室

接S7，范洙依舊望著窗外。

范洙　朴海英在背地調查安治秀股長……知道理由嗎？

文刑警　……不知道。關於這個問題，朴海英一直行使緘默權。

S／10　D，廣域搜查隊調查室

海英正在接受姜刑警調查。

姜刑警　你為什麼在背地調查安治秀股長？
海英　……
姜刑警　金成汎都供出來了。說吧，你為什麼背地調查股長？到底在隱瞞什麼？！

海英說不出口。姜刑警懷疑的盯著海英。

S／11　D，警察廳搜查局長室

范洙轉身看向文刑警。

范洙　給我徹底調查朴海英從過去到現在所有的行蹤，找出他在背地調查安治秀股長的原因……有任何狀況立刻向我報告。
文刑警　明白了。

S／12　D，廣域搜查隊外走廊

秀賢走向朝辦公室走來的文刑警。

秀賢　安治秀股長過世前和朴海英在辦公室發生口角，是真的嗎？
文刑警　妳從哪兒聽來的？
秀賢　聽說當時朴海英拿著一個對講機，是嗎？
文刑警　沒聽到局長說的嗎？這個案子專案組不能參與，別再問了。

文刑警正要從秀賢身邊走過，秀賢再次攔住。

秀賢　在安治秀股長的遺物裡，有沒有看到一個對講機？貼著黃色笑臉貼紙的對講機。

文刑警　　我再說一次，別再管這個案子了。

文刑警從秀賢身邊繞過，走進辦公室。秀賢望著文刑警的背影。

S／13　　N，調查室外走廊

海英和姜刑警面帶疲憊，從調查室走出來。姜刑警冷眼看著海英。

姜刑警　　手機不要關機，也不要出遠門……跟平時一樣，知道了嗎？

海英看著姜刑警走遠，轉過轉角，看到正在等自己的秀賢。

S／14　　N，緊急出口樓梯

秀賢與海英正面對面對話中。

秀賢　　情況很糟糕。
海英　　（看著）
秀賢　　股長離婚後，獨自撫養女兒，從來沒提過家事，所以沒有人知道，幾天前女兒因為骨髓癌去世了……

海英想，原來還有這些事，眼神黯淡下來。

秀賢　　廣域搜查隊的刑警們全都快要爆發了，可是股長臨死時在一起的你卻不肯說出事實。弄不好，你會成為替死鬼的。
海英　　不是我。
秀賢　　知道，我相信你。
海英　　（愣住、看著）

秀賢　我相信你沒有殺害股長，所以才來問你，為什麼要在背地調查股長？

海英　……

秀賢　我也得知道些什麼才能幫你啊。

海英看著秀賢，漸漸下定決心，開口。

海英　……李材韓刑警的……貪汙案……都是捏造出來的。

秀賢　（愣住、看著）你……怎麼知道？你連李材韓前輩的底也查了？

海英　那個案子是安治秀股長和一個叫金成汎的黑道合謀的。

秀賢　你是怎麼知道的？為什麼你會……

海英　這不是重點。重點是安治秀股長與李材韓刑警的貪汙案有關，而且背後還有更強大的警察勢力……

秀賢　……

海英　剛才妳說相信我……我也一樣。除了妳，沒有人可以相信了，在警察組織裡唯一可以相信的人……只有妳了。

秀賢　有證據嗎？安治秀股長……捏造李材韓前輩貪汙的證據？

海英　……股長遇害前，我也只是心證。但是……現在可以肯定了。

秀賢　什麼意思？

海英　股長也是逼不得已才會參與捏造李材韓刑警的貪汙案。

秀賢　我問你這是什麼意思？

海英　（看著秀賢）股長去世前告訴我……自己親手……殺了李材韓刑警……

秀賢瞬間怔住。

秀賢　你……你不要騙人……為什麼……股長為什麼要……

海英　股長親口說的，是他親手……殺了李材韓刑警……

秀賢不敢相信，眼神顫抖的看著海英。雖然秀賢預想到材韓早已遭遇不測，卻無法接受現實。

秀賢　究竟……是為什麼！股長……股長他為什麼！
海英　是仁州。
秀賢　（看著）
海英　股長說所有的一切……都是從仁州開始……仁州案……李材韓刑警、股長……都是因為那件案子被殺害的。

在海英眼神顫抖、注視著秀賢的畫面之中。

S／15　D，過去，仁州高中教務處

畫面與材韓的臉重疊。老師們都去上課了，清靜的教務處裡，材韓正與教務主任（50代，男）談話。

主任　和惠勝要好的學生？
材韓　是啊。她在學校裡沒有好朋友嗎？
主任　她很少來上學，來了也是自己一個人……那孩子不愛講話，老師都拿她沒辦法。
材韓　我聽說……（試探的眼神）她和仁幹裡的一名學生在交往。
主任　（大吃一驚）什麼？這怎麼可能……仁幹那些孩子條件那麼好，怎麼可能跟她交往……

說著，主任察覺自己失言，立刻閉上嘴。材韓看著驚慌的主任。

材韓　仁幹……就是仁州高中學生會幹部吧？
主任　那個……
材韓　我能看看他們的學籍簿嗎？

主任看起來不知所措。

S／16　　D，過去，仁州警局重案組隊長室

范洙和仁州警局隊長相對而坐，正在談話。隊長一臉手足無措，不知該如何是好的表情。

范洙　李材韓？
隊長　是的。他要看學生會幹部的學籍簿，看來是知道什麼了。

范洙表情僵硬，思考著。

范洙　找到寫討論區文章的學生了嗎？
隊長　那……那個……還沒……
范洙　一定是那群幹部中的一個。清楚知道那件事的人除了那群傢伙，沒有別人了。話說回來，7個人裡要找一個有那麼難嗎？
隊長　他們都說不是自己，您叫我怎麼辦嘛。
范洙　他們說不是，你就相信了？哪怕是逼供也要問出來啊！
隊長　對……對不起。
范洙　對不起？說聲對不起就好了？李材韓要是先我們一步找到那個學生，你我就完蛋了！
隊長　按照您的吩咐，我已經讓他們與外界斷絕聯繫，李材韓是聯繫不上他們的。
范洙　……把他們都送出仁州。
隊長　什麼？送哪兒去……
范洙　不是放假了嗎？送去親戚家或出門旅行都好，總之不要留在仁州。

S／17　　D，過去，教務處

材韓坐在桌前看著學籍簿，7名學生的照片、姓名、家庭關係、成績等都記載在上面。「李正赫」、「徐京日」、「朱賢卓」、「白閔浩」、「金秀光」、「沈真

玉」、「李東鎮」，材韓看著每個學生的學籍資料，忽然視線定格在家庭關係中的父親職業欄。一一看過每個學生父親的職業：仁州水泥科長、部長、常務、理事，都與仁州水泥公司有關。材韓靜靜看著這些職業。

S ／ 18　　D，過去，Montage

– 仁州警局隊長室，隊長正一一打電話到每個學生家裡。

隊長　所以叫你把孩子送到親戚家去啊！沒有時間了，快點送去，知道嗎？

– 教務處，材韓快速瀏覽學籍簿上生活成長欄裡的內容。在材韓的畫面之中響起。

材韓（聲音）　跟朋友們一起闖了禍，又敵不過內心譴責，跑到討論區寫下自己犯下的罪。這孩子性格內向，又很敏感，但至少能判斷是非，是有正義感的孩子……

隨著材韓的視線，Quick Zoom 學籍簿，看到生活成長欄中的內容。
「凡事積極，肯配合同學，成績穩定優良。」
「性情積極活潑，有很強的自我意識。」
「性格爽朗活潑，擅長領導同學，是班級模範生。」
「言行穩重，善解人意、關心同學，同儕關係良好。」
「不擅表達，喜歡幫助他人，為人誠懇。」
「善良且同理心強，能在同學間建立深厚友誼。」
「身為班長，足堪典範，成績優秀。」
特別活動部分寫到「足球部」、「英語口語」、「文藝部」、「美術部」。
出席缺席狀況。

– 仁州警局，隊長室。

治秀像是被叫來的，走進隊長室。隊長遞給他2個學生名單：李東鎮、朱賢卓。

隊長　　你去這兩個孩子家裡看看，家裡沒人接電話。

- 材韓走進仁州醫院（惠勝住的醫院），來到護士站打探。
- 仁州市巷子某處。材韓手拿學籍薄巡視四周，彷彿在找什麼。治秀開車從材韓身邊經過。

S／19　　D，過去，東鎮家附近巷子某處

材韓拿著東鎮的學籍簿影本巡視四周，下方的地址寫著「仁州市尚名洞275號」。材韓四處張望，看到一處小店鋪前一位賣蒸紅豆包的老人。材韓走上前說了聲「打擾一下」。

材韓　　請問，哪裡是275號啊？好像就在這附近……

S／20　　D，過去，東鎮家門前／車內

畫面從「仁州市尚明洞275號」的門牌移到乾淨的洋房，圍牆內可以看到巨大的柳樹，柳樹的枝葉迎風擺動。開門走出來的東鎮臉色灰暗，手提著行李箱，身後的治秀推著東鎮。

治秀　　人在家怎麼不接電話？

治秀推著東鎮的後背，讓他上了停在家門前的汽車後座。接著，治秀坐上駕駛座。

治秀　　你先暫時把手機關掉，除了父母，其他人的電話都不要接。

說著，治秀發動引擎正準備出發，突然一隻手「啪」的拍在擋風玻璃上。材韓著急趕來，上氣不接下氣。治秀嚇得僵住，看著材韓。材韓上車，坐到東鎮旁邊的位子。

材韓　真不愧是仁州警局的刑警，你也察覺到什麼了吧？
治秀　……（驚慌的看著）
材韓　（看著東鎮）所有的一切都是從柳樹家開始的……那個在討論區上貼文的學生。
東鎮　（視線顫抖）
材韓　李東鎮，就是你吧？

治秀的眼神僵住，東鎮的眼神顫抖。

材韓　回仁州警局吧。你也是為了找這孩子才過來的吧？

S／21　D，過去，仁州警局重案組調查室前走廊／觀察室

材韓帶著渾身發抖的東鎮朝調查室走去，後面跟著的治秀表情僵硬，盯著材韓的背影。聞風趕來的隊長及仁州警局刑警們，都板著臉盯著材韓。材韓領著東鎮走進調查室。最後才聽到消息，趕忙朝調查室趕來的范洙，朝隊長。

范洙　快去聯絡孩子的家長，快！

范洙下令後，急忙走進觀察室，盯著調查室裡的情況。

S／22　D，過去，仁州警局重案組調查室

材韓讓東鎮坐下，自己走到對面坐下來。東鎮仍然很害怕，眼神顫抖。

材韓　　抬頭，看著我。
東鎮　　（依舊低著頭）
材韓　　李東鎮！
東鎮　　（嚇了一跳，扭捏的抬頭看著）

材韓把一張紙放在桌上，是仁州高中網站討論區的貼文。

材韓　　所有一切都是從柳樹家開始的。
東鎮　　（垂下頭，痛苦不已）
材韓　　所有一切都是從柳樹家開始的，最初是1個人，接下來是7個人，最後變成10個惡魔。
東鎮　　我不知道。
材韓　　惡魔就在我們身邊，他們像禽獸一樣踐踏了女同學，但仍舊和我們一起……像什麼事都沒發生過似的，有說有笑……
東鎮　　我不知道！

材韓看著痛苦不已的東鎮。

材韓　　我看了你的生活紀錄簿。不……是看了你們7個人的……正如你所說，其他6個人像什麼事也沒有發生似的來上學，也照常參加社團活動，還準備明天競選學生會會長……只有你不同。
東鎮　　……（低下頭）
材韓　　11月中旬開始，你不是缺席就是早退，還請過病假，但你沒有生病，對吧？
東鎮　　……
材韓　　仁州可是個小地方啊。我到各家醫院查過了，看你是否有去住院或治療，但都沒有紀錄。不過，我查到你因為別的原因去過醫院。
東鎮　　（抬頭看）
材韓　　你去過醫院幾次，想探望住院的惠勝，但都沒見到就回去了……護士看了你的照片，幫我證實了。

東鎮　……

材韓　你不是不想成為惡魔嗎？

東鎮　（開始掉眼淚）

材韓　就算是因為朋友參與其中，但你們也做了絕對不該做的事。可是，只有你一個人知道做錯了……講出來吧，最初是1個人……都是那個人指使的嗎？

– 觀察室的范洙，眼神頓了一下。

東鎮　（感到害怕，身體發抖）

材韓　（察覺到東鎮臉色變化，慢慢的）從最開始講起吧……你和惠勝是什麼關係？

東鎮　什麼……什麼關係也……也不是……（欲哭）那天之前……我沒跟她講過一句話……

材韓　……那天？

東鎮最終還是哭了出來。

東鎮　是他們先找上門的……

材韓　（看著）

S／23　D，Montage，東鎮家門前／東鎮家（東鎮的回憶）

– 一隻手按下「尚明洞275號」門牌旁的門鈴。東鎮邊問「誰啊」、邊打開大門，隨著東鎮的視線，看到大門前站著的善宇。

東鎮　這個時間，有什麼事嗎？

說著，看到善宇身後站著的惠勝。

東鎮　……姜惠勝？你們這是什麼組合？

－　東鎮家的客廳。
惠勝呆坐在客廳一角，善宇和東鎮站在離惠勝稍遠的地方講話。

東鎮　你這種好學生，怎麼和那種離家出走的少女混在一起？
善宇　你家白天沒人吧？暫時一個星期借用一天可以嗎？
東鎮　做什麼？
善宇　因為惠勝沒有地方做功課。
東鎮　可以去你家啊。
善宇　我家那麼遠……再說也不方便……
東鎮　不過，你們是什麼關係？你……喜歡她？
善宇　（難為情）不是啦，應該說是……老師和學生的關係。

東鎮不解的看著。
－　過一段時間。
善宇坐在廚房餐桌前幫惠勝溫習功課。坐在客廳沙發上的東鎮瞄了兩人一眼。

S／24　D，過去，仁州警局調查室

材韓　之後發生了什麼事？

東鎮感到害怕，吞吞吐吐，調查室外傳來東鎮父親氣憤的叫喊：「李東鎮！我們家東鎮在哪兒？！」東鎮聽到聲音，更加畏懼。東鎮父親一把推開調查室的門，闖進來。

東鎮父親　（看見東鎮，一把拽起他）起來，跟我回去。
材韓　您這是在做什麼？！
東鎮父親　我還要問你是在做什麼呢！他可是未成年的孩子！你經過誰的同意了？竟敢把孩子帶來！
材韓　他是案件重要參考人，請放開他。

東鎮父親　　我帶走我兒子，你憑什麼在這指手畫腳！

東鎮父親拽起東鎮，拉著他走出去。

S／25　　D，過去，仁州警局調查室外走廊

東鎮父親帶走東鎮，經過刑警們越走越遠，材韓隨後跟出來，朝走遠的東鎮父親走去。

材韓　　喂！

這時，後面傳來范洙的聲音。

范洙　　讓他們走。
材韓　　（回頭）不行，放他們走，他又會找藉口做假供詞的。
范洙　　那可是未成年的孩子，要是不經過正式傳喚，問題就大了。
材韓　　（鬱悶，但也無計可施）
范洙　　仁州高中的7個學生會幹部，只要調查一下他們，就能找到最初的指使者了……

材韓看著范洙。

范洙　　正式傳喚參考人，確保拿到陳述書。

材韓看著對面的范洙走遠，雖然鬱悶但也無計可施。隊長站在兩人之間察言觀色，快步跟上范洙。

S／26　　D，過去，仁州警局另一處走廊

范洙走在走廊上，隊長從後面跟上。

隊長　　您這是做什麼？真的打算都公開？

范洙　必須抓住……最初的那個人。所有事情不都是從那個人開始的嗎？

隊長　瘋了嗎？

范洙　需要有一個遮擋風雨的擋風布。沒錢沒勢、什麼都沒有，沒人替他撐腰的替死鬼……

隊長　哪有那種學生啊……

范洙　剛才，那個學生不是陳述了嗎？從哪裡開始的……

范洙嘴角露出高深莫測、卑鄙的笑容。

S／27　N，現在，海英的屋塔房

秀賢坐在書桌旁的椅子上，她還未能從剛剛的衝擊裡回神，雙眼空洞。海英看了看秀賢，重新翻找起資料。秀賢注視著海英，接著慢慢環視一圈海英獨居的房間。書架上擺滿犯罪心理學書籍，牆上貼滿關於未結懸案的資料，以及按照年度整理出的未結懸案檔案夾。秀賢環視著可以感受出海英執著於未結懸案的房間。
海英把資料攤在桌上，面對秀賢坐下。秀賢看到寫著「1999年仁州女高中生集體性侵案」的文件夾，下方是寫著「1999年仁州女高中生性侵案相關新聞」的文件夾，再下面是寫著「警察廳內部1999年女高中生集體性侵案相關資料」文件夾。秀賢看著海英蒐集的這些資料。

海英　到現在只蒐集到這些。因為是在CIMS系統開發以前，所以只能親自到處跑來蒐集資料。除了警察廳內部形式上留下的資料，沒什麼有用的了。雖然知道有特殊調查組，但我連小組成員是誰都沒掌握到。妳也知道，我和重案組刑警關係也不怎麼好……檢察那邊留下的資料也是託人拿到的，但比警察的資料更馬虎。

＊字幕 — CIMS系統：將犯罪調查過程中的資料進行數位化

儲存管理的警察廳犯罪訊息管理系統。

秀賢聽海英說著，視線看向這些文件夾，又看向海英。

秀賢　　看這些以前……要先聽一下你的故事。
海英　　（看著）
秀賢　　當時，在仁州……你和你哥哥到底發生了什麼事？

海英定定望著秀賢，彷彿回想起當時，臉色黯淡下來。

S／28　N，過去，仁州，海英家（海英的回憶）

善宇坐在矮桌前，正在幫海英寫的練習題打分數。每對一道題，海英臉上便會露出一絲希望。善宇覺得海英很可愛，給最後一道題打分時，故意開玩笑，原本要畫叉的，最後還是畫了圈——100分！海英呼喊：「喔耶！」開心得不得了。

海英　　你說過，如果我得了100分，會幫我實現一個願望的。
善宇　　那你的願望是什麼？
海英　　（猶豫不決）真的會實現嗎？
善宇　　什麼願望啊？
海英　　媽媽、爸爸、哥哥，我們一起去外面吃飯……
善宇　　咦……就這個願望啊？
海英　　真的，上次吃的蛋包飯真的好好吃。
善宇　　好，我會和爸媽說的。

說著，外面響起「碰碰碰」敲門聲。

海英　　咦？是媽媽吧！

海英開心的跑出去開門，門外站著表情嚴肅的正濟和仁州警局的刑警1。

海英　　……您是……？

正濟看一眼海英，又看向後面的善宇。

正濟　　你就是朴善宇吧？

善宇有種不祥的預感，遲疑了一下。

S／29　　N，過去，海英家外景（海英的回憶）

善宇被正濟帶走，後面跟著仁州刑警1。年幼的海英受到驚嚇，跟了出來。

海英　　哥……你要去哪……？
善宇　　（回頭）海英啊，待在家裡，鎖好門。
海英　　（快哭出來，跟在後面）哥……別走……我怕……
善宇　　（擔心海英）快點回家，鎖好門，我很快就回來。

海英眼眶含著淚，望著善宇越走越遠的背影。

S／29-1　　過去，Montage

- 夜晚，接上個畫面。海英一個人很害怕，靜靜看著錶。聽到門被風吹動，發出咯吱聲響，海英趕忙喊：「哥哥？」跑出去。但門外沒有人，海英獨自在家非常害怕，眼淚不停流著。
- 夜晚，海英走進仁州警局，哭紅著雙眼環顧四周，抓住經過的巡警。

海英　　請問……能讓我……見見我哥哥嗎？
巡警　　現在都幾點了，你怎麼還不回家？快回家去。
海英　　請幫我找找我哥哥，他和警察叔叔一起離開的……

巡警　明天跟你媽媽一起來吧。
海英　叔叔……

– 夜晚，仁州警局大樓外，海英急切的懇求巡警，但巡警還是無情的把海英推到門外。無助的海英哭了起來。
– 夜晚，海英家。海英父親（40代後段）正在整理行李，一旁坐著哭泣的海英母親（40代中段）。

海英母親　善宇他爸……求求你……
海英父親　我怎麼是他爸？我可沒生過那樣的兒子。
海英母親　我們家善宇，不是那種孩子。
海英父親　警察怎麼可能平白無故來抓人！

父母吵架，感到害怕的海英小聲嘟囔：「哥什麼時候回來啊……？」但父母完全不理會海英。
– 夜晚，父親拉著海英走遠。海英母親跟在走遠的父子身後。海英一直回頭看母親。

海英　媽……媽媽！

在那畫面之中響起。

現在的海英(聲音)　哥哥被帶走後，父母就離婚了。我跟著父親來到首爾。當時我太小，不知道哥哥犯了什麼錯，只是覺得很害怕。

S／30　D，過去，海英母親家裡（海英的回憶）

與第四集，S 78相同，快速播放的海英回憶。推開門走進昏暗的屋子，海英瞬間嚇得愣住。房間地上的血，海英沿著血跡看到善宇死在房間裡。

現在的海英(聲音)　聽說哥哥從少年輔育院放出來了，我回去找哥哥時……看到他自殺……為什麼會這樣……一無所知。理由都是後來才知道的。

S／31　D，過去，2006年，便利商店

海英在便利商店打工，站在櫃檯後聽歌。與海英年紀相仿的男高中生（以下稱朋友）拿著飲料走到櫃檯結帳。海英沒有看對方，機械式的結帳。朋友看一眼海英……是他吧？

朋友　朴海英……你是朴海英吧？
海英　（這才看到對方的臉，愣住）
朋友　（沒認錯，高興的）是你啊！

海英雖然認出眼前的朋友，卻沒那麼高興，有點想避開的意思。
－ 過一段時間。
朋友與海英坐在便利商店外的桌旁。

朋友　你住這附近啊？
海英　啊……（不肯定也不否定的口氣）
朋友　我還住在仁州。
海英　（神色漸漸黯淡）
朋友　（察言觀色）你突然轉學後……傳出很奇怪的謠言。
海英　（看著）
朋友　你哥的學校裡不是有一群人嗎？其中一個哥哥向警察作證了。
海英　（看著）說那天看到你哥從補習班蹺課，帶惠勝姐搭上公車……我們都認識你哥，他哪會蹺課啊，大家都覺得很奇怪。
海英　（看著，打斷講話）誰……？
朋友　（看著）
海英　那些人中的誰說的？
朋友　……就是那個，一隻手上有燒傷疤痕的哥哥。

海英的表情漸漸僵硬。

S／32　D，過去，2006年，仁州市街道某處

有人邊講電話邊走過來，拿著手機的手上可以看到燒傷的疤痕。男人（以下稱小混混1）衣衫不整，像個無業遊民。他走著走著，停下腳步，看到前面站著表情冷漠的海英。小混混1沒認出海英，直接走了過去。

海英　為什麼那麼做？
小混混1　（誰啊，看過去）
海英　為什麼說謊？
小混混1　（看了看）你……是朴善宇的弟弟？
海英　聽說，你看到我哥帶惠勝姐搭上公車。你真的看到了？
小混混1　（遲疑）你這小子在說什麼啊？
海英　我在問是你親眼看到的嗎？
小混混1　你有完沒完……
海英　（抓住小混混1的衣領推向牆壁，眼神激動）為什麼說謊？
小混混1　怎樣？
海英　那天你看到我哥了？別說謊了。

– Insert
過去，1999年，高中生的小混混1和朋友在巷子裡搶路過學生的錢。路過巷子的幼年海英（12歲）站在遠處目睹一切，害怕的轉身快步走開。
– 回到街道。
海英抓住小混混1的衣領，眼神顫抖的瞪著他。

海英　當時你明明在學校附近的小巷裡，怎麼可能看到我哥上公車？
小混混1　（遲疑，甩開海英的手）放開！

海英　明明當時就是這麼說的……是警察教他那麼作證的……那案子是偽造的。我哥哥……不是嫌犯。

靜靜看著海英蒐集到的資料。

秀賢　當時，特殊調查組是由刑機隊的前輩們組成。那時的刑機隊長正是現在的金范洙局長，李材韓前輩和刑機隊一組的人都去了。

海英　可以見到……那些刑警嗎？

秀賢　（看了看，拿起資料，站起身）不行，你不能去。

海英　（抓住秀賢）為什麼？那是我哥哥的事。

秀賢　所以才不行。你現在有殺害安治秀股長的嫌疑，盡量不要再做出被人懷疑的舉動了。

海英　（鬱悶）車刑警……

秀賢　還有……這也是我的事。

海英看著秀賢，秀賢眼中藏著憂傷。

S／35　N，現在，海英的屋塔房外

秀賢上車，望向看著自己的海英。

秀賢　有什麼事隨時聯絡。在調查結束、找到真兇前，你最好老實待著，這是組長的命令。

秀賢關上車門出發。海英望著遠去的秀賢。

S／36　N，現在，海英的屋塔房

海英回到家裡，陷入沉思，慢慢從背包中取出對講機。海英看著對講機。

S／37　　N，過去，仁州警局重案組辦公室

材韓靜靜注視著對講機，陷入沉思。

- Insert
- 調查室，材韓對面坐著學生會幹部閔浩。閔浩雖然表情嚴肅，卻沒有任何愧疚感，反倒露出富家子弟的傲慢。材韓打量著閔浩。

材韓　仁州高中2年3班白閔浩，是你吧？
閔浩　……是。
材韓　你是仁州高中的學生會幹部？
閔浩　是。
材韓　李東鎮都招供了。你也參與了姜惠勝案，沒錯吧？
閔浩　……（僵住）
材韓　回答我。是不是？
閔浩　不是我想參與的，都是朴善宇指使的。

材韓愣了愣，看著閔浩。

- 同樣在調查室接受調查的正赫，材韓面前擺著正赫的學籍簿。

正赫　朴善宇是個雙面人。大家都被他那好學生的外表給騙了，那件事完全是朴善宇主導的。

- 接受調查的京日。

京日　（欲哭）那天善宇找我們喝酒……現在記不太清楚了……只記得善宇把我們帶進一個房間……我是瘋了才會做出那種事，我真的會進監獄嗎？

- 依舊在接受調查的閔浩。

閔浩　　惠勝不順從他，所以惹怒了善宇。當時他已經失去了理智。

材韓靜靜觀察閔浩。

材韓　　所以……你也承認自己犯的罪了？

閔浩　　（遲疑）您在說什麼呢！我不是說都是善宇指使的嗎？

材韓　　你以為指證是他人指使的就能脫罪了嗎？還是有人教你這麼說的？

閔浩　　（眼神黯淡下來，看著）我只是陳述事實而已。

材韓　　……那好。你們仁州高中學生會幹部，7個人全都異口同聲說是受善宇指使才參與的。可是……被害人惠勝為什麼在第1、第2次陳述時沒有提到你們呢？

閔浩　　（更加心虛）那……那個……我怎麼知道。

材韓看著心虛的閔浩。

– 回到仁州警局重案組辦公室，畫面與看著對講機的材韓重疊。

材韓（聲音）　　7個仁幹……全部指證是朴善宇……就跟事前講好的一樣……

這時，聽到有人喊了聲：「人到了！」材韓把對講機放進口袋、走出辦公室。

S／38　　N，過去，仁州警局大樓走廊

材韓站在走廊裡，與一旁的正濟望向走廊盡頭，走廊盡頭傳來腳步聲，是治秀和仁州刑警1，中間夾著眼神充滿恐懼的善宇。材韓與善宇目光相對。

S／39　N，過去，仁州警局調查室

十指交叉放在膝蓋上，一雙白皙的手微微顫抖。畫面 Tilt Up，善宇相當害怕，發著抖。材韓坐在善宇對面，打量著他。

材韓　朴善宇。
善宇　（眼神顫抖的看著）
材韓　惠勝案，是你主導的嗎？
善宇　……不是、不是我。
材韓　那些學生會幹部的證詞全部一致，都說是你指使的。

善宇陷入衝擊，眼神更加顫抖。材韓遞給善宇的A4紙是陳述書影本。善宇看到「朴善宇主使大家，我們也沒辦法」的文字，陳述書最下面看到「李東鎮」的名字上，印著紅色指紋。

材韓　在討論區上寫下這些罪行的東鎮，也說受你指使。
善宇　真的不是我。
材韓　所有的證詞都指向你，可沒有一個人說不是你。

善宇看著材韓，從口袋裡翻出什麼，是被摺得皺巴巴又被攤平的材韓名片。第十一集，S 96，惠勝父親丟在病房門外的名片。

善宇　……我在惠勝病房外看到您了。我想您會找出真相，所以……才把照片送去旅館，想告訴您仁幹有哪些人……
材韓　（看著善宇）是你送來的？
善宇　……真的不是我。如果我做了那種事……怎麼會拿照片給您呢？
材韓　（看著善宇）到底是怎麼回事……最初的1個人……那個人到底是誰？
善宇　我不知道……但真的不是我……我只知道大家都在說

謊……

材韓靜靜望著善宇的眼睛。

S／39-1　D，過去，東鎮家門外

材韓百思不解，按下門鈴。門開了，看到東鎮的父親。一見是材韓，東鎮的父親變得很冷漠，正要關上門，材韓連忙攔住他。

材韓　請等一下。
東鎮父親　又怎麼了？陳述書不是給你們了嗎？
材韓　我想親自跟東鎮確認一些事情。
東鎮父親　要說的都寫在陳述書上了。（再次打算關門）
材韓　（趕忙阻止）只要一下子的時間。（朝屋內）東鎮啊！李東鎮！

東鎮父親把材韓往後推。

東鎮父親　再來為難我兒子，我可不會放過你。

東鎮父親用眼神威迫材韓，轉身狠狠關上門。材韓鬱悶的盯著大門，慢慢轉身正打算離開時，發現了什麼。一開始並未察覺就經過了，又突然眼神定格，再次看回來。進入材韓視線的，正是東鎮家院子裡迎風搖擺的高大柳樹。

材韓　……柳樹……所有的一切……都是從柳樹家開始的……（懷疑的眼神）……難道……

S／40　D，過去，廢棄烤肉店內

第十一集，S 98。材韓巡視著廢棄的烤肉店內部，到處都是丟棄的零食袋、菸頭、燒酒瓶，這些垃圾看起來都像是最近才丟棄的。材韓覺得很奇怪。

材韓　　燒酒瓶、菸頭、零食袋，比其他垃圾乾淨太多了……

－ Insert
第十一集，S 99。

丈夫　　有好長一段時間了。那些孩子進進出出的……整天躲在裡面喝酒、抽菸……

－ 畫面回來。

材韓　　如果證詞和證據都是偽造的呢……

－ Insert
－ S 39-1。東鎮家門前，望著高大柳樹的材韓。

材韓（聲音）　　如果案發現場不是這裡……而是種著柳樹的那棟房子。

S／41　　D，過去，仁州市區外公路某處

材韓走出來，環顧四周，在荒涼的田地裡發現了什麼，走過去，做生意的貨車上寫著「紅豆包」、「米酒糕」。
－ 過一段時間
材韓與貨車小販（50代，男）站在貨車一旁講話。

小販　　我在這做生意少說也有3年半了。
材韓　　那您經常會看到那棟建築了？
小販　　哪裡？
材韓　　（手指過去）那裡，聽說去年還是家烤肉店。
小販　　啊啊，想起來了。
材韓　　那家叫柳樹家的烤肉店停業後，您有沒有看過高中學生

在那裡出入？

小販　沒有……沒看到有孩子出入啊……警察先生你是不是記錯了？那家烤肉店不叫柳樹家，是叫栗樹溝。

材韓吃驚，愣住。

材韓（聲音）　為什麼要說謊？

S／42　D，過去，農家夫婦家門前

材韓質問農家丈夫，明顯看出丈夫有些不知所措。

丈夫　誰……誰說謊了！

材韓　從一開始就沒有叫柳樹家的餐廳，為什麼要說謊？

丈夫　……

材韓　為了你兒子？

丈夫　（遲疑，看著）

材韓　因為你兒子在仁州水泥公司上班，所以他們威脅你、要你說謊？還是收了他們的錢？

丈夫　……

材韓　因為你們這些自私的大人，害無辜的孩子揹了黑鍋，這就是你們口口聲聲講的美好的故鄉嗎？

丈夫　……

妻子（聲音）　自私的又何止我們啊？！

妻子從屋裡走出來。

妻子　……你們不也一樣。

材韓　（看著）

妻子　這些警察早就知道了，都是那個首爾來的警察教我們這麼說的。

材韓表情僵住。

S／43　D，過去，仁州警局停車場

仁州警局後方、人煙稀少的停車場。正濟的背狠狠撞在牆上，面前站著表情嚴肅的材韓。

正濟　（背痛）媽的……幹什麼？！

材韓　你心裡有數吧。這案子的嫌犯、證人到警察，從一開始就都是一夥的！

正濟　（心虛）……說什麼呢？

材韓　找到的案發現場，柳樹家！根本就不是那裡……你早就一清二楚了吧？

正濟　（眼神遊移）

材韓　我認識的刑機隊金正濟，可不是會搞錯這種事情的人啊……

正濟　（勉強擠出微笑）喂……李材韓。

材韓　是金范洙？

正濟　（表情僵住）

材韓　金范洙塞錢給你？為了幾個臭錢連警察的自尊也出賣了？你就那麼不值錢啊？

正濟　（盯著）……是啊，我就是那麼不值錢。

材韓　你……真的收錢了？瘋了吧你？！

正濟　當了幾十年的警察，我得到什麼了？老婆一個人養大兩個孩子，我卻啥也沒幫上。老婆哭著跟我說，不小心幫小舅子做保，現在連房子都快沒了……當警察好不容易才買的房子要是沒了，我們全家就得露宿街頭……

材韓　……（眼神顫抖，看著）

正濟　沒錯，我就是這麼賤。我拿了你恨得咬牙切齒的金范洙的錢，偽造了證據。那又怎樣？我閉一隻眼，全家都能幸福……那錢就算我不拿，別人也會拿……收點錢又怎樣？！

材韓　你真的要這樣……

正濟　……（自己也很痛苦，「啊！」的大喊）材韓啊……就這一次……就一次也不行嗎？就算我們出頭，這案子也

沒辦法……事已至此，就這一次……你就睜隻眼閉隻眼吧！

材韓看著迫切懇求自己的正濟，也很生氣鬱悶。「啊！媽的！」材韓轉身走遠，正濟看著遠去的材韓。

S／44　D，過去，仁州警局走廊

材韓一臉鬱悶走在走廊上，看到范洙從前面走來，材韓面帶怒氣，走向范洙。

材韓　看來你還真有錢啊，這裡、那裡到處亂撒。
范洙　（笑臉相迎）
材韓　你是嗅到錢味才跑來這裡的吧？仁州水泥公司……沒錯吧？聽說仁州市都靠水泥公司運作，那家公司與這案子有關吧？
范洙　我正要找你呢，你應該也很想見見她……

材韓納悶的看著范洙。

S／45　D，過去，仁州警局調查室隔壁的觀察室

范洙與材韓走進觀察室，材韓望向調查室，大吃一驚。調查室裡，坐在治秀對面的人，正是面容憔悴的惠勝。

S／46　D，過去，仁州警局調查室

治秀看著對面的惠勝，提出問題。

治秀　是朴善宇主導這起案件的……對吧？
惠勝　（渾身顫抖）
治秀　其他人都指證是朴善宇了。沒錯吧？
惠勝　那個……

材韓突然推門而入。惠勝嚇得看過去。

材韓　惠勝啊，妳可要想好再回答呀！這可是決定一個人一生的事。

治秀　你這是在幹嘛？請出去。

治秀把材韓往外推。

材韓　（掙脫阻擋）不是他。真兇明明另有其人，妳到底在怕什麼？究竟是為什麼啊？！

說著，突然聽到惠勝細細的聲音。

惠勝　……沒錯……

材韓和治秀看向惠勝。

惠勝　是他沒錯……（一行淚流了下來）朴善宇……是他指使的……

材韓茫然的望著惠勝。

惠勝　（抽泣）是善宇指使的……是朴善宇……指使的……

材韓直直盯著惠勝。

S／47　D，過去，同一場所

空無一人的調查室裡只剩下材韓站在原地。范洙從背後靠近材韓。

范洙　這件案子的加害人都是未成年的學生，加上是初犯，法院會酌情處理、做做義工什麼的……不過，主犯朴善宇可是要為自己犯下的罪行受到應有的懲罰……（嘲笑的神情，看著材韓）辛苦了。整理一下，準備回去了。

范洙正要轉身離開。

材韓　正濟……這件案子……還有那個女孩……都是為了錢嗎？

范洙　雖然不知道你在講什麼，但錢對他們應該很重要吧。那女孩已經走投無路了，新聞炒得沸沸揚揚，連真實姓名都爆出來了……想重新開始新的人生，就要有你最討厭的錢……不是嗎？

材韓聽到范洙的話，失望、鬱悶交加。

材韓　……最初的1個人……到底是誰……到底是誰，讓那無辜的孩子做了替死鬼？到底是多了不起的人物，能把一個仁州市鬧得天翻地覆？

范洙　（看著材韓，笑出來）明知故問嗎？最初的那個人……就是朴善宇嘛。

范洙露出卑鄙的笑，從材韓身邊走過。材韓感到無能為力。

S／48　N，過去，車內

材韓坐在駕駛座上發呆，靜靜看著對講機，無力的嘆了口氣。

S／49　D，現在，街道某處

平凡的小城市，位於小巷旁的超市。在超市外整理飲料箱的背影，正是如今已頭髮花白、快要50歲的正濟。整理好箱子，正濟轉過身，看到某人，露出微笑。秀賢朝正濟走來。

正濟	嗨，點五！
秀賢	（微笑）好久不見，前輩。

S／50　　D，咖啡廳

正濟與秀賢在咖啡廳相對而坐。

正濟	在電視上看到了，廣域搜查隊長期懸案專案組？哇……活久了真是什麼事都能遇上啊，點五都當上組長了……
秀賢	（微笑）前輩過得好嗎？
正濟	……日子不就是這麼過嗎……找我有什麼事？
秀賢	長期懸案專案組能有什麼事，還不是為了長期懸案。
正濟	（略顯緊張）懸案？什麼案子？
秀賢	……1999年，仁州女高中生案，前輩還記得嗎？
正濟	……不記得了……都那麼久以前的案子了……
秀賢	那案子結束後，一回到首爾，前輩就辭職了吧？一聲不響就那麼走了，連歡送會也沒辦，讓人心裡很不是滋味呢……
正濟	……是嗎？（說著）對了……瞧我這記性，我還有約，先走了啊……
秀賢	……安治秀股長死了。
正濟	（剛要起身，愣住、看著）
秀賢	被人……殺害了。
正濟	（吃驚，看著）
秀賢	因為仁州案。他是為了揭穿那起案子的真相才遇害的。當時究竟發生了什麼事？
正濟	（眼神顫抖，看著）什麼……什麼事也沒有，跟調查報告上寫的一樣……沒別的事了吧？

正濟表情僵硬，站起身，秀賢抓住正濟的手臂。

秀賢	不僅如此，安治秀股長在臨死前承認……是他親手殺害了李材韓前輩……

正濟受到打擊，僵在原地。

正濟	那是……怎麼回事……
秀賢	所以請您告訴我，當時究竟發生了什麼事？
正濟	（陷入混亂，看著）我……什麼也不知道……不知道。

正濟甩開秀賢的手，往外走。

秀賢	（朝正濟的背影）李材韓前輩可是您最要好的朋友。
正濟	（停下腳步，表情難過）
秀賢	至少……告訴我些什麼吧，哪怕是一點點……
正濟	（半轉身子）……材韓……他沒有放棄……那個案子。
秀賢	（看著）
正濟	對不起，我能告訴妳的只有這些了。

正濟轉身走出去。秀賢感到納悶，望著正濟離去的背影。

S／51　D，廣域搜查隊大樓停車場

來上班的海英把車開進停車場，停好、正要下車時，透過後照鏡看到一個人，是接受調查後走出來的成汎。海英遲疑一會，看著成汎上了停在停車場的車。海英注視著成汎駕駛的車。突然察覺到什麼。成汎車內後照鏡上掛著動物毛做的飾品。

－ Insert

第十一集，S 102。

夜晚，開往仁州醫院的海英的車。對向車道上擦肩而過的白色車輛，後照鏡上掛著一個動物毛的飾品。

– 回到停車場。海英注視著開走的成汎車輛，眼神震顫。

海英（聲音） 仁州……股長被殺的地方……金成汎也在那裡……

S／52 N，街道某處

秀賢的車疾速行駛在街上，車子停在海英面前，海英迅速跳上副駕。

秀賢 你說的是真的？安治秀股長遇害現場，金成汎也在那裡？

海英 我去見股長時看到了金成汎的車。先過去看看吧。

S／53 N，Montage

– 車輛行駛在高速公路上，車裡的秀賢與海英正在講話。

海英 股長是被一刀斃命。兇手是擅長殺人……像金成汎那樣的人。

– 秀賢的車開過聯喜收費站。在兩人的畫面之中響起。

海英（聲音） 如果真的是金成汎殺死股長，那他絕不可能是單獨犯案，很可能是受人指使。金成汎沒有靠山，僅憑自己的力量走到今天，這種人不會輕易相信他人，為了以防萬一，他會留下證據脫身，比如兇器或接到命令的通話紀錄等證物。

– 秀賢的車開在昏暗的公路上。

海英（聲音） 證物不會放在家裡或辦公室。經常做違法勾當的人，會避開拿到搜查令時最先被搜查的地方。

S／54　N，獨棟住宅前

在山坡下，秀賢的車停在地點清靜、沒有一絲光亮，被矮牆圍繞的獨棟住宅門前。兩人下車，望著獨棟住宅。

海英　這是在金成汎母親名下的房子，2000年購買的，有相當長一段時間了。

秀賢環顧四周，慢慢靠近大門。大門上著門鎖。秀賢從口袋裡取出別針，熟練的撬起門鎖。

海英　警察可以這樣嗎？
秀賢　當然不行，像我這種老警察才會做這種事（撬開門鎖）。明天你拿了搜查令再跟進來吧。

秀賢「咿呀」一聲推門而入。海英無奈的看了看，也跟進去。

S／54-1　N，住宅內

海英和秀賢走進伸手不見五指的住宅內。

海英　（找電燈開關）證物會放在保險箱裡，以他的性格應該不會藏得太隱密。

隨著「喀嚓」聲響，燈亮起，海英和秀賢瞬間愣住，燈光下看到的室內沒有任何家具。難道……海英懷疑的看著四周。

秀賢　找錯了。屬於金成汎的房子，只有這一處嗎？
海英　是的，只有這裡。
秀賢　可能藏在酒店或家裡了，不是這裡。

秀賢先走了出去。海英心想，難道真的搞錯了？一臉鬱悶的環視四周，跟在秀賢身後走出去。

S／55　N，住宅外景

秀賢先從室內走出來，海英隨後一臉不解的跟出來，沒看到玄關的臺階摔了一跤。海英發出「啊！」一聲，忍痛站起身。看到石階，海英突然愣住，用手摸了摸，是冰冷的石階……臺階下方的泥土顏色好像最近才被翻過。在海英注視著泥土地的目光之中。

— Insert
S 1，倒在地上的治秀。

治秀　……聽到對講機後……我去確認了……明明還在那裡……石階下……

— 回到住宅門前。
難道……海英顫抖的眼神注視著石階。

秀賢　（詫異的看著）怎麼了？
海英　……什麼也沒有……那房子為什麼放了十幾年也不賣掉呢？
秀賢　什麼意思？
海英　（聲音顫抖）能幫我確認一下安治秀股長最近的行蹤嗎？

秀賢詫異的望著海英。

S／56　N，長期懸案專案組

偕哲壓低聲音，偷偷與秀賢通話中。

偕哲　幹嘛老讓我做這種事？

秀賢（聲音）　怎麼樣？查到了嗎？

S／57　N，住宅外景

神色焦急的秀賢講著電話，看著海英。

海英　查到了嗎？只要確認一下有沒有經過聯喜收費站就可以了。

秀賢　嗯……（通話）……知道了，謝謝。

秀賢掛斷電話，看著海英。

秀賢　兩天前經過聯喜收費站。股長到過這裡？你又是怎麼知道的？

確認過後，海英的眼神轉為震顫。看了看臺階下方，又跑到房子後方去找什麼。秀賢跟過去。

秀賢　你到底要找什麼啊？

這時，海英在後面發現了堆積的工具，從裡面找到一把鐵鍬。

秀賢　我問你，到底要找什麼？

海英看了一眼秀賢，拿著鐵鍬回到臺階下，在開始挖地前對秀賢說。

海英　幫忙照一下。

秀賢詫異的看著海英，用手電筒照向地面。海英二話不說，開始挖起地面。

－　過一段時間。

地面挖出了一個大坑，但什麼也沒發現。海英仍舊一語不發的挖著。

秀賢　……說話啊，到底在找什麼？

海英沒有回答，不停挖著。突然停住，好像發現了什麼。海英把鐵鍬丟在一旁，開始用手挖。從手開始露出來的白骨。秀賢拿著手電筒，眼神驚慌，什麼也不再問，上前也開始用手挖起地面……土裡漸漸露出了白骨。突然，秀賢定住……看到肩膀骨頭上的鋼釘。秀賢眼神顫抖，發現白骨上的破舊衣服有什麼東西，取出來的瞬間，崩潰了。

秀賢　（喃喃自語）不會的……

海英看向秀賢手中的東西，是15年來埋在地裡沒有腐爛的警察證，上面正是材韓的照片。海英的眼神劇烈顫抖，與同樣顫抖的秀賢目光交錯。

第十二集　終

第十三集

S／1 D，現在，國科搜特殊驗屍室

骨頭被放在冰冷的不鏽鋼驗屍檯上，畫面移動，看到研究員正拼湊一塊塊骨頭的手，接著看到驗屍檯上已拼湊完成的白骨，肩膀處有固定鋼釘。

S／2 D，現在，特殊驗屍室外走廊

海英與秀賢安靜的坐在走廊上。海英難過的慢慢看向秀賢，秀賢盡量保持冷靜，但手和眼神還是微微顫抖著。在秀賢的畫面之中。

S／3 D，過去，刑警機動隊大樓走廊

跑在走廊上輕快的「噠噠噠」腳步聲，是看起來十分高興的1999年的秀賢，她三步併作兩步，跑在階梯上。

S／4 D，過去，刑警機動隊辦公室

面帶燦爛笑容的秀賢「碰」一聲推門、走進辦公室。

秀賢 早安！

但辦公室裡不見材韓和正濟的人影，大家一臉嚴肅。心情很好的秀賢走進來。

秀賢 怎麼了？

大夥看了看秀賢，不知道該不該說。秀賢環視四周，沒看到材韓和正濟。

秀賢 （看著）今天……不是去仁州的小組歸隊的日子嗎？……都還沒來上班啊？

氣氛很差，沒有去仁州的刑警3看著秀賢。

刑警3　　正濟辭職了。

秀賢　　（吃驚、愣住）辭職？……為什麼？

刑警3　　我也不知道，他什麼都沒說，丟下辭職書、收完東西就走了。李材韓也無故缺勤……氣氛真是奇怪。

秀賢不安的望向材韓的空位。

S／5　　D，過去，材韓父親的修錶店門前

畫面從寫著「電進社」的招牌，移動到站在門前、不確定是不是這裡的秀賢。秀賢小心翼翼的推門走進去。

S／6　　D，過去，材韓父親的修錶店

秀賢小心翼翼開門走進來。

秀賢　　打擾了……

店裡溫馨樸實，沒有一個人在。秀賢環視四周，注意到牆上掛著的日曆上，2月26日這天畫了一個紅圈。這時，秀賢聽到身後傳來聲音。

材韓父親（聲音）　　來修錶嗎？

秀賢回頭望去，材韓父親走進店內、剛關上門。

秀賢　　我……是來找李材韓前輩的。

材韓父親　　他是我兒子，找他有什麼事嗎？

秀賢　　（馬上90度鞠躬問好）啊！伯父，您好！

材韓父親愣愣看著秀賢。

S／7　　D，材韓的房間

材韓坐在書桌前寫著什麼，放在一旁的信封上寫著「辭職書」。這時，有人開門。材韓嚇了一跳，立刻側趴在桌上擋住寫下的內容。材韓父親走進屋裡。

材韓父親　有客人來了。

材韓看到站在父親身後的秀賢，與秀賢視線相對。

材韓　（吃驚、愣住）妳怎麼來了？
材韓父親　怎麼這樣跟人家說話。（滿意的看著秀賢）我回店裡了……你們慢慢聊啊。

材韓父親笑著，轉身走出去，關上房門。材韓無言的看了看父親，又看向秀賢。

材韓　妳來這幹嘛？

秀賢看了看材韓，指向桌上寫著「辭職書」的信封。

秀賢　那是……什麼？
材韓　跟妳沒關係，不用妳管，我問妳為什麼來？
秀賢　金正濟前輩一回來就辭職了，連前輩也要辭職，為什麼啊？發生什麼事了？
材韓　（看著）……別人辭不辭職，關妳什麼事啊？
秀賢　（隱藏起不是滋味的心情）前輩辭不辭職是跟我沒關係，但怎麼能在今天呢？哪有兒子選在父親生日這天辭職的。
材韓　……（愣住）什麼？
秀賢　我看到日曆上畫了個圈，今天不是伯父的生日嗎？前輩不是4月嘛。

材韓連忙看向牆上的日曆。因為太忙都忘了翻日曆，日曆還停留在1月。材韓翻過去，看到2月26日上畫著紅圈，這才想起來……連父親生日也忘了……目光低垂……

秀賢　前輩為伯父做海帶湯了嗎？
材韓　……（感到內疚，百口莫辯）
秀賢　（看到材韓的表情）看吧，我就知道。到今天為止，從來沒為伯父做過海帶湯吧？

S／8　D，過去，材韓家附近街道

材韓板著臉，快步走在傳統市場內，秀賢緊跟在後。材韓好像覺得跟著自己的秀賢很煩，瞄一眼身後，突然停下腳，轉身看著秀賢。

材韓　妳幹嘛一直跟著我，我就説自己會看著辦了。
秀賢　怎麼看著辦？難不成要花錢買啊？
材韓　（被説中，但理直氣壯）是啊，去買，買一碗最好喝的海帶湯。
秀賢　哇……真是沒良心。想用幾千元就打發伯父的養育之恩嗎？
材韓　（啞口無言）
秀賢　生日宴要的不是味道，而是心意。我來幫前輩，你跟我來吧。

S／9　D，過去，傳統市場某處

秀賢領頭走在前面，材韓邁開腳步，心不甘情不願的跟在秀賢身後。

材韓　　　　妳真的會做飯？
秀賢　　　　當然囉，也太小看我了吧……

看到前面的乾貨店，秀賢自信滿滿的從一堆展售的乾貨中拿起了什麼東西。

秀賢　　　　（拿起一捆）這海帶真不錯，瞧這顏色……

這時，老闆從店裡走出來。

店鋪老闆　　買昆布啊？
秀賢　　　　（不願相信這是昆布）
材韓　　　　（瞄一眼）妳不是說是海帶嗎？
店鋪老闆　　旁邊那些才是海帶呀。

材韓半信半疑的看著秀賢，秀賢慢慢放下昆布，抓起海帶。

秀賢　　　　這才是海帶嘛……這樣的才是海帶。

S／10　D，過去，材韓家的廚房

材韓正在切蒜，像扮家家酒一樣切得亂七八糟。旁邊的瓦斯爐彷彿快著火似的冒著白煙，只見秀賢正在炒肉，肉都沾鍋底了，秀賢眼看煙冒得越來越大，有些不知所措，手忙腳亂的把水倒進冒煙的鍋裡。材韓在一旁看著，眼神充滿懷疑，視線與秀賢相對。

S／11　N，過去，材韓家的客廳

客廳正中央擺著準備好的晚飯餐桌，有海帶湯和各種小菜，非常簡單的菜色。畫面移動，看到圍坐在餐桌前的材韓父親、材韓和秀賢。

材韓父親　（高興）哎呀，還有人為我準備生日宴啊……（看著秀賢）一點也不像警察，到哪兒找了這麼一個漂亮開朗的媳婦啊。

材韓　您說什麼呢，人家會誤會的。

說著，看了眼笑嘻嘻的秀賢。

材韓　有什麼好高興的，讓妳笑成這樣。

材韓父親　人家笑關你什麼事，愛笑是好事。來，開動！吃飯吧！

大家喝了口海帶湯，然後像事前講好似的一起定住——驚人的難吃。材韓父親雖然喝不下去，但還是露出微笑。

材韓父親　我們……先別吃飯，來喝杯酒吧？

秀賢　是！我來給您倒酒。

材韓　喝什麼酒啊……她不會喝酒。

秀賢　（瞪大眼睛）我會喝酒！

S／12　N，過去，街道某處

開在路上的計程車突然緊急剎車，司機下車，火冒三丈的打開後車門，這才看到車內的場景。材韓努力堵住秀賢的嘴，但喝醉的秀賢嘶吼著大唱〈娃娃的夢想〉。

秀賢　我一直站在你身後～而你～卻永遠看不到我～

司機　不用付錢了，下車！真是吵死了……

材韓　（無話可說）……對不起，她以前不會這樣……

司機　我叫你們下車！

材韓　是。

S／13　　N，過去，秀賢家附近街道某處

材韓揹著秀賢走在街上，秀賢趴在材韓背上，摟著他的脖子睡著了。

材韓　啊，真是……點五，等妳明天醒了，看我怎麼教訓妳。

這時，秀賢閉著眼睛，像是在說夢話。

秀賢　……前輩。
材韓　醒了？喂，那妳下來自己走吧。
秀賢　（打斷講話）不要辭職啦。
材韓　（遲疑）
秀賢　前輩不是說，當警察也不錯……
材韓　……
秀賢　你不讓我辭職，自己卻要辭職，這是犯規喔。
材韓　……我沒資格當警察。
秀賢　前輩要是沒資格當警察，那世上就沒人能做警察了……
材韓　……
秀賢　對我來講，李材韓是最棒的警察……所以，絕對不可以辭職喔……

秀賢又睡著了，材韓露出苦笑。

S／14　　D，現在，國科搜特殊驗屍室外走廊

上個畫面的秀賢，與現在眼神顫抖的秀賢重疊。這時，走廊盡頭傳來腳步聲。秀賢聽到聲音看去，材韓的父親得到消息趕來了。

秀賢　您來了……

海英聽到秀賢的口氣，猜到是材韓的父親，也看過去，

只見材韓父親一步步走來。

材韓父親　……找到……了嗎？

秀賢　……是的……

這時，允書從走廊另一頭走來。海英、秀賢、材韓父親看過去，允書表情嚴肅，手裡拿著DNA鑑定結果。所有人都注視著允書。

海英　結果如何？

允書　與白骨的DNA……一致。白骨確定就是失蹤的……李材韓。

雖然早已預料到，但海英和秀賢還是難以接受，材韓父親的眼眶也漸漸轉紅，身子晃了晃。站在一旁的秀賢立刻上前攙扶。

材韓父親　……（身體不停發抖，但盡量保持冷靜）材韓……我兒子……他在哪兒？

S／15　D，國科搜特殊驗屍室

推開門，慢慢走進來的材韓父親和攙扶他的秀賢，後面跟著海英。材韓父親靜靜地看著床上擺著的白骨。

材韓父親　……我……兒子……現在才……回來了啊……

秀賢　（難過）伯父……

雖然材韓的父親盡力忍住悲傷，但當看到兒子變成白骨，仍舊崩潰了……秀賢難過的望著傷心欲絕的材韓父親。

材韓父親　……謝謝……妳找回了我兒子……謝謝……現在好了……

至少在我死之前能祭祀他了。

秀賢為了安慰哭泣的材韓父親，上前抱住他。海英難過的看著他們，再次看向材韓的白骨。

- Insert
- 第四集，S 45 ～ S 51，材韓在自己的房間裡講著對講機。

材韓　我問你抓到兇手了嗎，抓到人了嗎？（忍耐的憤怒爆發，失去理智）告訴我是誰，我現在就去殺了他！（顫抖）你們只看到照片……就那幾張照片……和被害人的名字……職業、發現地點、時間……這些是你們知道的全部……但我不是……

- 第四集，S 93、94。在屋頂天臺用對講機的海英。

海英　托你的福，我們才抓住了兇手，是你留下了證據。是你抓住了兇手。雖然遲了些。謝謝你。

- 第六集，S 84、S 85。過去，車內。

材韓　（說著，激動得要哭出來）你那裡也是這樣嗎？只要有錢有勢，就算做出再混帳、再無賴的事情也能吃得好過得好嗎？已經過去20年了……至少應該有什麼不一樣了吧？……是不是？

- 第七集，S 25。站在刑機隊大樓緊急出口，用對講機的材韓。

材韓　警衛！警衛！雖然不知道這對講機哪裡出了錯，但犯了法，不管再怎麼有錢有勢，也該讓他受到應有的懲罰啊！這才是我們警察該做的事啊！

– 第十集，S 33 ～ 35。現在，海英在車裡講著對講機。

海英　不過……你……不好奇嗎？現在……2015年的你會是什麼樣子……

– 過去，材韓站在紅院洞街道某處，講著對講機。

材韓　……我呢，就連我爸去算命都很討厭。以後過得好壞，知道了又有什麼用。反正自己的人生自己做主……要是到時候你見到我，見我糊里糊塗的過日子就給我一巴掌，打醒我……

– 第十一集，S 67。

海英　有件事我想拜託你。1999年，當時在仁州發生了什麼事……請把那件案子的真相告訴我。這對我……真的很重要。

– 第二集，S 37。海英聽到對講機傳來的聲音。

材韓（聲音）　朴海英警衛……這可能是我最後一次講對講機了。

然後聽到「砰」一聲槍響。

– 回到現在，海英靜靜望著冰冷不鏽鋼檯上的材韓屍體。這是他第一次見到材韓。

S／16　N，殯儀館前

身著黑色西裝的海英表情嚴肅，朝小型簡陋的殯儀館走去。海英抬頭看了看建築，然後慢慢走進去。

S／17　　N，殯儀館內

海英走進寫著「故人李材韓，喪主李哲永」標示的靈堂，看到身著警服的秀賢站在靈堂前。秀賢望著「故人李材韓」幾個字，接著視線慢慢移動，看到空蕩的靈堂裡沒有一個花圈，沒有一個來弔唁的人，只有材韓的父親呆呆坐在那，靈堂充斥冷清與悲傷。海英望著那樣的秀賢，慢慢走上前，站在秀賢的身邊。

海英　　沒關係的。
秀賢　　（看著）
海英　　雖然沒有花圈，沒有來弔唁的人，還被誣陷成貪汙受賄的警察……甚至15年後才找回屍體……但在這麼漫長的時間裡……有人記得他、等著他……李材韓刑警一定會感到欣慰的。

秀賢聽了海英的話，再次慢慢轉頭看向靈堂

秀賢　　後來我才發現……我們……沒拍過一張像樣的合照……如果……知道那次就是最後一次見面……至少應該留下些什麼……我最後悔的，就是那件事……

S／18　　過去，Montage

- 白天，2000年，材韓剛失蹤，監查官室的職員就到振陽警局重案組辦公室，搜查材韓的辦公桌。其他刑警表情嚴肅的看著（允貞誘拐案當時的刑警），秀賢聽到消息跑來，顯得很吃驚。

秀賢　　到底是怎麼回事……

監查官室的職員撬開材韓辦公桌下方抽屜的鎖頭，從抽屜裡找出大量現金。秀賢吃驚的眼神。

- 白天，2000年，材韓父親坐在修錶店裡流眼淚，秀賢難過的望著材韓父親。

材韓父親　那傢伙……怎麼會……怎麼可能……

秀賢　不會的，前輩不是那種人。我一定會找到前輩，我會找到他的。

- 白天，2000年，材韓的房間。秀賢查看裝在箱子裡的材韓辦公室物品，裡面有現在的秀賢保管的振陽警局筆記本。秀賢翻看筆記本，沒有找到任何線索，又查看了其他物品……
- 白天，2000年，位於13號公路附近的直銷工廠，秀賢拿出材韓的照片給老闆看，但老闆搖了搖頭。
- 白天，2000年，秀賢詢問著位於13號公路附近的其他商店，老闆同樣搖搖頭。秀賢從店裡走出來，望著沒有盡頭的13號公路，毫無頭緒，加上對材韓的牽掛之情，秀賢眼眶含淚。
  在秀賢的畫面之中。

現在的秀賢（聲音）　我也想過他已經死了……

S／19　N，現在，殯儀館內

秀賢望著靈堂，淡淡的繼續說。

秀賢　如果他沒死……是不會丟下家人和同事消聲匿跡的……所以，一聽說有發現白骨，我就會跑去國科搜……可是我偶爾還是會幻想……某次門打開時……他如果能走進來……就像什麼事都沒有發生一樣……叫著我的名字……走進來……如果是那樣該有多好……

海英靜靜望著開始渾身顫抖的秀賢。

S／20　　N，殯儀館內

秀賢在靈堂前擺上一朵菊花，退後幾步，靜靜望著面帶笑容的材韓遺照。

– Insert
第一集，S 11

材韓　　這個週末應該能解決。
秀賢　　（看著）嗯？
材韓　　等都結束以後，到時候再說。

– 現在，回到靈堂。秀賢望著材韓的遺照。

秀賢（聲音）　　你要我等到週末……可我卻等了15年。先爽約的人是你……前輩，你就算被我罵也無話可說了。

秀賢望著材韓的遺照，眼眶紅了。海英心疼的看著秀賢。靈堂一旁望著秀賢的材韓父親也流著淚。

S／20-1　　D，現在，材韓的房間

秀賢和海英把材韓父親送回家，望著材韓父親把遺照放在材韓的桌上，擦著眼淚……海英難過的看著材韓的父親，接著看了看四周。牆上掛著當年的警服，材韓用過的書桌……海英第一次看到材韓住過的房間。

S／21　　N，長期懸案專案組

秀賢走進關了燈的專案組辦公室。沒有開燈，秀賢愣愣坐在辦公桌前，視線定在蝙蝠俠相框上。

S／22　D，過去，材韓的房間

接S 18，秀賢查看著裝在箱子裡的材韓辦公室物品……翻看完振陽警局筆記本後，又查看箱子裡的其他物品，秀賢在箱子最下面看到了蝙蝠俠相框。（這個相框沒有出現在刑機隊辦公桌上，自願調到振陽警局後，材韓才擺在辦公桌上）相框下方寫著「一副手銬背負著2.5公升眼淚」。秀賢想著材韓，細細端詳相框，忽然發現稍稍歪掉的蝙蝠俠照片後好像還有一張照片。秀賢猜想，或許是材韓藏了什麼？趕快拆開相框，看到蝙蝠俠照片後面的照片時，秀賢的眼神顫抖起來。照片是秀賢和材韓一起拍過的宣傳照。

秀賢　這個……怎麼會……

S／23　N，現在，長期懸案專案組

秀賢望著蝙蝠俠相框裡的照片。一瞬間，這些年來隱藏的感情爆發出來，秀賢失聲痛哭。

S／24　N，海英的車內

坐在車裡的海英詫異的盯著什麼，手裡拿著一張烤豬皮店的舊名片。

- Insert
- 接S 20-1，秀賢攙扶材韓父親走出房間。海英慢慢環視屋內，看到書桌上放著的名片盒。海英吃驚的看著放在最上面的烤豬皮店名片。
- 回到車內，海英依舊望著名片。

海英　李材韓刑警……怎麼會有這個……

S／25　D，過去，材韓的車內

材韓開車行駛在幽靜的公路上。

S／26　D，過去，公路休息站內的便利商店

材韓買了一罐咖啡，正打算結帳時，看到櫃檯旁擺的報紙。

－ 過一段時間。

材韓坐在便利商店一角設置的桌前，喝著咖啡、翻閱報紙。材韓的視線定格在「仁州集體性侵案今日判決」的標題上。材韓陷入沉思。

S／27　D，過去，1999年，仁州市法院大樓後方

停在法院門前的押送車旁聚集了大批記者與圍觀民眾。獄警見到大批人圍上來，一邊喊「請退後」一邊把人群往後推。人群之中，幼年海英為了見哥哥一面、拚命往前擠。這時，吵鬧聲更大了，只見大樓入口處，善宇和加害學生在警察的押送下走出來。海英看到穿囚衣、戴手銬、被繩子捆綁的善宇，受到衝擊，眼神劇烈顫抖著。

加害學生一現身，圍觀民眾大罵加害學生的聲音四起：「喂，你們這群瘋子！」「你們這群傢伙都該去死！」，四下閃光燈紛紛亮起。幼年海英站在人群中不知所措。人群中的惠勝父親（40代，男）推開獄警，攔住加害學生大喊大叫。惠勝的父親衣衫不整，像是喝醉了酒，雙眼通紅。

惠勝父親　我女兒的人生就這麼被你們毀了……什麼？少年輔育院？一年？哪有這麼便宜的事！你們瞧不起我，是吧？

獄警上前阻止惠勝父親，惠勝父親卻更激烈反抗。在他

身後憔悴的惠勝母親痛哭不止。

惠勝父親　喂，你們這群兔崽子。必須對我女兒的人生負責！對她負責！放開我！

被惠勝父親這麼一鬧，善宇等人停了下來。善宇像是無法相信眼前的現實，失魂落魄的望著惠勝父親。突然，善宇看到人群中的海英，一下子認知到眼前的現實，目光劇烈顫抖起來。海英也在那一剎那看到難過無助的善宇……沒有人幫助海英。海英叫喊著，但旁邊的人根本聽不到他的聲音。

海英　不是我哥哥……我哥哥……沒有做錯事……

善宇的眼眶紅了，獄警好不容易把惠勝的父親拉到後面。獄警推著加害學生的背要他們快點上車。善宇跟隨一行人上了押送車。海英想多看善宇一眼，扒開人群拚命往押送車的方向擠。

海英　哥！……哥！

善宇難過的透過窗戶看著海英。押送車開走後，圍觀人群也陸續散開，海英留在原地，哭了出來。

海英　不是我哥哥……不是……哥哥……

有人在注視哭泣的海英。只見材韓站在遠處，眼神顫抖的看著海英。

— Insert
第十一集，S 67。

海英　有件事我想拜託你。1999年，當時在仁州發生了什麼事……請把那件案子的真相告訴我。這對我……真的很重要。

– 回到法院門前。
沒有人對海英伸出援手，海英獨自哭泣。材韓顫抖的目光看著哭泣的海英。

材韓　朴善宇……朴海英……難道……

S／28　D，過去，仁州市

轄區刑警1把善宇的戶籍資料遞給材韓。

刑警1　這是您要的朴善宇的户籍。

材韓確認著戶籍，家族關係裡只有母親與善宇兩個人。

材韓　只和母親……兩個人一起生活嗎？沒有弟弟或其他家人嗎？
刑警1　是有一個弟弟，但不是同一個父親所生……

材韓愣住。

S／29　D，過去，仁州市，海英家門前

材韓看著手裡的地址，環視四周，走著走著發現了什麼，定住。只見海英家的圍牆和大門上寫著「禽獸去死吧」「滾出仁州」等紅色、藍色的塗鴉。材韓顫抖的目光看向裡面，從大敞的大門，看到被打碎的玻璃窗，海英的母親（40代）正在清理玻璃碎片。海英母親看起來疲憊無力，她忽然抬頭，看到站在門口的材韓。材韓與海英母親視線相對，點頭打招呼。

S／30　D，過去，仁州市，海英家

寒酸簡陋的客廳。擺在一旁的矮桌上方貼著一張善宇與海英的合照。材韓與海英母親相對而坐，桌上沒有一杯茶水。

材韓　……聽說您離婚了。

海英母親　……出了這種事怎麼還過得下去呢。老大是我和前夫的孩子，理所當然歸我養……可總不能因為他，連累了小的也被人指指點點啊，跟著他爸對他也好……

海英母親說著，看了看牆上掛的照片，快要哭出來。

海英母親　我們家窮，都沒好好照顧他……總是拿忙當藉口……沒好好陪過他，給他做份像樣的便當……他們兄弟倆感情很好……相親相愛、互相依靠……對我來說……都是我的孩子啊……

海英的母親流著淚，材韓難過的看著。

S／31　N，振陽市貧民區

材韓走在陡峭的臺階上，確認門牌，手上的紙條寫著「振陽市尾慶洞136-8」。走在臺階上的材韓突然發現了什麼，停下腳步。材韓看去，畫面移到寫著「振陽市尾慶洞136-8」的門牌上，大門旁，圍牆的路燈下站著海英。看起來有氣無力、表情沉重的海英用腳踢著石子。材韓望著那樣的海英。

－　過一段時間。

無精打采的海英抱著膝蓋坐在大門前，材韓躲到巷子裡看著海英。這時，臺階下方傳來有人走上來的聲音。

海英　（高興的）爸爸？

海英看到走來的是不認識的叔叔，高興的表情消失。陌生人從海英身邊走過，海英又抱著膝蓋坐下。蹲坐在那裡的海英把臉埋進膝蓋，肚子發出咕嚕咕嚕的聲響。材韓心疼的看著那樣的海英，決定走過去時，海英突然抬起頭遲疑了一下，邁開腳步走下階梯。材韓躲進巷子裡，等海英走過後才慢慢走出來，跟在海英身後。

S／32　N，過去，貧民區某處

從貧民區走下來，看到略寬的巷子。海英走在巷子裡，環視四周，時間很晚了，店舖幾乎都關門了，小吃店和餐廳也都關門了，巷子裡只有一家「烤豬皮店」還亮著燈。海英來到烤豬皮店門前，踮起腳望向裡面。材韓站在遠處看著海英，不知道海英打算幹嘛。只見，海英突然推開店門走進去。

材韓　小傢伙……不知道那是什麼地方就進去……

材韓驚慌失措，快步跟上去。

S／33　N，過去，烤豬皮店

烤盤上烤著豬皮，煙霧充斥整間店內。兩、三桌客人喝著燒酒、吃烤豬皮。海英走進店裡，客人和老闆都驚訝的望向海英，海英走到桌前坐下。

老闆娘　你進來做什麼……？
海英　（看著）請給我一份蛋包飯。
老闆娘　什麼？

這時，材韓開門走進來，看一眼海英，馬上背對著坐在門口的桌前。老闆娘見材韓進來，道了聲「歡迎光臨」，正要朝材韓走去，只見海英從口袋裡掏出幾張皺巴巴的千元紙鈔放在桌上。

海英　我有錢，請給我……蛋包飯。

材韓聽到海英的聲音，眼神垂了下來。

老闆娘　（覺得荒唐）開什麼玩笑……你家在哪兒？回家找你媽去，都幾點了……

說著，只聽材韓舉起手叫了聲「老闆」。

老闆娘　你先等一下。

說完，走向材韓。材韓不想讓海英看到，從錢包裡取出1萬元塞給老闆，壓低聲音。

材韓　給那小孩做份蛋包飯吧，這就當是材料費。

老闆娘　（看一眼海英）你是他爸？
材韓　不是，要是我兒子，我還會坐在這裡嗎？

老闆娘懷疑的看著材韓，材韓又拿出1萬元塞給老闆娘。

材韓　那孩子餓了才進來的，您就給他做點吃的，這就當辛苦費了，行嗎？
老闆娘　（看著）

－　過一段時間。
一盤冒著熱氣的蛋包飯端到海英面前。海英肚子太餓，嚥了一口口水，拿起湯匙大口吃起來。忽然，海英大概想起哥哥和媽媽，又放下湯匙，眼眶紅了……在門口背對海英坐著的材韓從玻璃窗裡看到海英在擦眼淚。海英擦乾眼淚，又大口吃起蛋包飯。材韓心疼的看著海英。

S／34　N，現在，同一場所

與上個畫面的環境幾乎相同，是現在的烤豬皮店。跟過去相比，店裡沒有什麼客人，幾隻蒼蠅飛來飛去。上了年紀的老闆娘坐在店裡打瞌睡。現在的海英開門走進來。

老闆娘　（聽到開門聲醒來）歡迎……（看到是海英）來啦？好久不見呀，給你做蛋包飯？

海英　（走到老闆娘面前，遞上名片）這個是這裡的名片吧？

老闆娘　是這裡的，沒錯。

海英　（給老闆娘看材韓的照片）您認識這個人嗎？這名片在他那裡……

老闆娘　（看著照片）……是他啊。

海英　（遲疑、看著）

– Insert

接S 33。海英吃完後，站起身走了。材韓等海英走出去，立刻起身，朝老闆娘。

材韓　（把錢包裡的錢都給老闆娘）以後只要那孩子來，您就給他做點飯吃。

說著，要出去追海英，拿起一張豬皮店的名片。

材韓　我會經常打電話來的，拜託您了。

– 另一個晚上，幼年海英又來店裡點蛋包飯吃。材韓坐在稍遠的桌旁看著海英。

老闆娘（聲音）　又不是自己的孩子，我還以為他這人有問題呢。他特別囑咐我不要告訴你。

－ 回到現在，海英從烤豬皮店裡走出來，發著呆站在原地。

老闆娘　可是，不知道從什麼時候開始……那個人就再也沒來過了，也斷了聯繫，我也就忘了……

原來是這樣……海英得知材韓偷偷在照顧自己，眼神顫抖起來。

S／35　N，現在，烤豬皮店前街道

海英打開店門慢慢走出來，走進昏暗的街道，呆呆站在那裡，慢慢把頭轉向沒有幾盞路燈、通往過去自己家的小巷。像幻影一般，眼前出現了幼年海英和跟在海英身後的材韓。現在的海英目光顫抖，望著材韓的背影。

海英（聲音）　……我以為……只剩下自己一個……只有自己一個人了……那是我最難過的……

S／36　過去，Montage

－ 過去，2006年，學校屋頂。高中生海英與不良學生面對面站著。

不良學生1　我聽到了傳聞，你哥可真了不起啊。
海英　找死嗎……你再說一句試試。

不良學生不屑的笑出來。

不良學生1　怎麼，你也覺得你哥很丟人啊？

瞬間，海英抓起身後的書包丟向不良學生1的臉。海英與不良學生四對一打起群架。起初，不良學生挨了海英一拳，但海英在人數上居於劣勢，還是被圍攻，一拳接一拳的挨打。但海英根本不把其他人放在眼裡，只猛攻不良學生1。其他學生想拉開海英，卻反過來被海英踹了一腳，大家開始後退，已經打輸的不良學生1摔到地上，想要往後退。但海英覺得光用拳頭難以洩憤，環視四周，拿起一旁的花盆，正要砸向不良學生1……

不良學生1　（嚇得摀住臉）不要……！不要打了……是我錯了。

海英喘著粗氣，俯視不良學生1，捧著花盆的雙手不停顫抖。不知是對不良學生的憤怒，還是對這個世界的怨恨，海英大叫了一聲「呃啊！」，狠狠把花盆摔到地上，花盆被摔得四分五裂。海英喘著粗氣，離開屋頂。

– 夜晚，過去，2006年，烤豬皮店。

聽著搖滾樂的海英走進烤豬皮店，像回到自己家一樣走到桌前坐下。

海英　老闆娘，蛋包飯。

客人們聽到「蛋包飯」，詫異的看向老闆娘。老闆娘很自然的走到半開放式廚房做起蛋包飯。

– 過一段時間。

老闆娘端出熱氣騰騰的蛋包飯。

老闆娘　早點回家，現在都幾點了……

海英沒有回應，面無表情的吃飯。老闆娘轉身，一名客人問道。

大叔　兒子？

老闆娘　　哎喲……什麼兒子……是常客，光臨了5年的老客人。
大叔　　怎麼不回家吃飯，跑到烤豬皮店來點什麼蛋包飯啊……
老闆娘　　少管人家的閒事，吃完趕快走人吧。

海英像是完全聽不到身旁的談話，聽著吵鬧的音樂，默默吃飯。

– 夜晚，過去，2006年，海英家門前。
位於老舊小巷裡的海英家。海英聽著音樂往家走去，看到什麼停下腳步。只見在自己家門口等了很久、直發抖的優等生韓都妍（17歲，女）。都妍察覺有人，看過去，目光與海英相對……因為等了很久，都妍眼神十分不滿，感覺兩人關係不太好，氣氛有些尷尬。海英瞥了眼都妍，裝作沒看到走過去，正要走進家門。

都妍　　（生氣）喂！我等了你2個多小時耶。

海英視若無睹，把鑰匙插進門鎖正要開門，都妍一把抓住海英的手臂，海英滿臉問號，看向都妍，兩人視線相對、十分尷尬，都妍放開手。

都妍　　你以為我想來啊？是班主任要我來找你的。
海英　　（再次開門要回家）班長還真辛苦。
都妍　　明天你要是再不來上學的話，就要被停學了。
海英　　（走進家門）
都妍　　（氣憤的朝大門喊）你會被停學的，停學！……

– 過去，2006年，仁州市，撞球場。
海英與小混混1等一夥人打架，海英滿身是血的倒在地上。躺在地上的海英抓住正要走出去的小混混1。

海英　　……是誰……是哪個兔崽子陷害我哥……
小混混1　　……你知道了又能怎樣……

海英	我不會放過他……我不會放過那個害死我哥的人……
小混混1	知道你哥為什麼揹黑鍋嗎？就是因為他沒錢沒勢沒靠山。
海英	……（目光顫抖）

－ 過去，2006年，都妍家門前。

清晨，普通的獨棟住宅外景，傳來都妍「我去上學了」的聲音。都妍揹著書包、開門走出來，一走出門發現了什麼，「哎呀！」嚇了一跳……看過去，是似乎在門外坐了一夜的海英。

都妍	喂，你……怎麼在這？
海英	（在等都妍，見都妍出來，默默站起）
都妍	我問你怎麼會在這裡？
海英	怎樣才能上大學？
都妍	什麼？
海英	我問，想要上大學，該怎麼做？

－ D，過去，2006年，學校運動場某處。

都妍和海英就讀的高中運動場某處，海英和都妍蹲坐在單槓下。都妍拿著樹枝在地上寫著什麼，一邊講解給海英聽。

都妍	那要看你想上什麼樣的大學了？
海英	不是那種誰都能讀的大學，我要讀好的大學。
都妍	（覺得荒謬）就憑你？先不說聯考了，平時成績怎麼辦？就算高一成績只占15%，可你的成績差太遠了，就算接下來的2年拚命念書……希望也……
海英	我會拚死努力的。
都妍	不是誰都能讀的大學，還得是好大學，在哪啊？
海英	……不是誰都能讀的大學……最好學費也便宜……
都妍	（看著）長得要漂亮，性格也要好，身材必須完美，還得對你好，最好還是個有錢人家的小姐……既然如此，那只有國立大學了。不是誰都能讀、最好的國立大

學……憑你的成績，首爾大就不要想了，陸士、空士、海士都要看學生記錄簿，你也不行……警察大學如何？學費全免，還提供住宿……

海英　　（表情冷漠）警察大學？讓我去讀警察大學？瘋了吧，死也不去。

都妍　　（看了看，荒謬得哈哈大笑）喂，不是不去，是考不上吧？你以為警察大學是網咖啊，誰都能去。

– 過去，2006年，烤豬皮店。

老闆娘坐在櫃檯裡打瞌睡，海英在一旁吃蛋包飯。吃著吃著，突然……

海英　　阿姨。

老闆娘　　（打瞌睡）嗯，怎麼？太鹹了？要水啊？

海英　　我……去讀警察大學，怎麼樣？

老闆娘　　……（看著）

海英　　怎麼了？

老闆娘　　……人得知道天高地厚，你不去混黑社會就謝天謝地了，還當警察？這還不夠，還要讀警察大學？我說小傢伙，你要是能考上警察大學，我就把手放到火盆裡烤。

海英　　（噗哧笑出來）是吧，什麼警察……

海英漸漸收起笑容，陷入沉思。

S／37　　N，現在，海英的屋塔房

從上個畫面的海英轉移到現在的海英，海英在屋塔房裡注視著烤豬皮店的名片。這時，聽到對講機的雜音，時間到了11點23分。海英看著吱吱作響的對講機，但不知道該說些什麼。

S／38　D，過去，材韓的車內

停在貧民區某處的汽車，材韓坐在車裡靜靜看著對講機，也不知道該說些什麼。

海英（聲音）　……那個仁州案。
材韓　（遲疑）

S／39　N，現在，海英的屋塔房

海英　……那個……
材韓（聲音）　我會追查到底的。
海英　（看著對講機）

S／40　D，過去，材韓的車內

材韓　我忘了一件很重要的事。我不該放棄這個案子，更不應該袖手旁觀。

S／41　N，現在，海英的屋塔房

海英靜靜看著對講機。

S／42　D，過去，材韓的車內

材韓　你說過，就是因為有人放棄才會造成未結懸案。這案子，我一定不會放棄。

S／43　N，現在，海英的屋塔房

海英　……我希望刑警你能幸福……

S／44　　　D，過去，材韓的車內

材韓聽到海英這麼說，感到意外，愣在那看著對講機。

S／45　　　N，現在，海英的屋塔房

海英　　　和你身邊……相愛的人在一起，或許比追查案子更重要。

S／46　　　D，過去，材韓的車內

材韓　　　……我也希望警衛你能幸福……

S／47　　　N，現在，海英的屋塔房

海英　　　（聽到意外的回答，愣住）

S／48　　　D，過去，材韓的車內

材韓　　　就算生活得不富裕，希望你能和家人在同個屋簷下，一家人聚在一起吃飯、睡覺……不再孤單……和別人一樣平凡的生活。

S／49　　　N，現在，海英的屋塔房

海英靜靜望著對講機的畫面。

- Insert
- S 35，過去的幼年海英，材韓跟在幼年海英身後；現在的海英，目光顫抖的望著材韓的背影。
- 回到屋塔房，海英無法眼看材韓即將遭遇不幸……

海英　　　李刑警，請停止調查……仁州案吧。那案子，會讓你陷入危險的。

S／49-1　　D，過去，材韓的車內

材韓　　……（遲疑）無所謂，重案組刑警哪會怕那些！

S／49-2　　N，現在，海英的屋塔房

海英　　（心裡難受）我們開始這對講機不是在1989年，第一次開始對講機的人也不是我，而是你。2000年8月3日，是你向什麼都不知道的我傳來了信號。

S／49-3　　D，過去，材韓的車內

材韓　　（詫異）第一次的對講機……是我先開始的？

海英（聲音）　　是的。當時你身處險境，告訴我，對講機還會重新開始……要我說服1989年的你，也是1989年的這個對講機，又讓我們取得聯繫。

材韓眼神混亂。材韓按下對講機的傳送鍵，打斷海英的話。

材韓　　好了，我就聽到這裡。

S／49-4　　N，現在，海英的屋塔房

海英看著對講機。

S／49-5　　D，過去，材韓的車內

材韓　　我……不會放棄的，不管發生任何事都不會放棄……

S／49-6　　N，現在，海英的屋塔房

海英　　……（焦慮、擔心）但是……你……

正要說下去，只見對講機信號斷了，海英十分不安。

S／50　D，過去，材韓的車內

材韓也看著斷了信號的對講機，像是下定決心，收起笑容，表情漸漸嚴肅起來。

S／51　N，現在，會議室

海英與秀賢面對面坐著。

秀賢　上次你說過，警察組織不可信，現在也這樣認為嗎？
海英　是。
秀賢　（看著）
海英　在發現李材韓刑警的屍體後，收到報案的警察也立即出動了，但還是沒有抓到金成汎。

－ Insert
成汎的辦公室。警察推門闖入，但辦公室空無一人。幾分鐘前還有人待過似的，電腦開著，桌上擺著喝過的咖啡杯。

海英（聲音）　不過幾分鐘而已，錯過了金成汎。到現在為止，金成汎還在潛逃中。

－ 畫面回來。

海英　金成汎能在那麼短的時間裡有所察覺，表示是從通報體系洩露了消息。一定是警察組織內的人洩露的。
秀賢　……（陷入沉思）
海英　必須讓廣域搜查隊的人知道這件事，是安治秀股長殺害了李材韓刑警，金成汎也參與其中。這會成為找到殺害股長兇手的重要線索。

秀賢　絕對不可以讓廣域隊的人知道。

海英　（看著）

秀賢　安治秀股長遇害後，現在負責指揮廣域搜查隊的人是金范洙局長。

海英　（遲疑、看著）

秀賢　股長不是說……所有的一切都是從仁州案開始嗎？當初負責指揮仁州案的人，也是金范洙局長。

海英　……妳的意思是，這件事與金范洙局長有關？

– Insert

– 舉行材韓葬禮的殯儀館門前。一輛車慢慢開到門口停下，後座的車窗慢慢降下，坐在後座的范洙冷冷注視著殯儀館。在范洙的畫面之中。

秀賢（聲音）　金范洙局長腦子轉得很快，也很有政治頭腦。

– 回到會議室。

秀賢　他從基層巡警做起，一躍成為警察廳搜查局局長，期間也有過很多人事上的流言，也有傳言說他背後與政界和企業界人士過從甚密……

海英　（看著，興奮的）那調查一下金范洙局長不就行了嗎？既然他是仁州案負責人，自然可以查到那時候發生了什麼事……

秀賢　（打斷海英）不能輕舉妄動，目前也只不過是心證。

海英　但是……

秀賢　如果你的推測是對的，因為那案子……已經死了兩名警察，也就是說背後藏著重大的祕密，我們必須比以往查案還更小心謹慎才行。

秀賢與海英對望。

S／52　　D，現在，長期懸案專案組

秀賢把仁州性侵案的相關資料發給坐在辦公桌前的偕哲和憲基。偕哲和憲基互看一眼，看向秀賢。

秀賢　　我知道這很瘋狂，因為股長的案子大家都卯足了勁，我們現在重新調查仁州案……沒錯，是瘋狂的舉動。

這時，憲基一聲不吭的站起，把白板拉過來擋住。

憲基　　就算是瘋，也安靜點瘋吧。
秀賢　　（看著）
憲基　　（壓低聲音）股長被殺後，我也打探了仁州那案子。當時被當成主犯抓起來的嫌犯，據說是朴海英的親哥哥！因為那案子，他才那麼討厭警察吧？
偕哲　　誰都一樣，自己家親戚要是被說成嫌犯都會覺得冤枉，都會說不是自己家人。也是……小小年紀就自殺了，是夠可憐的……
秀賢　　（看著偕哲）看來前輩也去打聽了？仁州案？
偕哲　　說什麼呢，我什麼都不知道。

秀賢和憲基看著偕哲。

偕哲　　好啦，我是打探了一下。雖然查了……但所有證人的證詞全部一致。
秀賢　　沒錯，所有證人的證詞都一樣，但也只有證詞。如果反過來想，要是所有人都說了謊，那真兇豈不是另有其人？
偕哲　　那又如何？就算查出真相，性侵案也沒有包括在這次公訴時效的修正案裡。再說，那案子的公訴時效早就過了……
秀賢　　只要調查這案子，就能找出殺害股長的兇手。因為股長是為了揭露仁州案真相，才遭人毒手的。

偕哲　　廣域搜查隊那些神通廣大的傢伙不也在查嗎？我們跟著攪和什麼……

秀賢　　廣域搜查隊已經把朴海英鎖定成最大嫌疑犯，但我不認為朴海英殺了股長。

偕哲　　當然……我也這麼想。股長是什麼人啊……重案組刑警怎麼可能死在罪犯側寫師手上。

憲基　　沒錯。朴海英跟我差不多，身材那麼瘦小。

秀賢　　那好。鄭憲基負責跟仁州警局鑑識組的人問問看當時入手的證據，前輩幫忙找當時被害人的個人資料。

S／53　Montage

－ N，會議室。接S 51的感覺。

海英　　姜惠勝……必須先找到當時的被害人。

秀賢　　你應該一直在找那個被害人才對啊。

海英　　這些年我想盡辦法，但都沒有找到。她的住址是假的，也沒有用本人名義辦的信用卡和手機。

秀賢　　……找人不是罪犯側寫師的專長，應該交給重案組的刑警。

－ D，長期懸案專案組辦公室（與S 51的感覺不同）。偕哲環視四周，晃晃悠悠走進來。

秀賢（聲音）　　找人是金偕哲前輩的強項，高手中的高手。

－ D，辦公室。偕哲與秀賢相對而坐，在談話。

偕哲　　（巡視四周，壓低聲音）姜惠勝可真難找啊。住址都是假的，也沒有信用卡和手機，而且父母雙亡，也和住在仁州的朋友徹底斷絕聯絡，人際關係都斷了。

秀賢　　所以？沒找到？

偕哲　　呵呵，著什麼急……（偕哲從桌子底下遞過去健康保險局拿到的資料）別的不說，健康保險可沒法作假。姜惠勝一直在精神科接受治療。

秀賢　沒有調查令都能拿到，前輩可真了不起。

偕哲　我可是金偕哲呀。

– D，海英屋塔房外的天臺。
海英假裝在晒被子，很自然的走到欄杆處瞄了一眼樓下。停在樓下的車裡是廣域搜查隊的刑警。
– D，海英家。海英換上行動方便的衣服。
– D，海英屋塔房的屋頂天臺。海英揹上背包、走出家門，避開廣域搜查隊刑警的視線跨過欄杆，跳到隔壁棟的天臺。在海英的畫面之中。

秀賢（聲音）　廣域搜查隊的人盯上你了，要小心行事。

– 接第一個Insert的畫面，殯儀館某處。

秀賢　我們重新調查仁州案這件事，絕對不能讓別人知道。

S／54　D，街道某處

海英站在街邊，焦急的等待秀賢。這時，秀賢開車從前面過來，海英環視四周，跳上車。秀賢的車立刻出發。

S／55　D，車內

出發後，秀賢把偕哲調查到的健康保險局資料遞給海英。

秀賢　金偕哲前輩也只查到這些，看來姜惠勝一直有去精神科接受治療。

海英　她應該得了創傷壓力症候群，因為失眠或憂鬱症，不得不去醫院開處方藥。

秀賢　　那個精神科醫院就在附近的開發區，但也只知道這些。我打電話到醫院去，那裡留的地址也是假的。姜惠勝沒有再預約，所以不知道她下次什麼時候會再去……

海英　　應該就在醫院附近。

S／56　D，Montage

- 奔馳的車內，在秀賢與海英的畫面之中。

海英（聲音）　　姜惠勝會害怕人多的地方，特別是看到男人居多時會產生恐懼心理。她應該不太會搭大眾交通，很可能住在步行就能抵達醫院的地方。

- 兩人抵達精神科醫院，取出平板電腦確認附近的地圖。

海英（聲音）　　姜惠勝會盡可能迴避派出所、警局這種地方，因為不喜歡暴露自己的身分。我們應該從公寓套房聚集的區域，或方便上班族通勤的區域查起。

- 秀賢找到公寓套房密集區的房屋仲介，拿出惠勝高中時的照片。老闆看後，搖了搖頭。
- 海英與秀賢分頭行動，來到另一處公寓套房聚集區的雜貨店。老闆看過惠勝的照片後，搖搖頭。在兩人的畫面之中。

海英（聲音）　　姜惠勝每年都到醫院開一次抗憂鬱症的藥，用1個月的藥量可以撐1年，表示她在某種程度上已經克服了創傷壓力症候群。姜惠勝已經忘記過去，開始新生活，她很有可能擁有工作。

- 在巡視四周、調查中的海英畫面之中。

海英（聲音）　　不會是長期與人接觸的辦公室工作，長時間坐在一個地方集中工作，對她來講會很辛苦。也不會是經常接觸男性的工作，更不可能是專職。應該是技術性的工作。幾乎以女性為對象，而且不會維持長久人際關係的職業。

海英焦急的邊走邊巡視周圍，走過一間小型化妝品店……一個30代中段，端莊安靜的女人低頭看著地面，從距離海英稍遠的地方走過來。海英瞬間愣住。轉頭看去，女人走到化妝品店，正要用鑰匙開門。海英看了看化妝品店。

海英（聲音） 幾乎以女性為對象，而且不會維持長久人際關係的職業……

海英望著女人打開店門走進去的背影。海英快步走去。

海英 姜惠勝小姐。
30代女 （完全不知道發生什麼事的表情）嗯？您找誰？
海英 您不是……姜惠勝嗎？
30代女 不是。

海英微微點頭，失望的走出去。

- 海英從美甲店走出來，這時海英的手機響起，看了看號碼，031-7000-8990，不認識的號碼。海英沒有接電話。
- 海英從裁縫店一臉失望的走出來。這時，惠勝（30代中段）從海英眼前的大樓廁所走出來，走向位於大樓1樓的髮廊時。前方幾個大叔講著話、迎面走來，惠勝立刻閃躲，繞過他們走向髮廊。海英看到那樣的惠勝，走上前。

海英 ……姜惠勝小姐……
惠勝 （愣住，轉身看去的眼神充滿不安）

海英看到那樣的惠勝，直覺告訴自己找對人了。

海英　　（小心翼翼取出警證）我是首爾廳朴海英警衛。

惠勝　　（驚嚇，往後退幾步）

海英　　我是為1999年的仁州案而來。

惠勝的手微微顫抖。

惠勝　　我沒什麼好說的。

海英　　知道妳有難處，不會耽誤太長時間的。

惠勝　　請回去吧。我……真的沒什麼好說的。

惠勝正要轉身。

海英（聲音）　　妳還記得朴善宇嗎？

惠勝　　（遲疑，回過頭）

海英　　朴善宇……當時被指認為主犯的朴善宇……他是我哥哥。

惠勝　　（驚訝的看著）

海英　　妳至少應該告訴我些什麼吧？

惠勝對善宇充滿內疚，開始動搖。

S／57　　D，現在，咖啡廳

接到海英電話趕來的秀賢，與海英坐在惠勝對面。

秀賢　　我們知道問這些妳也很難受，我就長話短說了，仁州案的主犯真的是朴善宇嗎？

惠勝　　……

秀賢　　姜惠勝小姐。

惠勝　　……善宇……是唯一真心善待我的人。

S／58　N，過去，仁州市某處

坐在僻靜公園裡的高中生惠勝，從黑色塑膠袋取出一罐啤酒。惠勝表情沉重，正要打開啤酒，看到有人出現，身著校服的善宇朝自己走來。惠勝心想，又要聽嘮叨了，一臉不耐煩的樣子。

惠勝　你怎麼老是來找我啊？在監視我嗎？
善宇　那妳為什麼老是離家出走？
惠勝　要裝好人，在學校裝就夠了。
善宇　妳今天就回家吧，一直這樣下去會出事的。
惠勝　少在那裡自以為是。
善宇　我不是自以為是，我是擔心妳。
惠勝　擔心我？

惠勝看了看善宇，把袖口捲起來露出手腕。善宇看到惠勝的手腕，愣住。惠勝的手腕青一塊紫一塊，還有割傷的痕跡。

惠勝　都是我爸喝醉酒後幹的，家裡整天都是酒味，那種地方我回去做什麼？
善宇　……
惠勝　什麼都不知道，就不要裝作一副什麼都懂的樣子。

惠勝不理會善宇，正要開啤酒。善宇一把搶過惠勝手中的啤酒。

惠勝　幹嘛？
善宇　妳不是討厭酒味嗎？一直這樣下去，妳的人生就毀了。
惠勝　那又怎樣？
善宇　既然妳不想回家，那就要有可以獨立的能力。我來幫妳。
惠勝　你怎麼幫我？

善宇　　至少要掌握基礎知識，學其他東西才容易些。從今天起，我來教妳做功課。

惠勝　　（看著）

善宇　　別看我這樣，成績可是排在全校前面的呢。

善宇朝惠勝一笑。惠勝靜靜望著眼前的善宇。

S／59　　D，現在，咖啡廳

惠勝　　真心對我的人……只有善宇。救了我的……也是善宇。

S／60　　D，過去，仁州高中走廊

教室和走廊上到處是三三兩兩聚在一起、竊竊私語的孩子們。「知道討論區的事吧？」「柳樹家？」「聽說是3班那個女生」。惠勝站在走廊盡頭聽到大家議論紛紛，感到絕望。惠勝倒退了幾步，轉身開始跑。
接第十一集，S 75，惠勝朝屋頂跑去的畫面。

S／61　　D，過去，仁州高中屋頂

惠勝猛力推開屋頂的門，毫不猶豫的衝向欄杆。惠勝就要跳下去了，在驚險瞬間，有人抓住惠勝的手臂……看過去，是善宇。

惠勝　　（瀕臨崩潰，拚命甩開）放開！放開我！

善宇難過的看著失控的惠勝。

善宇　　惠勝啊！

惠勝　　放開我！

善宇　　這不是妳的錯！

惠勝　　（看著）

善宇　　不是妳的錯，妳沒有任何理由去死啊。
惠勝　　（流下眼淚）
善宇　　不是妳的錯……
現在的惠勝(聲音)　　當時，善宇救了差點要尋死的我……我卻背叛了他……

S／62　過去，Montage

－ 白天，醫院。
惠勝的父親惡狠狠的威脅坐在床上的惠勝。

惠勝父親　　妳要是敢到處亂講，我就宰了妳！

－ 白天，范洙的車內。
范洙坐在駕駛座，惠勝坐在副駕駛座。是第十二集，S 46，惠勝到仁州警局接受調查前的狀況。

范洙　　自己的人生自己決定，做出明智的決定。

－ 第十二集，S 46。

惠勝　　沒錯……是他……（一行眼淚落下）朴善宇……是他指使的……

S／63　D，現在，咖啡廳

惠勝　　當時我還小……也很害怕……以為那麼做了，一切就都可以結束……我只想快點結束一切，然後離開仁州……一心只想離開那個地獄一樣的地方。（看著海英）對不起……真的對不起。
秀賢　　那誣陷朴善宇的真兇到底是誰？
惠勝　　（表情僵硬）

S／64　D，過去，仁州太鎮家門前

＊字幕 — 2000年2月

高牆圍住的洋房。大門前停著一輛高級轎車。這時，大門打開，身著校服、揹著書包的太鎮走出來，司機上前打開車門，太鎮自然的坐進車裡。對面距離大門稍遠的巷子裡，材韓表情嚴肅的看著太鎮。

S／65　D，過去，仁州市街道某處

像老大一樣走在街上的太鎮，後面跟著4、5個仁州高中學生會幹部。在材韓氣憤的看著太鎮的畫面之中。

現在的海英(聲音)　是仁州水泥公司社長張城哲的兒子，張太鎮？

S／66　D，現在，咖啡廳

惠勝顫抖的望著海英。

惠勝　……沒錯……就是那個人。

S／67　D，過去，東鎮家

惠勝一個人坐在廚房餐桌前等善宇，一邊在筆記本上胡亂塗寫。這時，東鎮走進廚房。

東鎮　今天善宇應該是出不來了，妳先回去吧，家裡也有客人……

東鎮看一眼客廳，惠勝也跟著看了看客廳，看到坐在客廳沙發上的太鎮背影。

惠勝　　知道了。

惠勝把放在餐桌上的參考書塞進書包，穿好外套，圍上紅圍巾正準備離開。

太鎮（聲音）　　朴善宇做家教的人就是她啊？

太鎮斜靠在廚房門口，看著惠勝和東鎮。太鎮的校服上繡著「張太鎮」3個字。

東鎮　　嗯？……是啊。
太鎮　　（嘲笑）怎麼，想考首爾大學啊？

惠勝雖然心情受到影響，但沒有回嘴，打算離開。

太鎮　　朴善宇那傢伙不管在校內校外，都很會裝樣子嘛。

惠勝猛然停住，看向太鎮。

惠勝　　那你又有什麼了不起的？
太鎮　　（盯著）
惠勝　　你拿全校第1，還不都是因為有人當家教、幫你補習。
太鎮　　（語塞，假笑）妳說什麼？
惠勝　　善宇自己念書考到全校第3，所以真正聰明的人不是像你這樣靠家裡的人，而是善宇。

太鎮的表情瞬間僵住，眼神充滿瘋狂的怒火。
－　過一段時間。
惠勝的書包被人狠狠摔到地上，參考書掉了一地。東鎮站在門口不知該如何是好，屋裡像是發生過打鬥，裡面傳來碰撞和惠勝的慘叫聲。

S／68　　　D，現在，咖啡廳

海英聽完惠勝的陳述，憤怒讓全身都在顫抖。

海英　仁州水泥公司社長的兒子……張太鎮……是他……

惠勝　……是的……張太鎮……就是他。

海英　這……一句話……只要妳講這麼一句話就好了……怎麼可以……嫁禍給沒做任何事的我哥……

秀賢　朴海英，夠了。

海英　結果我哥怎麼辦？真正有罪的人到現在還在作威作福，什麼事都沒發生似的活著……可是我哥呢？什麼也沒做……年紀輕輕就死了。

惠勝聽到善宇的死訊，大吃一驚。

惠勝　……善宇……善宇……死了？

海英　是啊……15年前自殺了。

惠勝　自殺……怎麼可能……不可能的。後來過了段時間，我打起精神，去找過善宇。

S／69　　　D，過去，少年輔育院會面室

身著囚衣的善宇與惠勝隔著玻璃窗相對而坐。惠勝無顏面對善宇，垂頭坐在那裡，沉默了一段時間。

善宇　惠勝啊。

惠勝　（動了一下）

善宇　那天我講的話都是出自真心……這不是妳的錯。

惠勝　（淚眼汪汪，看著善宇）

善宇　害妳變成這樣的另有其人，所以都忘了吧，重新開始。

惠勝　（落下一滴淚）

善宇　（微笑）沒事的，我也會重新開始，我不會放棄我的人生。

惠勝　　（眼淚徹底潰堤）……對不起……對不起……

S／70　D，現在，咖啡廳

惠勝　　最後一次見到善宇……絕對不像會自殺的人。善宇還笑著安慰我……多虧了他那句話，我才能撐過來，全都忘掉……相信自己都忘了……堅持到今天……

海英　　妳可以那樣撐過來……可我哥哥沒有，他剛從少年輔育院出來就割腕自殺了。

惠勝　　不會的……

海英　　現在還不晚，請妳替我哥哥討回清白吧。我們需要妳的證詞。

惠勝受到刺激，陷入混亂與恐慌。

惠勝　　……不……我做不到……我有丈夫和女兒……好不容易才建立起家庭……我不能再失去他們。

海英　　這不是妳的錯，妳只是被害人啊。

惠勝　　……你知道當時我最難過的是什麼嗎？我什麼也沒做錯……但所有人都對我指指點點。女孩子到底做了多不光彩的事……才會遇到那種事情……無論15年前……還是現在都一樣。我……不想再被人說三道四了。

海英　　那我哥哥呢？！

秀賢　　朴海英，別說了。

海英　　姜惠勝小姐！

惠勝　　對不起……

惠勝匆忙起身，跑出咖啡廳。海英正打算追出去，被秀賢攔住。

秀賢　　朴海英！性侵案的公訴時效已經過了，就算取得被害人證詞，我們也做不了什麼。

海英　　（對哥哥的感情爆發）妳知道張太鎮是怎樣的一個人

嗎？他爸爸是仁州水泥公司的社長，大伯是國會議員張英哲。現在在仁州，他也像個王一樣生活。

秀賢　　……

海英　　我哥年紀輕輕就那麼死了！被人誣陷，死得那麼可憐，真正的兇手卻像什麼事都沒發生一樣……哪有這種事……這些年來……我呢……那我呢……

秀賢　　沒辦法……

海英要哭出來了。

海英　　……還有機會。現在是沒辦法，但過去還有機會……一定有方法。如果那時抓住真兇，我哥哥……李材韓刑警可以救他。

秀賢　　（愣住）你說什麼？

海英沒有回答秀賢，還來不及阻攔，海英就衝出咖啡廳。秀賢趕忙追出去，但海英已經搭上計程車走了。秀賢望著遠去的海英。

S／71　　N，海英的屋塔房

海英望著握在手裡的對講機。看一眼時間，11點21分。海英再次瞪大雙眼，盯著對講機。

海英　　（懇切）求求你，刑警……求求你……

S／72　　N，過去，機動車裡

機動車後座，材韓的衣服裡傳出對講機的雜音。

S／73　　N，現在，海英的屋塔房樓梯

秀賢走在屋塔房建築的樓梯上，充滿懷疑的仰望建築。

－ Insert

海英　　……還有機會。現在是沒辦法，但過去還有機會……一定有方法。如果那時抓住真兇，我哥哥……李材韓刑警可以救他。

－ 畫面回來，秀賢仰望建築。

S／74　N，現在，海英的屋塔房

海英拿著對講機，著急的開口。

海英　　李材韓刑警！刑警！

S／75　N，現在，海英的屋塔房門外

秀賢敲了敲門，聽到屋裡傳來海英著急喊道：「李材韓刑警！」秀賢愣住。

秀賢　　……李材韓刑警？

第十三集　終

第十四集

S／1　D，過去，刑警機動隊停車場

材韓的車開進停車場。

＊字幕 — 2000年2月15日

材韓下車，面無表情的朝大樓走去。這時，伴隨著剎車聲，一輛高級轎車很危險的停在材韓面前。范洙從轎車駕駛座下來，走向材韓。材韓像是早預料到似的。

材韓　哇，車真不錯啊。聽說仁州案結得漂亮，直接晉升首爾廳科長了，看來發展得不錯啊。前途這麼好的人，跑到這來做什麼？

范洙　你背地裡搞了我一年，想必也很忙吧？

材韓　（笑了）看來監察官室也有人幫你通風報信啊？你這裡那裡，一直沒少貪嘛，是我透露消息給監察官室的。這次……上面那位恐怕也保不住你了。

范洙　（氣憤）李材韓！

材韓　不僅是你。

范洙　（看著）

材韓　仁州水泥公司社長的兒子……張英哲議員的侄子，張太鎮……認識吧？

范洙　（聽到太鎮的名字，態度變得冰冷）

材韓　他才是仁州案……最初的加害人。

范洙　那案子的主犯是朴善宇。

材韓　是啊。所有人都給了相同的證詞。就像你說的，那裡的人直到最後都閉口不言。因此……只有一個人能講出……事實的真相，那就是你……金范洙。

范洙　（看著）

材韓　我會讓你親口承認自己過去幹的那些骯髒勾當。當然，也包括這次的仁州案。

范洙　（眼神冰冷憤怒，看著）好，那就看看誰先死在誰手裡。

范洙冷冷望著材韓，材韓也同樣回瞪范洙。

S／2　　D，過去，刑警機動隊辦公室

材韓板著臉走進辦公室，朝自己的座位走去，秀賢從某處冒出來，擋在材韓面前。

秀賢　你一整天跑去哪了？
材韓　有點事。
秀賢　什麼事？

材韓一聲不吭，朝自己座位走去，秀賢再次攔下材韓。

秀賢　別坐了，馬上就要出去了。延雨洞入室性侵案，隊長要我們去埋伏。
材韓　延雨洞入室性侵案，不歸我負責啊。

這時，刑警1走到材韓和秀賢身邊。

刑警1　刑機隊哪有你我之分？延雨洞入室性侵案一年內發生了20起，總得抓住吧。
秀賢　當然了，走吧。

秀賢先快步走出去，材韓詫異的看看刑警1，又看看秀賢，跟著走出去。刑警2走向看著兩人離開的刑警1。

刑警2　那個案子不是有其他組去埋伏了嗎？
刑警1　車秀賢一直很擔心。
刑警2　因為材韓那傢伙？
刑警1　從仁州回來後那傢伙就怪怪的，不笑也不愛講話。這種時候不能想太多，最好就是跑現場。

S／3　N，過去，住宅某處

機動車停在幽靜的住宅區一角。

S／4　N，過去，機動車裡

秀賢坐在駕駛座上，喝了口咖啡，揉揉眼睛注視著前方。秀賢看了眼身旁，材韓不知什麼時候睡著了。

秀賢　（擔心）到底去哪、忙什麼了啊……臉都瘦了……

這時，材韓覺得姿勢不舒服，動了動身體。秀賢脫下自己的外套蓋在材韓身上，臉貼得很近。秀賢嚇得把身子往後退……痴痴凝望材韓的臉……這時，某處傳來對講機吱吱吱的雜音。秀賢猛的清醒過來，納悶這是什麼聲音，查看周圍。

S／5　N，現在，海英的屋塔房

接第十三集，S 71。海英注視著手中的對講機。看了看時間，11點21分。海英的目光再次看向對講機。

海英　（懇切）求求你，刑警……求求你……

S／6　N，現在，海英的屋塔房樓梯

秀賢走在屋塔房建築的樓梯上，心生疑惑，仰望建築。

— Insert

海英　……還有機會。現在是沒辦法，但過去還有機會……一定有方法。如果那時抓住真兇，我哥哥……李材韓刑警可以救他。

— 畫面回來，秀賢仰望建築。

S／7　　N，現在，海英的屋塔房

屋內響起對講機吱吱吱的雜音，時間指向11點23分。海英握在手裡的對講機開始發出吱吱吱的雜音。

S／8　　N，過去，機動車裡

聽到對講機的雜音，秀賢取出自己口袋裡的對講機一看，沒有信號。秀賢看向周圍，發現後座材韓脫下來的外套口袋裡，貼著黃色笑臉的對講機。

S／9　　N，現在，海英的屋塔房

海英朝對講機。

海英　（著急）李材韓刑警！刑警！

S／10　　N，現在，海英的屋塔房外

秀賢正要敲門，聽到裡面傳來海英的聲音。

海英（聲音）　李材韓刑警！刑警！

秀賢愣住。

秀賢　李材韓……？

S／11　　N，過去，機動車裡

秀賢轉身看向貼有黃色笑臉貼紙的對講機，對講機裡傳來海英的聲音。

海英（聲音）　李材韓刑警……

過去的秀賢吃驚的看著對講機。瞬間，聽到材韓的聲音。

材韓（聲音）　那是什麼！

說話同時，材韓跳出車外，一個可疑人影跳出前方的矮牆跑了。秀賢馬上跟在材韓身後。畫面移到車內後座，對講機一直響起海英的聲音：「李材韓刑警！」

S／12　N，現在，海英的屋塔房

海英見沒人回答，更加焦急，再次呼叫材韓，但對講機的信號斷了。海英焦慮的看著對講機。

S／13　N，過去，住宅區某處

材韓從小巷裡跑出來，巡視四周，只見秀賢也從對面巷子跑過來。材韓看向秀賢，秀賢搖搖頭。材韓和秀賢巡查了周圍，但什麼也沒發現。

材韓　（惱怒）我睡著，妳怎麼也恍神了！
秀賢　對不起……我聽到對講機響，正在找……
材韓　（一愣）……對講機？
秀賢　就是前輩的護身符。那個對講機真的發出聲響了。
材韓　……那個老古董怎麼可能有聲音……少說這些沒用的，趕快去找人。

S／14　　N，現在，海英的屋塔房

海英鬱悶的看著斷了信號的對講機，覺得這麼等下去也不是辦法，海英抓起外套跑出去。

S／15　　N，現在，海英的屋塔房外

海英從家裡出來，快步跑下樓梯。聽到海英的腳步聲遠去，有人從屋塔房後慢慢走出來，畫面Tilt Up，看到秀賢。秀賢望著海英遠去的方向，確認海英已經走遠，開門走進海英的房間。

S／16　　N，海英的屋塔房

秀賢小心翼翼的走進房間，環視周圍，發現了什麼。書桌上淩亂放著的仁州案資料上，有一個舊型對講機。秀賢拿起對講機查看，突然愣住，對講機下面貼著黃色笑臉貼紙。

秀賢　　……這個怎麼會……

S／17　　N，街道某處

海英的車開在夜路上，海英一臉焦急的開車。車前進的方向可以看到寫著「仁州」的標示牌。海英踩下油門。

S／18　　N，仁州市網咖

在玩遊戲的男客人當中，30代的小混混1正在打網路花牌。這時，海英猛的推開網咖大門走進來，認出海英的小混混1愣住。

S／19　　N，建築外景

啪！小混混1挨了海英一拳，摔倒在地。

小混混1　（怒火中燒）你這傢伙真是……
海英　1999年的案子，你從一開始就知道主犯是張太鎮吧？
小混混1　（遲疑）
海英　所有人明知我哥是被冤枉的，但都坐視不管！
小混混1　那又怎樣？都過去15年了，現在又跑來舊事重提，你們到底想怎樣啊？
海英　你們？除了我，還有誰來過？
小混混1　那個大叔，老刑警。
海英　（愣住）……刑警……那個刑警是不是叫……安治秀？
小混混1　哈，看來警察的圈子也很小嘛。
海英　他說了什麼？
小混混1　……
海英　（揪住衣領搖晃）快說！
小混混1　他要我作證，證明圍巾在善宇那。
海英　什麼？

– Insert
仁州街道某處，站著談話的治秀與小混混1。

治秀　聽說是你告訴朴善宇那條紅圍巾……是可以證明張太鎮就是真兇的證據。
小混混1　……幹嘛突然問起這個？
治秀　把那條圍巾交給朴善宇的人也是你……
小混混1　那又怎樣？不管那條圍巾在不在朴善宇手上，仁州案的公訴時效都過了，還有什麼好查的……
治秀　……我不是要查那個案子。
小混混1　什麼？
治秀　我要查的不是仁州案……

－　回到現在的建築外景後方，聽了小混混1的話，海英陷入混亂。

海英　不是……仁州案……在查別的案子？

小混混1　（甩開海英抓著衣領的手）他只說了這些，問完就走了。

一切讓海英覺得混亂，治秀到底想查什麼呢？

海英　……安治秀股長後來去了哪裡，你知道嗎？

小混混1望著海英。

S／20　N，仁州市街道某處

海英充滿疑惑，回到車裡。放在副駕駛座上的手機有電話打來，手機畫面顯示031-700-8990（京畿道的公用電話號碼），但海英沒有注意到便出發了。

S／21　N，仁州警局大樓外景

S／22　N，仁州警局搜查支援組

畫面從「搜查支援組」的牌子移動，看到站在那裡的海英。一名職員朝海英走來，將調查資料遞給海英。

職員　這就是幾天前安治秀股長申請的資料。

海英看了一眼資料，覺得奇怪。接過來的資料封面上寫著「朴善宇自殺案」。海英一臉疑惑，抓住正要離開的職員。

海英　安股長要的不是仁州性侵案，而是這個案子的資料，您確定？

職員　　是的。

S／23　　N，警察廳搜查局長室

范洙坐在椅子上聽文刑警報告。

文刑警　　安治秀股長遇害前，到仁州警局申請過這份資料。15年前，朴海英哥哥自殺案的資料。

調查資料影本封面上寫著「朴善宇自殺案」。范洙冷冷望著資料。

S／24　　N，現在，長期懸案專案組辦公室

秀賢坐在空無一人的辦公室，不解的看著手中的對講機。

－ Insert
－ 第七集，S 32
秀賢從警證後面取下一張笑臉貼紙，貼在材韓的對講機下方，開心的看著。

－ 第七集，S 28

治秀　　還記得李材韓刑警像護身符一樣帶在身上的對講機嗎？
秀賢　　（遲疑，看著）
治秀　　黃色的笑臉貼紙……是妳貼上去的吧？

－ 第十二集，S 12

秀賢　　在安治秀股長的遺物裡有沒有看到一個對講機？貼著黃色笑臉貼紙的對講機。

– 畫面回來，秀賢注視著對講機下方、褪色的黃色笑臉貼紙。

秀賢　分明是前輩的對講機⋯⋯

秀賢望著對講機，畫面可以看到對講機下方的黃色笑臉貼紙。

S／25　D，過去，刑警機動隊辦公室

上個畫面出現的笑臉貼紙，與稍微顯舊的貼紙相重疊。畫面移開，看到放在材韓辦公桌上的對講機。拿起對講機的手，看過去，是秀賢。秀賢端詳著對講機。

秀賢　明明聽到聲響了⋯⋯

秀賢仔細查看對講機，還搖了搖。這時，一隻手搶走對講機，秀賢嚇一跳，看過去，是材韓。

材韓　誰准妳隨便亂動我的東西了？
秀賢　那個真的壞了嗎？
材韓　哈，真是⋯⋯（拿著對講機隨便按幾下）妳看，連燈都不會亮！

秀賢覺得奇怪，突然想到。

秀賢　⋯⋯那你為什麼老是拿著它？
材韓　什麼？
秀賢　不是說它是前輩的護身符嗎？為什麼是護身符啊？
材韓　（突然慌張）關妳什麼事，煩不煩。

材韓匆忙轉身走掉，秀賢仍舊疑惑的看著材韓。

S／26　D，過去，轄區警局走廊（看起來像警局走廊即可）

轄區刑警1走在走廊上。秀賢站在前方，看到轄區刑警1走上前。

秀賢　（出示警證）我是刑機隊的車秀賢。你是負責幾天前江蓮洞性侵未遂案的刑警吧？

－ 過一段時間。
站在走廊一角對話中的轄區刑警1和秀賢。

轄區刑警1　調查發現，嫌犯是被害人的男朋友，與延雨洞入室性侵案無關。
秀賢　（失望）啊……這樣啊，那我知道了。
轄區刑警1　妳在刑機隊一組，那應該認識李材韓了？
秀賢　（高興）你認識李材韓前輩？
轄區刑警1　當然了，我們一起在永山警局共事了幾年。

秀賢瞪大眼睛。

S／27　D，過去，轄區警局休息室

轄區刑警1坐在休息室，面前擺著罐裝咖啡，秀賢正往杯麵裡倒熱水。

轄區刑警1　不用這樣啦……
秀賢　你協助我們調查，這是應該的。（說著）你在永山警局待過……應該很了解李材韓前輩了？
轄區刑警1　是啊……算了解吧。
秀賢　那你知道那個對講機的事嗎？
轄區刑警1　對講機（想了想）啊……材韓總是帶在身上的那個？
秀賢　（充滿好奇，瞪大眼睛看著）為什麼他總是帶著那個對講機呢？

轄區刑警1　聽說是與材韓的初戀情人有關的東西……

秀賢愣住。怎麼會……

秀賢　初……初戀……？

轄區刑警1　那個初戀情人去世了，就是因為這樣，材韓才總是帶著它。別看他塊頭大，可是個純情派呢，純情派。

秀賢　（腦子一片空白）

轄區刑警1　材韓現在也不去看電影了吧？聽說那女生留下的遺物是電影票。

在頭腦一片空白的秀賢畫面之中。

– Insert
第九集，S7。

秀賢　前輩，聖誕節要做什麼？（遞上兩張電影票）我這有兩張免費的電影票，前輩和朋友去看吧……

材韓　（背對著秀賢，看不到表情）我不看電影。

秀賢　為什麼？

材韓　就是不看。

S／28　D，過去，Montage

– 刑機隊辦公室，秀賢對著調查資料發呆。
– 刑機隊辦公室，材韓、秀賢和其他人吃著外賣送來的炸醬麵。大家撕開保鮮膜大吃特吃……突然，材韓和其他刑警詫異的看向某處。點了乾炸醬的秀賢發著愣，沒有撕開保鮮膜就直接把炸醬倒在保鮮膜上。

刑警1　她怎麼回事啊？喂……

秀賢這才回過神，難為情的看著。

– 男廁，材韓和刑警1正在上廁所，秀賢像在思考什麼，低著頭、盯著地面走進來。「啊！」兩個男人嚇了一跳，看著秀賢。但秀賢絲毫沒有察覺，直接走進隔間……材韓與刑警1一臉莫名其妙的表情。

刑警1　　怎麼回事，女廁堵住了？

材韓看向秀賢的方向，有些擔心。

S／29　　N，過去，刑警機動隊辦公室

大家都下班或外出了，清靜的辦公室裡，材韓坐在辦公桌前整理資料，某處傳來「哐噹」一聲，看過去，正在幫飲水機換水桶的秀賢失手被水桶砸到腳。

材韓　　（起身，快步走上前）喂！
秀賢　　（啊……雖然痛，但站起身又去抬水桶）對不起，我來換。

材韓看著秀賢，扶起秀賢讓她在旁邊的椅子坐下，材韓檢查起秀賢的腳。

材韓　　沒事嗎？好像腫了……
秀賢　　沒事。
材韓　　（看看腳，又看向秀賢）妳最近怎麼了？總是精神恍惚，這樣怎麼跑現場？想在現場闖大禍嗎？

秀賢靜靜看著指責自己的材韓。

秀賢　　前輩還是忘不掉那個人嗎？
材韓　　什麼？
秀賢　　前輩的初戀……過世的那個人……

材韓　（遲疑、看著）還能胡說八道，看來是沒什麼大事。以防萬一，記得用冰袋敷一下。

材韓轉身走出辦公室。秀賢覺得心酸，表情很不是滋味。

S／30　D，現在，仁州市某住宅前

一大清早，海英焦急的在平凡獨棟住宅門口等待。這時，當年負責善宇自殺案的刑警（40代中段，男）開門走出來。海英攔住準備去上班的刑警。

海英　（舉著自殺案調查資料）這是您負責的案子吧？2000年，朴善宇自殺案。

刑警　你是哪位……這麼突然……

海英　我是死去的朴善宇的弟弟。突然找來您可能會覺得奇怪，但這對我來說真的是非常重要的事。

刑警　（看著）

海英　請告訴我……當時，發生了什麼事？

刑警看著表情急切的海英。

S／31　N，現在，便利商店

刑警與海英在便利商店裡簡易桌椅前相對而坐，桌上放著罐裝咖啡。刑警翻閱著海英遞上來的善宇自殺案調查資料。

海英　調查當時，有沒有什麼可疑的地方？哪怕是稍微覺得起疑的地方……

刑警　跟這裡寫的一樣。

海英　（看著）

刑警　你不是死者的弟弟嗎？當時……你不是也在一起嗎？應

該記得呀。

海英的視線定格在調查資料裡善宇自殺現場的照片上。地上暗紅的血跡，掉在一旁的美工刀……

S／32　過去，Montage

- 白天，2000年，仁州海英母親家。海英站在原地，臉色煞白的看向某處。畫面移動，看到房間裡倒在血泊中的善宇。
- 白天，仁州醫院急診室。失去意識的善宇被送進急診室，醫護人員跑到善宇身邊開始急救，護士在一旁抽血。受到驚嚇的幼年海英站在後面。
- 白天，同一場所。海英母親跑進急診室，抓住路過的護士詢問。

海英母親　（聲音顫抖）被送來的朴善宇……119送來的男孩……

說著，看到前方的某張病床旁坐著海英。

海英母親　海英啊……

海英回頭，滿臉是淚。

海英　媽……
海英母親　你怎麼會在這裡……
海英　（哽咽）哥哥他……

母親這才看向海英旁邊的病床，床上躺著的人已經被罩上白布。海英母親輪流看著哭泣的海英和床上的屍體。直覺告訴她善宇已經死了，海英母親雙腿一軟，癱坐在地。

－ 急診室另一處，負責刑警與急救人員在談話。

急救人員　房間裡沒有打鬥和掙扎過的痕跡。

負責刑警瞥了一眼，海英的母親絕望的抱著屍體痛哭，身邊站著發呆的海英。

－ 夜晚，太平間前走廊。

海英母親十分憔悴，站在那裡聽著當時30代初段的負責刑警講話。海英抓著母親的衣角，緊靠在母親身邊。

刑警　您的兒子有憂鬱症，少年輔育院的人已經證實了。我們初步判定是自殺，但如果您想要驗屍……

海英母親　……（眼眶裡都是淚）不……我不想在善宇身上動刀了……

這時，海英的父親從走廊盡頭跑過來。

海英父親　朴海英！

海英　（往後躲）……爸……

海英父親一步步走上前，看都不看海英母親，一把抓住海英的手拉過來。

海英父親　我不是說過，不許再來見媽媽和哥哥！

海英　（海英被父親拖走）但是哥哥他……

被父親拖走的海英，回頭望著母親。

海英　媽……

海英與母親視線相對，但母親也只能站在原地，望著漸漸遠去的海英。

S／33　D，現在，海英的車內

海英坐在駕駛座上，翻看調查報告。

- Insert
- S 8，治秀找到小混混1。

治秀　我要調查的不是仁州案……

- S 10，職員將朴善宇自殺案的調查資料遞給海英。

職員　這就是幾天前安治秀股長申請的資料。

- 第十一集，S 91。打電話給海英的治秀。

治秀　知道了真相，你也承受得起的話……就來吧，到仁州來……

- 回到車內，一切讓海英非常混亂。

海英　股長到底要查什麼呢？……

畫面特寫在海英翻閱的調查資料上，寫著死亡日期2000年2月18日。

S／34　D，過去，少年輔育院門前

＊字幕 — 2000年2月17日

大門打開，從裡面走出4、5名十幾歲的孩子，善宇最後走出來。陽光很耀眼，善宇皺了皺眉，望向前方時愣住了。海英母親站在眼前。海英母親一步步朝善宇走來，抓起善宇的手腕，快步走遠。

善宇　　　　……媽……

海英母親　　什麼也別說了……走吧。

善宇被海英母親拉著，默默走遠。

S／35　　　D，過去，仁州海英母親家

善宇跟著海英母親回到家，時隔一年回到家，善宇感到有些陌生。

－ 過一段時間。

餐桌上準備了熱騰騰的飯菜，雖然只是簡單的湯和小菜，但可以感受得出母親的心意。善宇低頭看著母親為自己準備的飯菜。

海英母親　　吃完就放在流理檯上，我得去餐廳上班了。

海英母親從善宇身旁走過。

善宇　　　　海英呢？

海英母親　　（遲疑）

善宇　　　　海英去哪了？

海英母親　　（自己也很想海英，難過）……以後就別想海英了。

海英母親說完，走出家門。善宇神情難過，看了看空蕩的家，顯得更加悲傷。

S／36　　　D，過去，善宇的房間

善宇拉開書桌的抽屜，抽屜裡有整理好的筆、便條紙和訂書機等文具，其中可以看到S 8的調查資料現場照中的美工刀。善宇眼神沉重，看著抽屜，慢慢推了回去。

S／37　　D，過去，柳樹家

東鎮神色沉重的走到家門口，看到站在家門前的人，大吃一驚。站在門口等著自己的人正是善宇。東鎮像是見了鬼似的，轉身正要逃走。

善宇　　李東鎮！

東鎮頓了一下，站住，慢慢轉身看向善宇。善宇坦然的走到東鎮面前。

善宇　　我不是來找你理論的。
東鎮　　……（顫抖的眼神看著）
善宇　　誰是真兇……我在少年院……都聽說了……
東鎮　　（吃驚，看著）
善宇　　不用你出頭，我自己會處理……你只要告訴我，那個東西在哪兒。
東鎮　　（看著）什……什麼……
善宇　　紅圍巾……在哪？

明朗的善宇望著東鎮的目光。

S／38　　D，過去，修錶店

穿好外衣準備上班的材韓打開店門，伸進一半身子。

材韓　　我去上班了。

說著，愣住。只見在修錶店裡與父親相對而坐的人……是范洙。材韓眼神立刻變得冰冷。

材韓　　你怎麼到這裡來？
材韓父親　　（吃驚）你們認識啊？這位是來修錶的……

范洙　　（看著材韓）這是李材韓刑警家的店啊？（朝材韓父親）真是對不起，沒認出來。我是和李材韓刑警一起在刑機隊工作的金范洙。

材韓父親　　哎呀……我也不知道……我去給你泡杯咖啡啊。稍等一下……

材韓　　（打斷講話）你出來。

范洙　　（微笑著）幹嘛，不喝伯父泡的咖啡很失禮啊。

材韓　　（冰冷的）我叫你出來。

S／39　　D，過去，修錶店附近街道某處

走來的材韓一臉怒氣，范洙緊跟其後。材韓走到修錶店看不到的地方，停住，轉身看向范洙。

材韓　　這是幹嘛？日理萬機的首爾廳刑事科長跑到這裡來修錶，肯定是有話要說吧？

范洙　　……家裡就你一個兒子，多少也為家裡著想一下啊。

材韓　　（盯著）

范洙　　聽說你父親的修錶店最近生意不好……再不用點心就要關門了。那可是一輩子的心血……你也為父親著想一下。

材韓　　……看來沒少做調查呀，這就是你一貫的行事風格吧？找到別人的弱點就使勁往裡挖……

范洙　　（看著）

材韓　　看來這次是火燒眉毛了，不然也不會跑到這裡來……怎麼？那位了不起的張英哲議員不肯幫你擋下這次內查啦？

范洙　　（眼神僵住）你少在那裡裝清高了。什麼正義、使命感、國家……你以為我不懂那些嗎？堅守住那些又能怎樣，地球還不是一樣在轉，還不如趁機會來時抓住它，這都是為了你和你父親好啊！

材韓　　（盯著講完話的范洙）只要有了第一次……就註定了開始，一點一點嘗到金錢的滋味，就會變成像你這樣，被利用完就丟的走狗，老了、病了就失去利用價值的消耗品。

范洙　　(眼神越來越冰冷)

材韓　　與其變成那樣，這種艱苦的日子，我過得更心安理得。

材韓轉身走遠，范洙冰冷的盯著材韓。

S／40　　D，過去，街道某處，車內

范洙坐在停在街上的車裡，用手機與助理通電話。

范洙　　我有事一定要告訴議員。

助理(聲音)　　議員現在去了黨部，不方便講電話。

范洙　　那⋯⋯

助理(聲音)　　(打斷講話)那就先這樣。

電話掛斷，范洙怒火中燒，把手機摔在一旁。

S／40-1　　D，過去，日式餐廳包廂

第十一集，S 76-1的日式餐廳包廂。(希望室內擺設要稍微不同，如裝飾的鮮花。)

英哲坐在擺設精緻的餐桌前，在預熱的石頭上烤牛肉。突然聽見外面傳來：「瘋了嗎？」「只要見一下就好！」外面的騷動似乎打擾了英哲的情緒，英哲眉間稍稍動了動。這時，范洙推開門闖進來。英哲沒有看向范洙。助理上前要拉走范洙，但范洙極力反抗。

范洙　　議員！

英哲沒有看向范洙，助理們把范洙往外拉。范洙卻賴在原地，苦苦哀求英哲。

范洙　　無論以前還是以後，我會為議員效忠的！這次求您幫幫忙，幫我擋下內查吧。

英哲仍舊不看范洙，不動聲色的繼續用餐。

范洙　　振陽新都市的貪汙案是我擋下的！是我保住了您的金徽章！

瞬間，英哲頓了頓。慢慢轉頭看向范洙和助理。英哲向助理使了個眼色，助理這才退下。范洙帶著一絲希望看著英哲，英哲再次夾起一片鮮牛肉，放在預熱的石頭上烤起來。

英哲　　……肉……還是日本產的好……

范洙　　……

英哲　　你知道為什麼這肉的味道好嗎？因為從牛犢的時候開始，就嚴格控管血統，飼料也與其他雜草不同。生怕牠們有壓力，還得放音樂給牠們聽，定期幫牠們按摩……區區一頭牛，也算是享盡榮華富貴了。你知道為什麼要對牛這麼好嗎？

范洙　　……

英哲　　……為了享受美味……所以，獵犬也是如此。

范洙見英哲的眼神丕變，目光漸漸黯淡。

英哲　　獵犬要是瘋了，沒有利用價值……你說該怎麼辦？

范洙　　……（眼神開始顫抖）

英哲　　被遺棄……或被打死……二選一……

范洙　　……

英哲　　我會做出什麼決定……就看你的表現了。這是在警告你，別再發瘋了。

英哲看著范洙，露出微笑，像什麼事都沒發生一樣，繼續用餐。范洙被英哲的氣勢震懾，連話都不敢回，眼神顫抖的注視英哲。

S／41　D，過去，刑警機動隊辦公室

材韓上班，走進辦公室，秀賢也走進辦公室，雖然盡量裝作沒事，但昨天傷到的腳還是一拐一拐的。妳看看妳……材韓正想說什麼，手機響起。

材韓　喂，我是李材韓。
善宇（聲音）　警察叔叔……我是善宇。
材韓　善宇……朴善宇？

S／42　D，過去，仁州海英母親家

善宇在客廳講電話。

善宇　是的……我今天出來了。

S／43　D，過去，刑警機動隊走廊

材韓走出辦公室，到偏僻的走廊角落講電話。

材韓　身體怎麼樣？健康沒問題吧？我正打算去趟仁州呢。
善宇（聲音）　我也剛好有事想告訴您。
材韓　有事？什麼事？

S／44　D，過去，仁州海英母親家

善宇　……我找到了惠勝案子的證據。

S／45　　D，過去，刑警機動隊走廊

聽到善宇這麼說，材韓相當驚訝。

材韓　　你確定？什麼證據？
善宇（聲音）　　當天惠勝戴的紅圍巾。
材韓　　圍巾？
善宇（聲音）　　我不敢相信其他人了，想親手交給您……
材韓　　知道了，我馬上過去，你哪都別去，在家裡等我。

S／46　　D，過去，刑警機動隊辦公室

材韓連忙走進辦公室，拿起錢包等物品準備出去，朝刑警1。

材韓　　我到鄉下辦點事，幫我請個假。
刑警1　　什麼？

這時，刑警2推門走進辦公室。

刑警2　　延雨洞入室性侵犯找到了！草原旅館！

辦公室裡負責延雨洞入室性侵案的刑警立刻起身衝出去，秀賢衝在最前面。秀賢跑出去時，腳踝扭了一下，但馬上又裝作若無其事的跟上去。材韓在後面看著，總覺得不放心。對最後跟出去的刑警1說。

材韓　　喂，車秀賢有點不對勁，你在現場多照顧她一下。

刑警1點點頭，馬上跟了出去。材韓再次帶齊物品，拿起手銬，但還是放心不下，望向大家跑出去的方向。

S／47　　D，過去，機動車裡

秀賢和其他警員打開車門、迅速跳上車。車門正要關上，有人一把拉開車門，最後跳上車的是材韓。

材韓　　看什麼？還不出發。

秀賢感到意外，看著材韓。

S／48　　D，過去，旅館

刑警們衝進旅館走廊，秀賢跑在最前面。這時，某個房間的門開了，衝出來的男人與秀賢視線相對後，忽然往反方向跑。秀賢肯定跑過去的就是嫌犯，於是立刻追上去。

S／49　　D，過去，旅館屋頂

碰！屋頂的門打開，秀賢衝上屋頂，巡視四周，一片寂靜沒有人影。秀賢慢慢走到建築物後方，緊張的看過去，但什麼也沒有。秀賢鬆了口氣，就在這時，躲在另一邊角落的嫌犯手持折疊刀，朝秀賢衝過來。一陣打鬥後，秀賢被逼退到角落，在打鬥過程中，秀賢的手錶也撞碎了。嫌犯猛的手持折疊刀向秀賢襲來，毫無閃躲的時間。秀賢緊閉雙眼……但沒有刺痛的感覺。一滴滴血落在地上，秀賢睜開眼睛，只見材韓擋在自己面前，材韓的腹部插著嫌犯的折疊刀！就在嫌犯慌張的瞬間，材韓迅速揮起拳頭擊中嫌犯。被擊中的嫌犯暈倒在地。秀賢扶著搖晃的材韓，看到材韓衣服滲出大片血跡，嚇得不知該如何是好。暈倒的嫌犯漸漸清醒過來，其他刑警在這時趕到屋頂，制伏嫌犯。刑警們嚇得看向倒地的材韓，材韓揮手表示自己沒事，但坐在身旁的秀賢眼裡滿是淚水。

S／50　D，過去，救護車內

材韓躺在救護車的擔架上，救護人員正在進行簡單急救。秀賢淚眼汪汪，坐在一旁不知如何是好的看著材韓。材韓為了秀賢，強忍痛楚。

秀賢　很疼嗎？
材韓　當然了，不然很癢嗎？

秀賢的眼淚一滴滴落下來。

材韓　我不會死的，別哭了。
秀賢　你怎麼知道會不會死啊。
材韓　妳現在這樣子，夠我以後笑30年了，等我出院……
秀賢　我喜歡你。
材韓　（搞不清楚狀況）……什麼？
秀賢　我說，我喜歡前輩。
材韓　（不知所措，眨著眼）
秀賢　喜歡別的女生也沒關係，一輩子忘不掉初戀也沒關係，只要別受傷，不要死掉就好。

秀賢開始號啕大哭。材韓看著大哭的秀賢，慌張、不知所措。

S／51　D，現在，長期懸案專案組

秀賢用手機打給海英，已經打了好幾通，通話紀錄上出現好幾個朴海英，但海英就是不接電話。秀賢著急的掛斷電話。這時，憲基小聲敲了兩下秀賢的辦公桌，秀賢看過去，憲基和偕哲對秀賢眨了眨眼，暗示她有事要說。

S／52　D，現在，會議室

秀賢、偕哲和憲基聚在會議室裡。

憲基　當時發現了精液、唾液等幾樣證物，但都是無法檢驗的證據。除此以外就只有嫌犯與目擊者的陳述了。
偕哲　與此案相關的人陳述全部一致，但有一個漏掉的內容。
秀賢　（看著）
偕哲　紅圍巾。
秀賢　紅圍巾？
偕哲　我問了一個跟我很熟的大哥，當時他也在仁州警局的調查組，據說被害人最初陳述時提到了紅圍巾。被害人第一次被性侵時戴著紅圍巾，她說掉在案發現場。
秀賢　那這個證物的調查呢？
偕哲　怪就怪在⋯⋯完全沒有對那個證物進行調查。
秀賢　怎麼可能？
偕哲　據說根本就漏了，關於那個紅圍巾的陳述。
秀賢　⋯⋯最初陳述裡提到最重要的證物，不但沒有調查，還被漏掉？
偕哲　看來朴海英說得沒錯，這案子⋯⋯的確有蹊蹺。
秀賢　（陷入沉思）是股長把朴海英叫到仁州醫院的，對吧？

S／53　N，仁州醫院門前

海英站在仁州醫院對面，注視著醫院。醫院門口可看到2、3名廣域搜查隊刑警，機動車停在一旁。在望著醫院的海英畫面之中。

海英（聲音）　股長想告訴我什麼，才把我叫來仁州醫院⋯⋯

－ Insert
－ 第十四集，S 32
－ 過去，白天，仁州醫院急診室。昏迷不醒的善宇被送進急診室，後面跟著嚇壞的幼年海英。
－ 回到現在，海英望著醫院。

海英（聲音） 哥哥嚥下最後一口氣的地方……股長要揭露真相、不幸遇害的地方……仁州醫院……這裡很可能藏著股長要告訴我的祕密。

這時，廣域搜查隊的刑警調查完醫院的事後，上了停在門口的機動車離開。海英像是在等他們離開，小心翼翼的走進醫院大樓。

S／54　　N，仁州醫院大廳

海英走進大廳，巡視四周。

海英（聲音） 必須找出股長到過哪裡，以及去的目的。

「急診室」的指標進入海英的視線。

－ Insert
－ 第十一集，S 89 ～ 94，海英表情嚴肅，在與治秀講電話，話筒另一頭傳來治秀的聲音。

治秀（聲音） ……你哥哥朴善宇的死……我也感到很遺憾。但那案子……比你想像得還要危險。如果你知道了真相……也會和你哥哥一樣陷入危險的。2個小時後……仁州醫院門前見。

在治秀的聲音裡參雜著越來越清晰的救護車鳴笛聲、快速移動的移動病床聲、急救人員講對講機的聲音，以及最後「叮」一聲電梯抵達的聲音。治秀像是走進緊急出口的樓梯後，門關上的聲音，以及在樓梯間裡講話帶有回音的感覺。

– 回到現在，海英經過大廳，轉向急診室的方向。在這畫面之中。

海英（聲音） 越來越清楚的救護車警笛聲，移動病床，急救人員使用的對講機……就在急診室附近。

海英轉向急診室方向，突然停下來。只見還有幾名廣域搜查隊的刑警，姜刑警和刑警1邊講話、邊走過來。

姜刑警 盡量取得新證詞，也再找找行車記錄器和其他影像。
刑警1 是。
姜刑警 通緝朴海英了嗎？
刑警1 已經出動警力前往朴海英的住處了。

從刑警的畫面切換到海英，他盡量自然的轉向另一條走廊。姜刑警和刑警1講著話、朝反方向走遠，但姜刑警突然停下來，朝海英消失的方向搖了搖頭。

S ／ 55 N，仁州醫院急診室附近走廊

海英顯得更加著急，走過急診室，巡視四周。

海英（聲音） 急診室，移動病床……電梯……緊急出口樓梯……

海英四處查看，看到電梯。這時，海英身後跟上來的姜刑警已經逼近。海英的視線更著急的尋找緊急出口樓梯。海英終於發現電梯附近的緊急出口，迅速走進緊急出口的樓梯……只差一步就被姜刑警發現。

S ／ 56 N，仁州醫院緊急出口樓梯

走進緊急出口樓梯的海英，輪流看著上樓與下樓的樓

梯。

海英（聲音）　股長到了這裡……接下來去了哪呢？

這時，樓梯間的標示進入海英視線。海英看到上樓的標示寫著「2F 小兒科、牙科、眼科」。接著又看了下樓的標示「B1F MRI室、藥局、院務科、驗血室」。忽然，海英定住。

海英（聲音）　驗血……

- Insert
- S 32，Montage
- 白天，仁州醫院急診室。失去意識的善宇被緊急送進急診室，醫護人員跑到善宇身邊開始急救，護士在一旁抽血。受到驚嚇的幼年海英站在後面。
- 回到現在，海英顫抖的眼神。

海英（聲音）　當時……抽了哥哥的血……

海英一步步走下樓。

海英（聲音）　哥哥是割腕自殺的……沒有絲毫反抗跡象……可是……難道……難道……

S／57　N，仁州醫院地下樓層

海英推門走進冷清的地下樓層走廊，各扇門上貼著驗血室、藥局等門牌。海英望著門牌，目光顫抖。

海英（聲音）　15年前在急診室採集的血液樣本當然不可能留著……但檢驗血液樣本的紀錄應該還在。15年前……過去的紀錄……保管紀錄的地方。

海英的視線最後停留在「院務科」。

S／58　　N，仁州醫院，院務科

海英開門走進來，值班的職員看到海英，走上前。

職員　有什麼事嗎？
海英　（出示證件）我是首爾廳來的。（拿出治秀的照片給對方看）這個人幾天前來過這裡嗎？
職員　（歪了歪頭）我都告訴剛才來的警察了……

海英頓了頓……是廣域搜查隊的刑警。

職員　幾天前，這個人來問過有關血液樣本的事。
海英　（顫抖）什麼……血液樣本？
職員　（在辦公桌上找到便條）0035Z04.0樣本。
海英　那個樣本的患者叫什麼？
職員　2000年被送進急診室的男性患者，姓名朴善宇，年齡18歲。

海英相當驚訝，眼神顫抖。

海英　那檢驗結果呢？
職員　（點了一下電腦畫面）當時做了酒精及藥物檢測，檢測出血液含有鎮靜劑成分。
海英　（吃驚、愣住）……鎮靜劑？

S／59　　N，仁州醫院地下樓層走廊

海英走在走廊上，眼神急劇顫抖。在畫面之中響起。

職員（聲音）　檢測出0000mg／L的鎮靜劑成分。

\- Insert

海英的眼神顫抖，詢問職員。

海英　　這種劑量，會讓人失去意識嗎？

職員　　這很難講。要看患者之前是否服用過鎮靜劑，以及當時是否患有疾病等因素……不過，如果是一般人，是會出現昏迷不醒的可能。

\- 回到走廊，海英的劇烈顫抖。

海英　　哥……哥……

有人擋在海英面前。海英抬起頭，顫抖的目光望去，是秀賢。

秀賢　　你怎麼跑到這來了？不是告訴你不要隨便亂跑嗎？不知道自己現在什麼處境啊？魯莽行動的話，會惹來不必要的懷疑。

海英　　……不是……不是……自殺……

秀賢　　什麼？

海英　　我哥哥……不是……自殺的。

秀賢　　（吃驚、遲疑的看著）那是……什麼意思？

海英　　……15年前……在我哥的血液裡驗出鎮靜劑成分……有人……給我哥吃下了鎮靜劑後偽裝成自殺。股長要揭露的不是仁州案……而是我哥哥被殺的真相。

秀賢　　……那究竟是誰……為什麼？

S／60　D，過去，仁州海英母親家

善宇用客廳桌上的電話機打電話，但是只有接通的聲音，沒人接聽。放在電話旁的紙條寫著「李材韓016—865—5736」。

S／61　　D，過去，病房

丟在病房角落的材韓外套裡傳出手機振動聲，材韓臉色蒼白，躺在床上。

S／62　　D，過去，仁州海英母親家

善宇焦急的放下電話，畫面移動，看到善宇身邊放著惠勝的紅圍巾。善宇望著圍巾。

– Insert
– 善宇家門鈴響了。善宇開門，只見小混混1站在門口。

小混混1　（把紅圍巾遞給善宇）李東鎮讓我交給你的。
善宇　（看了看，接過紅圍巾）
小混混1　東鎮說他要去留學了，以後再也不回來了。
善宇　（看著）
小混混1　他要我替他跟你說聲對不起。

– 回到海英母親家，在善宇望著紅圍巾的畫面中響起。

海英（聲音）　圍巾……因為那條圍巾。

S／63　　N，現在，仁州醫院走廊

秀賢與海英面對面站著。

秀賢　（愣住）圍巾……？
海英　股長是想找到我哥保管姜惠勝圍巾的證據，有人盯上了那條可以找出真兇的圍巾。

– Insert
– 第十三集，S 69，惠勝到少年院探望善宇。

善宇　　（微笑）沒事的，我也會重新開始，我不會放棄自己的人生。

－　第十三集，S 70，惠勝眼神混亂，告訴海英和秀賢。

惠勝　　最後一次見到善宇……他一點都不像是會自殺的人。

－　回到現在，仁州醫院走廊，海英被憤怒沖昏了頭，漸漸失去理智。

海英　　我哥他沒有放棄希望。警察、朋友，身邊的大人都放棄了，但是他沒有，我哥直到最後都在為洗刷自己的冤屈努力。可直到今天之前，我竟然一直以為他是自殺。

秀賢　　（讓海英冷靜下來）朴海英。

海英　　……我不能……眼睜睜看他再死一次。必須阻止。

秀賢看著激動的海英。

秀賢　　又是……你之前說過的……？

海英　　（眼神顫抖，看著）

秀賢　　就算現在不知道……但如果是過去……你說過的那件事？

海英　　（一言不發，看著）

秀賢從包包取出對講機。

海英　　（吃驚、看著）

秀賢　　這個為什麼會在你那裡？我比誰都清楚，這是李材韓前輩的對講機。

海英　　（眼神顫抖）

秀賢　　這個為什麼會在你手上？

秀賢逼問。突然，海英看了一眼牆上掛著的時鐘。時針已經過了11點。

S／64　　　D，過去，病房

材韓醒來，慢慢睜開眼睛。白色日光燈十分刺眼，材韓想要抬手遮住眼睛，卻怎麼也抬不起手臂。怎麼回事？材韓側眼一看，秀賢趴在病床邊睡著了。材韓的手放在被子裡，秀賢壓在被子上睡著了。趴在床邊的秀賢手錶進入了材韓的視線……材韓伸出另一隻手想叫醒秀賢。

材韓　　喂，點……

說著，愣住了。

— Insert
第十四集，S 50。

秀賢　　我喜歡你。
材韓　　（搞不清楚狀況）……什麼？
秀賢　　我說，我喜歡前輩。
材韓　　（不知所措，眨著眼）
秀賢　　你喜歡別的女生也沒關係，一輩子忘不掉初戀也沒關係，只要別受傷，不要死掉就好。

— 畫面回到病房。
材韓莫名的感到不好意思、尷尬，瞄了眼睡著的秀賢，酣睡中的秀賢發出細微的呼吸聲。

材韓　　睡成這樣，被人揹走都不知道。喂，醒醒。

材韓抽出手臂，正打算叫醒秀賢，突然注意到秀賢長長的睫毛、白皙的皮膚。材韓不知怎麼搞的，感到臉頰發熱。

材韓　（自己突然害羞起來，移開視線）這裡怎麼這麼熱啊。

說著，只聽材韓的肚子咕嚕咕嚕直響。啊……肚子好痛。

材韓　（忍不住）……啊……肚子……

想要上廁所的材韓，臉憋得更加通紅，但秀賢還在睡。材韓心想，忍忍……再忍忍……可是肚子裡的聲響更大了。忍無可忍的材韓側身，為了不驚醒秀賢，材韓小心翼翼的抽走手臂，側腰感到更痛了。啊……小腹又一陣痛楚襲來。材韓終於抽身下床，扶著側腰，一拐一拐走出病房。

S／65　D，過去，醫院廁所前

材韓一臉舒服的從廁所走出來，邁開輕鬆的步伐。

S／66　D，現在，仁州醫院走廊

秀賢還在逼問海英。

秀賢　回答我，為什麼這個對講機會在你這裡？
海英　（看著）之前我問過妳，如果對講機從過去傳來訊息，會怎麼樣？

秀賢一頭霧水，愣在那裡看著海英。

海英　那時，妳說是想守護他在乎的人，現在我也一樣……就算把一切都搞砸……我也想救活我哥哥。
秀賢　你到底在說什麼？
海英　……妳問過我，金允貞誘拐案當時，是怎麼發現徐亨俊的屍體。

秀賢　（完全聽不懂海英在講什麼的眼神）

海英　是李材韓刑警告訴我的，他說善日精神醫院大樓後面的井裡，有徐亨俊的屍體……

- Insert
- 第一集，S 23。再次響起的對講機雜音裡，傳來材韓的聲音。

材韓（聲音）　朴海英警衛，你在聽嗎？

海英一頭霧水，環顧四周，尋找聲音傳來的地方。貨車上的袋子裡傳來聲音。

- 第一集，S 25。
海英跳上貨車，對講機的聲音更加清晰。

材韓（聲音）　是金允貞誘拐案嫌犯徐亨俊的屍體。

海英　金允貞……誘拐案……

袋子裡冒出對講機的黃色亮光，海英打開袋子，在一個物證袋裡找到破舊的對講機。

- 第一集，S 33。
海英盡量讓自己保持冷靜，再次撿起手電筒，慢慢爬到井邊，顫抖的手照向井裡。鐵欄杆上掛著纖細的繩子，猶如絞刑架般晃來晃去，井底可以看到褪色的牛仔褲，破爛的衣服罩著白骨。
- 現在，回到仁州醫院走廊。

海英　……這都是來自過去……2000年的李材韓刑警用這支對講機告訴我的……

秀賢　（無法相信，顫抖著）這不可能……

海英　不僅如此，京畿南部案、大盜案還有紅院洞案，所有案子的過去都改變了，只要過去一變，現在……也都改變了。

- Insert
- 第二集，S 76。
  材韓顫抖著，用手電筒照到美善臉部的瞬間，原本以為已經斷氣的美善猛然睜開眼睛。「呃啊！」材韓嚇得坐到地上。
- 第二集，S 77。
  白板上的手寫字跡慢慢晃動起來，字跡出現新的變化。海英再次看向照片，大吃一驚，玄風站的照片變成五聖遊樂場的照片。
- 第二集，S 79。

海英　這究竟是……怎麼回事……

看著照片的海英抬起頭，隨著海英更加驚愕的眼神，看到白板上，畫面特寫海英的字跡：「玄風站未遂」「生還者李美善」。

海英（聲音）　對講機讓原本已經死掉的人，活了下來。

- 第三集，S 25。
  白板上的字，「逮捕嫌犯崔英臣，患有疾病，調查途中癲癇發作死亡」。
- 第三集，S 32。
  材韓扒開圍觀的刑警。難以置信的看到英臣躺在地上。昌守瘋了似的壓著英臣胸口，在做CPR，但英臣已經斷氣。

海英（聲音）　也有與案子完全無關的人死了。

－　第六集，S 17。

京泰更拚命的想掙脫手銬，手腕勒出了血。「碰」一聲巨響，公車尾端爆炸。京泰失魂落魄的望著下方冒出陣陣黑煙的公車。

京泰　不……恩智啊……不要！不要！

－　第七集，S 11。

東勳家門前。東勳痛苦得抱著肚子、倒在地上。京泰望著手上沾滿血跡的刀子，倒在血泊中的東勳。

－　第七集，S 14。

看起來很隨便的墳墓，只不過是長滿野草的荒涼土堆，4個巴掌大小的木牌插在上面。其中一個寫著「吳京泰 1958 ～ 2005」。

海英（聲音）　還有人的一生因為它毀了。

－　回到現在。

海英　要是利用對講機改變什麼，就要付出相應的代價。

海英靜靜望著秀賢。

－　Insert

－　第六集，S 48。

慰靈碑前，貨車內，秀賢按下冷凍貨車內的電燈開關，瞬間響起「答答答」的火花聲。冷凍貨車頂的燈泡噴出火花，貨車爆炸了！秀賢的屍體蓋著白布、被擔架從貨車裡抬出來，從白布裡掉出秀賢被燻黑、血肉模糊的手。海英望著漸漸遠去的救護車，在原地崩潰。

－　回到現在的仁州醫院走廊。

海英　……所有事情都可能會搞砸……所以……我沒告訴李材韓

刑警他會遇害……就是8月3日那天，在善日精神醫院。

秀賢　　（吃驚，眼神僵住）這是……什麼意思？

海英　　2000年，李材韓刑警遇害前……和我講過對講機。

秀賢眼神劇烈顫抖起來。

- Insert
- 第二集，S 37。荒山某處。材韓看著對講機的眼神漸漸黯淡。

材韓　　朴海英警衛……這可能是我最後一次講對講機了。

- 第二集，S 40。海英的屋塔房。對講機另一頭傳來材韓的聲音。

材韓（聲音）　　請絕對不要放棄，過去是可以改變的。

對講機另一頭傳來「砰！」一聲槍響，震動耳膜。海英嚇了一跳，看了看對講機。

海英　　……刑警……刑警？還在嗎？您沒事吧？

- 現在，回到仁州醫院走廊，秀賢十分混亂，看著海英。

秀賢　　這不可能……這怎麼可能……

瞬間，時針來到11點23分，對講機發出「吱吱吱」的雜音。這是什麼聲音？秀賢看向對講機。漸漸開始擺動的頻率，黃光亮起，秀賢吃驚的注視著對講機。終於響了，海英顫抖的目光望著對講機。

S／67　　D，過去，病房

材韓小心翼翼的打開門、走進病房，聽到某處傳來「吱吱吱」的雜音。

S／68　　D，過去，病房裡

材韓看了一眼熟睡中的秀賢，拿起對講機走出病房。

S／69　　N，現在，仁州醫院走廊

秀賢望著吱吱作響的對講機。

秀賢　　這怎麼可能……
材韓（聲音）　　朴海英警衛。

秀賢大吃一驚，注視著對講機。那分明是材韓的聲音！秀賢不敢相信自己的耳朵，目光顫抖的盯著對講機。

S／70　　D，過去，醫院緊急出口

材韓來到緊急出口樓梯間，站在門旁取出對講機。

材韓　　我找到仁州案的真兇了，不是朴善宇，我會揭發真相的，你放心吧。

S／71　　N，現在，仁州醫院，走廊

秀賢難以置信的注視對講機，海英一把搶過秀賢手中的對講機。

海英　　刑警！是我。求你救救我哥！

秀賢無法相信眼前這一切，看著海英。

S／72　　D，過去，醫院緊急出口

材韓　　什麼？怎麼回事？

S／73　　N，現在，仁州醫院走廊

海英　　你說得沒錯，我哥是被人陷害的。2000年2月18日，他被人殺了！

S／74　　D，過去，醫院緊急出口

材韓聽到海英的話，驚訝的僵住。

S／75　　N，現在，仁州醫院走廊

海英　　直到今天，我一直以為他是自殺，但不是的，他是被人殺害後偽裝成自殺的！

這時，對講機另一頭傳來材韓嚴肅的聲音。

材韓（聲音）　　你確定是2000年2月18日？
海英　　是的，就是那天。

S／76　　D，過去，醫院緊急出口

表情嚴肅的材韓一聽完，拿著對講機立刻跑出緊急出口，來到走廊。

S／77　　N，現在，仁州醫院走廊

海英拿著對講機，語氣懇切。

海英　刑警，刑警！你在聽嗎？

但是，對講機的另一頭沒有回答。

秀賢　（無法相信，看著）你……這是在做什麼……
海英　（像是沒聽到秀賢的話，朝對講機）刑警！

說著，原本晃動的頻率漸漸變弱，光亮也消失了。

秀賢　（眼神顫抖，看著）這是怎麼回事……朴海英……回答我……剛剛那個人……是誰！

S／78　過去，醫院停車場

材韓猛的推開大門，快步跑出去。傷口尚未癒合，側腰部位還在出血，但材韓完全不在意。

– Insert
第十四集，S 44。

善宇　……我找到了惠勝案子的證物。

– 第十四集，S 45。

善宇　我不敢相信其他人了，我想親手交給您……

– 畫面回來。材韓為自己沒能及時趕去仁州感到自責，焦急不安。材韓拚命狂奔出醫院。

S／79　N，現在，仁州醫院走廊

秀賢目光顫抖，難以置信的看著海英。

秀賢　回答我！剛才那個人，是誰？！

海英　（目光低垂）……是誰，妳不是也知道嗎？

秀賢　……不可能……李材韓前輩……前輩他……死了啊……

海英　他……還活著，在對講機的另一頭……

秀賢的目光顫抖，海英看著那樣的秀賢。畫面與在過去為了救下善宇而奔跑的材韓交錯。

第十四集　終

第十五集

S／1　N，現在，仁州醫院，走廊

秀賢眼神顫抖，望著手握對講機的海英。

秀賢　到底……從什麼時候開始……這個……怎麼會……

秀賢陷入混亂。這時，突然聽到走廊盡頭傳來急促的腳步聲，姜刑警、刑警1和其他廣域搜查隊刑警跑過來。海英怕被人發現，急忙將手中的對講機塞進秀賢包包。秀賢與海英視線相對，跑來的刑警包圍住海英與秀賢。

姜刑警　（走到海英面前，銬上手銬）朴海英，你因涉嫌殺害安治秀股長而逮捕你。
秀賢／海英　！！！
秀賢　怎麼回事？怎麼會突然逮捕呢？！
姜刑警　我們已經掌握了證物和目擊者證詞。
海英　怎麼可能……
姜刑警　別說那些沒用的了，老實點跟我們走吧。
秀賢　等等……
姜刑警　（冷眼看著）車刑警，妳也要接受調查，解釋清楚為什麼來這裡。

姜刑警粗暴的推著海英的背，海英被押走了。秀賢還來不及搞清楚狀況，一臉疑惑的望著押走海英的刑警。

秀賢　等一下……我有事要問朴海英。
姜刑警　（攔住秀賢）再這樣，就把妳當成共犯也帶回去。

刑警們攔下秀賢，姜刑警押走海英。

海英　（被押送）知道了，我跟你們走，但請給我看一下我哥朴善宇的調查資料，有緊急的事必須確認。

但刑警沒有理睬海英，粗暴的押走海英。秀賢陷入混亂，望著被押走的海英。

S／2　　D，過去，公路某處／材韓車內

開車的材韓表情十分焦急，透過車窗可以看到寫著「仁州　20km」的標示。材韓用力踩油門，加速行駛。材韓的車飛馳在公路上。

S／3　　D，過去，善宇的房間

善宇焦急的在等材韓，看了看時間，已經3點多了。善宇十分焦慮、忐忑不安。這時，「叮咚！」門鈴響了，善宇立刻起身跑到玄關。

S／4　　D，過去，海英母親家玄關

善宇跑到玄關處。

善宇　　是刑警先生嗎？

善宇高興的打開大門，但瞬間表情僵住。畫面移動，看到玄關外站著的人是范洙。

范洙　　（微笑）……你就是善宇吧？

S／5　　D，過去，海英母親家

善宇看著手中寫有「首爾地方警察廳刑事科長　金范洙」的名片。范洙坐在對面，范洙與善宇面前各放著一杯水。

范洙　　李刑警親自拜託我來見你。

善宇　　……李材韓刑警為什麼沒有來？
范洙　　他辦案的時候受傷了，現在正在住院呢。
善宇　　（擔心）傷得很嚴重嗎？
范洙　　不嚴重，但也沒辦法立刻走動。
善宇　　……
范洙　　聽說你有事要告訴李刑警？
善宇　　（看著）
范洙　　聽說你昨天才從少年院出來，這麼急，一定是有重要的事吧？

在范洙望著善宇的眼神之中。

S／6　　D，過去，首爾廳刑事科長室（范洙的回憶）

治秀表情嚴肅，與范洙面對面坐著。

范洙　　誰？朴善宇？
治秀　　沒錯，就是仁州案被誣陷為主犯的那個孩子。昨天放出來以後，直接去了仁州警局。

- Insert
- 晚上，仁州警局大廳。轄區刑警1經過大廳走廊，忽然看到什麼停下來，看到善宇站在諮詢臺前。

職員　　你找誰？
善宇　　李材韓刑警……1年前從首爾來的刑警……

轄區刑警1靜靜觀察善宇，慢慢取出手機。
- 回到刑事科長室，范洙的眼神僵硬。

范洙　　朴善宇……在找李材韓……

范洙思考了一陣子，眼睛一亮，想到了什麼。

范洙　……好吧……既然天無絕人之路……

S／7　D，過去，海英母親家

與上個畫面卑鄙的表情不同，范洙露出友善的微笑，看著善宇。

范洙　相信叔叔，有什麼話你儘管說。
善宇　（猶豫）
范洙　李刑警要是不告訴我，我怎麼會找到這裡來呢。
善宇　（稍稍想了想）……我知道傷害惠勝的真兇是誰。
范洙　是誰？
善宇　仁州水泥公司社長的兒子……張太鎮。
范洙　（頓了頓，然後假裝從容）……有證據嗎？

善宇取出放在桌子下的紅圍巾。

善宇　這是惠勝的圍巾。
范洙　（看看圍巾）你確定這就是那女孩的圍巾？
善宇　這條圍巾是惠勝母親為她織的，整個冬天惠勝都戴著它，大家都知道。

范洙看了看圍巾，拿在手裡。

范洙　那好，要是驗出了什麼，我馬上告訴你。
善宇　謝謝。
范洙　……真是看不出來，你和外表完全不一樣啊。
善宇　（看著）
范洙　外表看起來很安靜老實，卻敢自己去找證據，約警察見面……就算是現在，也想為自己洗清罪名嗎？
善宇　是的……我一定要洗清罪名……
范洙　（看著）

善宇　　只有洗清罪名，我們一家人才能重新生活在一起……只有這樣，爸爸和弟弟……才會回來。

范洙　　（盯著）也就是說，不管發生任何事情，你都不會放棄了？

善宇　　（抬頭直視范洙）是的，我絕對不會放棄。

范洙望著眼神堅定的善宇。

S／8　　D，過去，范洙的車內（范洙的回憶）

范洙坐在駕駛座，在開往仁州的路上，一邊用手機講電話。

范洙　　在如此重要的聽證會開始前，可不能傳出閒言閒語啊。您的侄子要是被抓進監獄，那些人豈不是就抓住了把柄……請您出面幫我攔下這次內查，這樣，我也會不惜任何代價保住您侄子……

S／9　　D，過去，海英母親家

范洙面帶微笑的看著善宇，把擺在眼前的水喝光。

范洙　　（笑著）話講太多，口都渴了。你能再幫我倒點水嗎？

善宇拿起水杯走到廚房。范洙從口袋裡取出一個小盒子，從裡面取出一粒膠囊。手拿膠囊的范洙看著善宇的水杯。

S／10　　D，過去，公路某處

材韓飛速行駛。透過玻璃窗，看到前面的牌子上寫著「歡迎來到仁州市」。材韓更著急了。

S／11　D，過去，仁州海英母親家

回來的善宇把水杯遞給范洙，范洙邊喝水、邊看著善宇拿起自己的水杯。范洙冷眼看著喝水的善宇。

S／12　D，現在，廣域搜查隊拘留室

海英被狠狠推進拘留室。姜刑警關上鐵門後，上了鎖。海英抓著鐵門，再次懇求姜刑警。

海英　求求你，讓我看看我哥朴善宇自殺案的調查報告吧！有件事必須要現在確認。

姜刑警　給我閉嘴，你還是好好計算一下自己殺人罪的刑責吧。

姜刑警轉身走出去。海英心急如焚，快要崩潰。

Insert

- 第五集，S 26。善宇把書包揹在胸前，揹起海英朝貧民區走去。
- 第十二集，S 28。善宇坐在矮桌前，正在幫海英寫的練習題打分數。每做對一道題，海英臉上便會露出一絲希望。善宇覺得海英很可愛，給最後一道題打分時，故意開玩笑，原本要畫叉的，最後還是畫了圈——100分！海英呼喊：「喔耶！」開心得不得了。
- 回到現在的拘留室，海英表情焦急迫切。

海英　哥……

S／13　D，過去，海英母親家附近

海英經過小巷、轉彎走來時，與一個男人擦身而過。海英沒有注意男人的長相，但隱約看到男人手中提著小購物袋。

S／14　N，現在，廣域搜查隊拘留室

被關在拘留室裡的海英抱著頭。

海英　拜託……拜託……

S／15　D，過去，海英母親家門外

幼年海英站在母親家門前，按下門鈴，但沒人應門。

海英　（猶豫）媽！……哥哥！……

但家裡似乎沒人。

S／16　D，過去，海英母親家附近

材韓一臉焦急，迅速停好車，下車匆忙跑向某處。

S／17　D，過去，海英母親家門前

幼年海英站在母親家門前按門鈴，見沒有人開門。海英喊了聲：「哥……媽……」推門走進去。

S／18　N，現在，廣域搜查隊拘留室

被關在拘留室裡的海英坐在地上，眼神懇切的期盼著。

- Insert
- 第十三集，S 27。法院門前，表情難過的善宇上了押送車。
- 回到拘留室。

海英　拜託……可以阻止的……

S／19　D，過去，海英母親家裡

海英打開門，走進昏暗寒酸的屋裡，突然愣住。

S／20　D，過去，海英母親家門外

疾速跑來的材韓，瞬間停下腳。

S／21　D，過去，海英母親家附近某處

畫面裡出現S 13中，與海英擦肩而過的男人手中的購物袋，購物袋裡裝著紅色圍巾。畫面Tilt Up，是范洙。范洙眼神冷酷，上了停在路邊的車。

S／22　D，過去，海英母親家門外

材韓愣在原地，只見海英母親家門外已經圍起封鎖線，巡警守在門外。材韓的眼神劇烈顫抖。

S／23　D，過去，醫院急診室

海英母親抱著善宇的屍體，傷心欲絕的哭泣，一旁的海英也流著淚。畫面移動，站在急診室門口的材韓望著海英母子二人，感到愧疚與自責，緊閉雙眼。這時，經過的路人看到材韓，停住。發現材韓側腰出現一大塊血跡，材韓卻彷彿感覺不到疼痛，站在那裡望著被蓋上白布的善宇屍體。材韓的畫面漸漸轉暗。

S／24　D，現在，廣域搜查隊調查室

畫面漸漸轉亮，海英臉色蒼白，戴著手銬坐在調查室裡。「朴善宇自殺案」調查資料中的現場照片攤在桌上，上面寫著「死亡時間：2000年2月18日」，沒有改

變，善宇死了。畫面從悵然若失、盯著資料的海英，移動到表情冰冷、瞪著海英的姜刑警。

姜刑警　（收起調查資料）那麼想看你哥的調查資料，現在看完了，接下來好好回答問題吧。

姜刑警將裝有證物的透明證物袋丟到桌上，裡面是一把沾有血跡的刀。

姜刑警　這是什麼……你應該比誰都清楚吧？
海英　（愣住）
姜刑警　這就是你殘忍殺害股長後丟掉的兇器……

S／25　Montage

- 白天，仁州醫院急診室附近的男廁門口，姜刑警正在與受到驚嚇的清掃阿姨對話。

阿姨　那個塑膠袋，我還以為誰把垃圾丟在這裡，打開一看，真是嚇死我了。

- 白天，男廁。廁所最裡面放清掃用具的隔間，鑑識人員正在拍照。姜刑警走進來，掉在清掃用具之間的黑色塑膠袋裡，可以看到沾有血跡的刀。

S／26　D，現在，調查室

姜刑警繼續逼問海英。

姜刑警　少耍花招，這把刀上發現了股長的血跡以及你的指紋。
海英　……不是……我。
姜刑警　是你……殺害股長的人……就是你。

S／27　D，現在，搜查局長室

文刑警正在向范洙報告。

文刑警　在股長急救的仁州醫院急診室附近男廁內，找到疑似殺害股長的兇器。上面驗出股長的血跡及DNA，還發現朴海英的指紋。
范洙　……還有其他證據嗎？
文刑警　廁所前的走廊沒有裝設CCTV，因此沒有錄下影像，但我們找到了目擊當時狀況的證人。
范洙　（看著）……
文刑警　所有人都指認是朴海英。

S／28　Montage

- 仁州醫院某處，姜刑警正在與S 25中出現的清掃阿姨講話。

阿姨　是看到了一個奇怪的人。

- 夜晚，阿姨的回憶。看上去有些疲憊的清掃阿姨朝廁所走去。這時，正前方一臉不安的海英也朝廁所走來，海英手裡提著一個黑色塑膠袋，一滴血滴落地面。
- 夜晚，走進男廁的男職員。海英滿身是血，提著黑色塑膠袋走進放清掃用具的隔間。
- 白天，仁州醫院某處。姜刑警拿海英的照片請男職員指認。

男職員　沒錯，是他，就是這個人。

S／29　D，現在，調查室

姜刑警正在逼問面帶倦容的海英。

姜刑警　有人指證看到了你。

海英　……不是……我。

姜刑警　當時，你為什麼又回到仁州醫院？

海英　……你可以去問醫院的職員，我是去院務科詢問安治秀股長調查了什麼。

姜刑警　別説謊，你回到醫院的真正目的，難道不是為了銷毀證據嗎？！

海英　（鬱悶。想到哥哥的事，腦子很混亂，垂下頭）

姜刑警　你當上警察後也在一直調查仁州案吧？

海英　……

姜刑警　你也查到是股長負責那案子的……

海英　……

姜刑警　你哥被指認成主犯，你當然覺得很冤枉、氣憤……但你怎麼能殺人呢……而且還是你的直屬上司！

海英　……（再也無力爭辯，震驚、難過的）不……不是我……不是我。

S／30　D，現在，搜查局長室

文刑警離開後，剩下范洙一人。范洙臉上露出一絲淡淡微笑。

范洙（聲音）　……偽造的證據……收錢做偽證的證人……要是不放棄，下場只會和你哥一樣……

S／31　N，秀賢的車內

秀賢的車停在路邊，秀賢坐在駕駛座上，靜靜看著手中的對講機。

- Insert
- 第三集，S 41。

海英　如果……

秀賢　（看著）

海英　我是說如果……過去的人從對講機傳來訊息……妳覺得是怎麼回事？

－ 第三集，S 68。

海英　因為我們……不……因為我，她才死的。要不是那個對講機……要扭轉回去！要是……還有機會的話……

－ 第九集，S 12。

秀賢　金允貞案、京畿南部案、韓世奎案……你感興趣的這幾起案子，怎麼都和李材韓前輩調查的案子有關呢？

海英瞬間語塞，秀賢直視答不出話的海英。

海英　（隱藏不知所措的神色）這樣……啊？我不清楚……

－ 第十一集，S 54。

秀賢　話說回來，你為什麼在這？為什麼對李材韓前輩那麼感興趣？

海英　（看著）告訴妳真正的原因，妳會信嗎？連我自己都很難相信的事，妳又怎麼會信呢？

－ 第十四集，S 69。
仁州醫院走廊，秀賢望著吱吱作響的對講機，聽到裡面傳來材韓的聲音。

材韓（聲音）　朴海英警衛。

－ 現在，回到車內。究竟是怎麼回事？混亂的秀賢望著對講機。

S／32　N，過去，首爾廳刑事科長室

范洙似乎割破了手指，表情有些痛苦。他撕開一個OK繃貼在手指上，桌上放著一個寫著「休息站藥局」的袋子。這時，門「碰」一聲被推開，材韓出現在門口。材韓臉色蒼白，眼神顫抖，像是從仁州直接趕來，側腰上仍留有一大片血跡。

材韓　（慢慢走進來）善宇……他不是會自殺的孩子，絕不是自殺。善宇清楚告訴我，他找到了能抓住仁州案真兇的證據……

－ 白天，海英母親家。材韓小心翼翼走進玄關，慢慢環視四周，在善宇房間門前停住。地面上有一片乾掉的血跡。材韓控制自己激動的情緒，細細查看房間。衣櫃、抽屜、書桌，狹小屋子裡的每一處都找遍了，就是沒有紅圍巾。
－ 回到刑事科長室。

材韓　但是善宇死後，我找遍他的房間，也沒看到那條紅圍巾。肯定是有人殺了善宇，再偽裝成自殺……拿走了證物。絕對不允許那證物存在的人……
范洙　聽不懂你在講什麼，沒事的話就給我出去。有什麼需要報告的事就按照正規流程報告。
材韓　我在仁州警局聽到一件很奇怪的事。

－ Insert
－ 仁州警局重案組辦公室。材韓攔住一名巡警詢問。

材韓　負責朴善宇自殺案的刑警是哪位？
巡警　他現在不在……

這時，轄區刑警1走進辦公室，不經意與材韓視線相對。轄區刑警1看到材韓，感到意外，很不自然的迴避視線。材韓覺得不對勁，盯著轄區刑警1。轄區刑警1裝作沒看見材韓，低頭正要經過，材韓快步欄下轄區刑警1。沒辦法，轄區刑警1只好看向材韓。

– 仁州警局走廊某處。
轄區刑警1被逼得走投無路，站在那裡，表情兇狠的材韓站在面前。

轄區刑警1　我只說了朴善宇在找李刑警而已，那孩子自殺，跟我一點關係也沒有。
材韓　你跟誰說的？
轄區刑警1　（稍稍遲疑）
材韓　跟誰！
轄區刑警1　……治秀大哥。

– 回到刑事科長室，材韓銳利的眼神瞪著范洙。

材韓　……如果安治秀刑警知道，會馬上跟你報告的。
范洙　（變得冷酷）你瘋了嗎？把這裡當什麼地方了，竟敢在這胡說八道。
材韓　……聽說你的內查也結束了？罪證確鑿又有證人，竟然可以無嫌疑終結內查……看來高高在上的那位又幫你擋下了。看來他這是把為了效忠自己不惜殺人的走狗，又收養起來了！
范洙　……夠了，我已經忍你到極限了。
材韓　我也忍到極限了！
范洙　李材韓！
材韓　我一定不會放過你，一定會把你抓進去！你怎麼……怎麼能對那孩子……下得了手！

范洙撥打內線電話。

范洙　來人！把這混蛋給我拉出去。

材韓　你知道那孩子服完刑出來，為什麼那麼迫切的要為自己洗刷罪名嗎？不是因為他覺得自己受了委屈，而是他覺得是因為自己才害一家人分開的！他相信只要洗刷罪名，一家人就會團聚！

這時，刑警們開門走進來，范洙使了個眼色，刑警把材韓拉出去。

材韓　他相信只要找出真相，一家人就可以團聚了！相信有大人可以幫助自己！那樣的孩子，你怎麼下得了手！

憤怒的材韓被拖出去，范洙沒有一絲感情，看著被拖出去的材韓。

S／33　N，過去，材韓的房間

電話一直響著。是秀賢打來的電話，沒人接聽，電話掛斷了。材韓坐在昏暗的房間一角，哭紅雙眼。

- Insert
- 第十四集，S 45。

善宇（聲音）　我不敢相信其他人了，想親手交給您……

材韓　知道了，我馬上過去，你哪都別去，在家裡等我。

- 第十四集，S 71 ～ S 73。

海英　刑警！是我。求你救救我哥。你說得沒錯，我哥是被人陷害的。2000年2月18日，他被人殺害了！

- 第十五集，S 22。材韓停住，看過去，海英母親家門前拉起黃色警戒線，材韓感到不安。
- 第十五集，S 23。海英母親抱著善宇的屍體，傷心欲絕的哭泣。
- 畫面回到材韓的房間。材韓垂著頭，非常內疚。突然，對講機傳來「吱吱吱」的聲響。材韓抬起頭，看向擺在桌上的對講機。頻率在晃動，黃色的光亮了起來。材韓不知道該如何開口……然後緩緩張開嘴，聲音充滿自責。

材韓　　……對不起……警衛……我沒能救下你哥哥。是我的錯，我應該馬上趕過去的……如果一接到電話就馬上趕過去，你哥哥就不會死了……我像個白癡一樣……把心思放在別的事情上……

材韓痛苦的講完這些，稍稍停頓。

材韓　　警衛……你在聽嗎？

這時，對講機另一頭傳來聲音……

秀賢（聲音）　　前輩……

材韓嚇了一跳，愣愣的看著對講機。

S／34　　N，現在，秀賢的車內

秀賢握著對講機的手微微顫抖，從裡面傳來的聲音，秀賢難以置信，眼神顫抖的看著對講機。

秀賢　　……真的……是前輩嗎？

S／35　　N，過去，材韓的房間

材韓也不敢相信對講機另一頭傳來的是秀賢的聲音。

材韓　　怎麼……妳……妳為什麼……

S／36　　N，現在，秀賢的車內

雖然難以置信，但由於對材韓的思念，秀賢的眼眶紅了。

秀賢　　前輩……真的是你嗎？回答我啊，真的……是你嗎？

S／37　　N，過去，材韓的房間

材韓聽到秀賢哽咽的聲音，腦袋一片空白，不知道該說什麼，注視著對講機。裡面再次傳來秀賢的聲音。

秀賢（聲音）　　我等了……15年。

S／38　　N，現在，秀賢的車內

秀賢　　可是最後……等來的卻是你的屍體……我等了你15年……你卻死了。

S／39　　N，過去，材韓的房間

材韓聽到秀賢的話，愣住。

S／40　　N，現在，秀賢的車內

秀賢　　（情緒激動）你倒是說話啊！你不是有話要對我說嗎？不是要我等著你嗎？所以……我等了你那麼久……你倒

是說話啊……對我說些什麼啊！

S／41　　N，過去，材韓的房間

對講機另一頭傳來的秀賢聲音，讓材韓感到更加混亂。材韓盡量控制情緒。

材韓　　……朴海英警衛呢？他出什麼事了？

S／42　　N，現在，秀賢的車內

秀賢　　這不重要。前輩，8月3日絕對不要去善日精神醫院，聽到了嗎？如果你去了……

正說著，對講機的信號斷了。秀賢目光顫抖，拚命按著傳送鍵。

秀賢　　前輩……前輩！

但是對講機毫無反應。秀賢相當混亂，不知該如何是好……最後像是下定決心，開車出發。

S／43　　N，過去，材韓的房間

材韓也陷入混亂，看著對講機。

秀賢（聲音）　　可是最後……等來的卻是你的屍體……我等了你15年……你卻死了。

材韓聽到自己會死，目光顫抖起來，然後打開筆記本寫下「8月3日，善日精神醫院」。

S／44　D，過去，秀賢的房間

秀賢準備去上班，洗漱完畢，脖子上掛著毛巾，正打電話給材韓，但還是沒有人接聽。秀賢不解的放下電話。

秀賢　……到底去哪兒了……

這時，秀敏端來三明治。

秀敏　吃一點再走吧。
秀賢　不吃，我很忙。

秀賢隨便甩乾頭髮，穿好上衣。秀敏一把拉過秀賢，坐到化妝檯前。

秀敏　（把三明治塞進秀賢嘴裡）後來怎麼樣了？
秀賢　什麼……
秀敏　妳不是告白了嗎？
秀賢　（害羞）……什麼……
秀敏　說說看嘛。
秀賢　我又不是去談戀愛的，抓犯人都快忙死了……

秀敏看了一眼秀賢。

秀敏　哎喲……瞧瞧妳這張臉，不用問也知道被拒絕了。姐，妳有擦乳液嗎？
秀賢　沒大沒小，重案組刑警擦什麼乳液。
秀敏　重案組刑警不用呼吸啊？心臟不跳嗎？又不是要妳打扮給犯人看，在那個人面前得漂亮點啊。
秀賢　（推了秀敏一把）好了啦，妳出去！

秀賢把秀敏趕出去，拿起外套正要出去，對著化妝檯的鏡子看了看自己的臉。自己真的那麼沒有女人味嗎……

秀賢坐在化妝檯前盯著化妝品，拿起乳液擦了擦……嘆氣。

秀賢　就算這樣他也不會喜歡的……我是瘋了吧……

S／45　D，過去，刑警機動隊辦公室

刑警們聚在一起正在議論材韓的事，秀賢走進辦公室。

秀賢　早安。

大家看向秀賢。秀賢沒有察覺，走到自己位子……辦公桌上放著一個包裝紙包著的小盒子。什麼啊？秀賢看了看，撕開包裝紙，盒子打開，裡面是手錶。難道……秀賢抬頭看向材韓的辦公桌，辦公桌被清理得乾乾淨淨。

秀賢　（吃驚）怎麼回事……李材韓前輩……去哪兒了？

大家一臉為難的表情。

刑警1　……他連妳也沒說嗎？真是無情的傢伙。
秀賢　（看著）
刑警1　李材韓調走了，自願調到日善警局去了。

秀賢愣住，接著手裡拿著盒子衝了出去。

S／46　D，過去，刑警機動隊大樓停車場

拿著盒子跑出來的秀賢，心裡難受，眼眶泛紅。秀賢環顧四周，看到前方抱著箱子的材韓正朝車子走去。

秀賢　前輩！

材韓停住。秀賢氣沖沖的走到材韓面前。

秀賢　（舉起手錶盒）這是前輩放在那的吧？

材韓　……

秀賢　（眼神怨懟，怪材韓不懂自己的心意）誰跟你要這個了？我跟你要這個了嗎……

材韓　（看著）不要就扔掉。

秀賢的眼神更加顫抖。材韓轉身，再次邁開腳步……秀賢一時激動，朝走遠的材韓丟出手錶盒。材韓聽到聲音停下來，秀賢生氣的瞪了一眼材韓，轉身朝大樓走去。材韓轉身，撿起掉在地上的手錶盒。材韓把箱子放在地上，快步追上走遠的秀賢，硬是把手錶塞給秀賢。材韓看著淚眼汪汪的秀賢。

材韓　看到嫌犯別不顧一切就衝上去，一定要避開持刀的傢伙，以後再抓就行。不要受傷……也不要生病……

材韓靜靜望著秀賢，再次轉身要走，秀賢一把抓住材韓的手臂。

秀賢　前輩……那天我說的話……

材韓轉身看秀賢，材韓握住秀賢的手想抽回手臂。秀賢愣住，看著材韓……材韓輕輕握了握秀賢的手，便放開了。

材韓　刑警……是不能掉以輕心的職業。

材韓看一眼秀賢，轉身走去抱起地上的箱子，再次走遠。秀賢難過的看著遠去的材韓，然後慢慢看向手錶盒。

S／47　N，現在，廣域搜查隊大樓外景

S／48　N，廣域搜查隊拘留室

夜晚，關燈的昏暗拘留室，海英低著頭、靠牆坐在那裡。因為哥哥的死，海英深受打擊，眼神依舊無神。這時，響起腳步聲。秀賢走來，身旁跟著一臉為難、不知所措的義警。秀賢來到關著海英的鐵門前停住。

秀賢　開門。

義警　必須取得負責刑警同意……

秀賢　只要一會兒，我有事要問他。

義警看了看表情嚴肅的秀賢，沒辦法只好打開鐵門。秀賢走進去，義警看看兩人。

義警　不能待太久喔。

說完，義警走遠。即使看到有人進來，海英還是呆呆坐在原地，秀賢望著那樣的海英。

秀賢　（調整混亂的情緒）我就開門見山的問你——可以救活他嗎？

海英一聲不吭，坐在原地，眼裡混亂……秀賢看了看海英，一步步走上前，坐在海英面前，抓住海英的肩膀讓他看向自己。

秀賢　朴海英，看著我。

海英　……

秀賢　我到現在也不相信，不相信那個對講機還有你講的話……但那聲音分明是李材韓前輩。

海英　……

秀賢　　你說過，可以把死的人救活……

海英　　……

秀賢　　所以……也能救活前輩……是不是？回答我！

海英　　……我說過了，用對講機救人……很危險。

秀賢　　如果能把一切恢復原樣……能救前輩……哪怕只有百分之一的可能……就算一切都會搞砸，我也要去做。所以告訴我，到底怎麼做才能救前輩？

海英　　……我現在……什麼也搞不清楚了……我想做的……只是找出真相。可是……沒有一件事是對的。李材韓刑警……安治秀股長都遇害了……我也沒有救到哥哥……現在還被誣陷成殺人犯關在這裡。

秀賢　　（看著）

海英　　用對講機救了的人……改變的案件……我不知道是對還是錯。但要是利用對講機改變未來，會發生什麼事，我們也不知道。

秀賢　　說不定……過去已經改變了。我告訴前輩了，8月3日不要去善日精神醫院……

海英　　（愣住、看著）過去沒有改變……李材韓刑警明知道，但還是去了。他認為那裡會有線索，所以才去的。

- Insert
- 第一集，S 24。材韓講著對講機。

材韓　　（對講機靠近嘴邊）這裡是你告訴我的韓正洞善日精神醫院，醫院後方的井裡有吊死的屍體。

- 第一集，S 26。材韓身後一個黑影閃過……材韓轉頭，但什麼也沒看見。

材韓　　你為什麼不讓我來這裡？……這裡發生了什麼事？

- 回到拘留室。秀賢感到混亂，看著海英。

秀賢　如果不是地點……那就要找出前輩為什麼被殺，以及如何遇害。
海英　（看著）
秀賢　是金成汎。
海英　（看著）
秀賢　前輩的屍體埋在金成汎的別墅裡，金成汎一定知道前輩為什麼、怎麼遇害。股長被殺也是一樣……找到金成汎就可以還你清白……還能找到救前輩的方法。我不會放棄救前輩……還有你的。

S／49　D，長期懸案專案組

廣域搜查隊的刑警們粗暴的打開海英辦公桌的抽屜，在裡面一陣亂翻。電腦主機被扣押帶走了，文件夾凌亂的丟在桌上和地上。秀賢、偕哲和憲基站在一旁看著，刑警1把手伸向海英座位旁、秀賢的辦公桌。

偕哲　喂喂……亂碰什麼，要翻車秀賢刑警的東西，拿了搜查令再來……

刑警1一臉不快，看著偕哲。身後的文刑警上前阻止刑警1，拍拍他的肩膀。

偕哲　夠了吧，該翻的都翻了。

文刑警無視偕哲，走到秀賢面前。

文刑警　妳那天為什麼去仁州醫院？是跟朴海英一起去的？
偕哲　文刑警，你不識字啊？

文刑警看向偕哲，偕哲指著天花板掛著的「長期懸案專案組」的牌子。

偕哲　　這裡是長期懸案專案組，專門調查未結懸案的，所以我們才會去重新調查仁州案。

文刑警　　仁州案可不是懸案……

憲基　　雖然抓到了嫌犯，但出現了真兇另有其人的疑點，這樣一來不也成懸案了嗎？看來文刑警的腦子不怎麼好嘛。

文刑警不爽的看著偕哲和憲基，但偕哲和憲基也絲毫不肯讓步。文刑警看看大家，又瞄一眼秀賢，轉身走了。廣域搜查隊的刑警們也跟在後面離開。

偕哲　　（氣憤）呸，什麼東西……

S／50　D，咖啡廳

秀賢、偕哲和憲基圍坐在桌前，正在講話。

偕哲　　怎麼看這案子都很蹊蹺。現在朴海英被捕，和2000年的仁州案也太像了吧？

秀賢／偕哲　　（看著）

偕哲　　沒有直接的證據，都是目擊者陳述，而且也太吻合了。在必要的時間點就能冒出必要的證人，就跟事先排練好的一樣。

憲基　　殺害股長的手法也和朴警衛不一致，朴警衛怎麼看也不像會使用刀的人啊。

偕哲　　還有，那麼重要的兇器怎麼可能丟在現場附近？說真的，朴海英的腦子可沒那麼笨。

秀賢　　有一個人很可疑。

偕哲　　誰？

秀賢　　金成汎。

憲基　　金成汎……不就是之前作證說朴警衛在背後調查股長的那個人嗎？

秀賢　　沒錯。股長遇害當天，金成汎也在仁州。

- Insert
- 第十一集，S 102。深夜，海英開車趕往仁州醫院，迎面而來的車輛後照鏡上掛著白色動物毛飾品。
- 第十二集，S 51。海英看著成汎的車，突然愣住。成汎的車內後照鏡上，掛著動物毛飾品。
- 現在，回到咖啡廳。

偕哲	真的？
秀賢	朴海英親眼所見。
憲基	那要告訴廣域搜查隊啊。
秀賢	廣域搜查隊現在把朴海英鎖定成最有力的嫌犯，他們會相信朴海英的證詞嗎？
偕哲	啊，真是的……跟那群兔崽子講不通的……
秀賢	不只這些，在金成汎的別墅……還發現了15年前失蹤的警察屍體。
偕哲	警察？他還殺了警察？
秀賢	被發現的警察……名叫李材韓，1999年和股長一起調查過仁州案。

偕哲和憲基似乎明白了什麼，互相對望一眼。

憲基	我就說嘛，仁州這案子的確有蹊蹺。
秀賢	找到屍體後，金成汎就消聲匿跡了。金成汎是個慣犯，說不定正企圖偷渡，我們必須在此之前找到他。金成汎開的酒店、家附近的CCTV、通話紀錄、信用卡、帳户和前科紀錄，能找的都找找看。

S／51　　D，拘留所的會面室

秀賢對面坐著仍處在混亂狀態的海英，桌上放著與金成汎有關的住址清單。

秀賢	這些是偕哲前輩找出來與金成汎有關的住址，汽車旅館、

旅館都有CCTV，暴露的危險性較高，所以排除在外。主要篩選了金成汎熟人名下的辦公室地址。

海英　……範圍太大了。就算對金成汎進行罪犯側寫，也很難選出他在潛逃途中的落腳地點。這次我恐怕幫不上忙。

秀賢　朴海英，打起精神來。我們必須盡快找到金成汎。

海英　（看著）

秀賢　除了我們，還有人在找他。

海英愣住，看著秀賢。

– Insert

車內，偕哲將住址清單遞給秀賢。秀賢翻閱清單。

偕哲　我說，車刑警，有件事很奇怪。

秀賢　（看著）

偕哲　聽金成汎周圍的人說，除了我還有人在找金成汎。

秀賢　（遲疑）廣域搜查隊的刑警？

偕哲　我問了，不是警察這邊，而且那些人的動作比我們還快了一步。

– 回到會面室。

秀賢　是金范洙局長。

海英　（看著）金范洙局長？幫金成汎逃走的人明明是金范洙局長……怎麼會……

秀賢　沒錯，雖然幫金成汎逃走的人是金范洙局長，但金成汎馬上就消聲匿跡了。現在對金成汎來說，最危險的人物就是金范洙局長……他們萬萬沒有想到李材韓前輩的屍體會被發現。警察死了，自然需要替死鬼。加上金成汎對金范洙局長貪汙受賄的事瞭如指掌，必須在他被警察逮捕前斬草除根。

S／52　　D，搜查局長室

范洙正在講電話。

范洙　　怎麼樣了？

S／53　　D，街道某處

男人邊打電話、邊從辦公大樓走出來（第八集，與男護士是同一個人）。

男人　　還在找可能藏身的地方，目前還沒有發現。
范洙（聲音）　……必須在警察找到前先找到他。
男人　　知道了。

S／54　　D，另一處街道

川流不息的馬路旁設有公共電話。一隻手拿起話筒，畫面移動，看到戴著帽子、一臉不安的成汎。成汎撥通某個號碼，但只聽到「您撥打的電話已關機……」成汎顯得更焦慮不安。成汎放下電話走遠的，畫面移到成汎使用的公共電話號碼「031-700-8990」。

S／55　　D，會面室

接S 51的秀賢與海英。

秀賢　　要是被金范洙局長搶先一步找到金成汎……那前輩為什麼被殺、又是誰殺死股長，知道這些的唯一證人就會消失。我們必須搶在金范洙局長前找到他，沒有時間了……

海英盡量集中精神聽秀賢講話，看了看住址清單。

海英	沒有藏身機率較高的區域嗎？
秀賢	機率較高的地點有金成汎兒時居住過的○○區，母親住過的京畿道○○市……
海英	（愣住）京畿道○○市……
秀賢	怎麼了？

海英的腦海裡閃過一個電話號碼。

- Insert
- 第十三集，S 56，海英手機響起。號碼031-700-8990。
- 第十四集，S 20，同樣的號碼再次響起。
- 重新回到會面室，海英漸漸冷靜下來。

海英	現在金成汎被警察追，也被金范洙局長追，可說是四面楚歌，偷渡這條線也被截斷。這種情況下，他會採取什麼行動呢？
秀賢	向信得過的人求救。
海英	沒錯。在警察當中，絕對不會與金范洙局長聯手、想揭露金范洙局長貪汙受賄的警察，金成汎會聯絡這樣的警察，正是像我……這樣的警察……

秀賢看著海英。

S／56　N，拘留所的保管室

類似小倉庫的房間，一旁有保管箱。一臉為難的義警猶豫不決，旁邊氣勢壓人的秀賢瞪著義警。

義警	你們見面就算了，但要用手機，這太為難我了。
秀賢	不是要通話，只是有要確認的事。
義警	那也……
秀賢	可以抓到殺害股長真兇的線索就在那裡面，現在必須確

認。

義警看著秀賢的眼神。沒辦法，只好打開保管箱。保管箱裡放著海英的調查資料、手機和車鑰匙等個人物品。秀賢注視著其中的手機。

S／57　　N，會面室

海英打開秀賢拿來的手機，開啟電源，看到手機畫面上出現3通未接來電。點開通話紀錄，看到3通電話號碼都是「031-700-8990」。兩人互看一眼，手機回到最初的畫面，忽然進來一條語音訊息。海英馬上點開來聽。

成汎（聲音）　我是金成汎。

聽到語音訊息，海英愣了愣，看向秀賢。

S／58　　D，廣域搜查隊大樓外景

S／59　　D，拘留室

早晨，海英靜靜坐在拘留室裡。這時，姜刑警打開拘留室的鐵門。

姜刑警　出來，要去法院接受拘捕實質審查。

海英站起，姜刑警上前給海英戴上手銬。

S／60　　D，廣域搜查隊大樓前

海英戴著手銬的雙手被毛巾遮著，與姜刑警和刑警1一起走出大樓，上了停在門口的機動車。

S／61　　D，街道某處／車內

行駛中的機動車，後面坐著刑警1和姜刑警，中間夾著戴著手銬的海英。搖晃的車內，在海英直視前方的畫面之中。

－ Insert
－ 接S 57，秀賢和海英在聽成氿的語音訊息。

成氿（聲音）　我手上有能把金范洙送進監獄的證據，但我信不過別的警察，朴海英你一個人來。時間○月○日，晚上11點，○○購物中心地下停車場。

秀賢站起。

秀賢　我和專案組的人去抓他。
海英　金成氿是個老滑頭，他會在某處監看我有沒有出現。如果出現的不是我而是別人……他可能再也不會聯繫我了。
秀賢　（鬱悶）
海英　方法……只有一個。

秀賢看著海英。

－ 回到行使中的機動車，海英右側的刑警1在打瞌睡，姜刑警在講電話。畫面特寫海英被毛巾遮住、戴著手銬的雙手。海英從口袋裡取出手銬鑰匙，悄悄打開手銬。當車輛右轉減速時……海英猛然推開刑警1，打開車門。姜刑警大吃一驚看向海英，還沒反應過來，海英已經跳下車。

S／62　D，街道某處

跳下車的海英摔倒在地，雖然疼痛，但只能強忍著爬起來。車輛緊急剎車，姜刑警和刑警1跳下車。海英忍著痛一拐一拐的往巷子逃去。姜刑警緊追在海英身後。在逃跑的海英一臉焦急的畫面之中。

- Insert
- 會面室。秀賢把手銬鑰匙交給海英。

秀賢　你不能自己去。
海英　不，我不能連累妳也捲進來。
秀賢　只要抓到金成汎，就能替你脫罪了。
海英　不行。

- 回到街上。

海英穿過小巷，轉彎後，彷彿事前約好了，有一輛車停在路口，副駕駛座的門開著。海英迅速跳上副駕駛座，車立刻開走。後面追上來的姜刑警和刑警1望著開走的車，迅速取出手機、撥通電話。

姜刑警　朴海英逃跑了。車牌號00五-0000。趕快追蹤定位！

S／63　D，秀賢的車內

開車的秀賢問滿身是傷的海英。

秀賢　你能走嗎？這輛車不能再開了，必須到前面換計程車。
海英　沒事的。（看看秀賢）妳這樣真的可以嗎？廣域搜查隊的人要是知道，會鬧翻天的。
秀賢　管不了那麼多了

秀賢用力踩下油門。

秀賢　　必須快點見到金成汎，搞清楚前輩是怎麼死的……這樣才能找到救他的方法……

秀賢焦慮的眼神。

（聲音）　　振陽警局重案一組，李材韓刑警！

S／64　　D，過去，振陽警局重案組辦公室

郵差拿著掛號信，在來來往往的刑警裡尋找材韓。

郵差　　李材韓刑警在嗎？

這時，坐在辦公桌前整理資料、穿著印有「KOREA」字樣短袖的材韓轉身，舉起手。

材韓　　是我。

郵差走到材韓面前，遞上掛號信。

郵差　　這是掛號信，是您本人吧？

材韓靜靜注視著信封，上面全是英文，是美國法醫事務所寄給材韓的文件。畫面從材韓身上移到牆上掛的日曆，2000年7月29日。

S／65　　D，過去，振陽警局大樓走廊

材韓望著下著雨的窗外，一手拿著信封，一手講著電話。

材韓　　吳在善檢察官，我是李材韓。證據……已經到手了。沒錯，是可以證明首爾廳金范洙刑事科長殺人的證據。（停頓一會）知道了。1小時後，我到您辦公室。

材韓掛斷電話，看了看信封，取出裡面的資料，上面有紅圍巾的照片，以及從圍巾上採到的血液DNA鑑定結果。材韓看完又放回信封，走回辦公室。

S／66　D，過去，振陽警局重案組辦公室

材韓走進辦公室，回到自己座位，拿起外套和車鑰匙，對鄰桌的刑警。

材韓　我出去一下，有事打給我。

說完，正準備出去。刑警2匆忙推門進來，辦公室的人以為發生了什麼事，一起望過去。

刑警2　孩子不見了！

材韓和大家不安的看著刑警2。

刑警2　誘拐案！振陽國小，名叫金允貞的女孩被綁架了！

材韓表情僵住。坐在位子上的刑警1猛然起身。

刑警1　（朝其他人）幹嘛？還不趕快聯絡隊長，打電話到振陽國小那。（朝刑警2）再確認一次報警內容，確認什麼時候、在哪裡被綁走的。

大家表情嚴肅，起身開始行動。負責聯絡隊長的刑警邊打電話、邊推門跑出去。另一個刑警打通振陽國小的電話，緊張感充斥整個辦公室。材韓拿著外套和信封，站在原地猶豫了一下，最後還是放下外套，把信封塞進抽

屜，跟著大家一起行動。

材韓　你去確認一下報警電話，我負責學校那邊。

材韓表情緊張，拿起電話，刑警們迅速展開行動。

S／67　N，現在，地下停車場

海英看了看錶，11點。海英走進無人的地下停車場，環顧四周，尋找成汎，但一點動靜也沒有。海英緊張的察看周圍。這時，某處傳來「噹」的聲響，海英立刻轉頭望去，只見緊急出口的門正慢慢關上。海英快步朝緊急出口走去……成汎的人影迅速從停在緊急出口旁的貨車冒出。成汎一把抓住海英的肩膀，把海英拉到貨車後。成汎緊張的視線看著海英。

成汎　你自己來的？
海英　證據呢？
成汎　我問你是不是自己來的？！
海英　先說是什麼證據！
成汎　還能有什麼證據？賄賂、貪汙、瀆職……這些的公訴時效早就過了。
海英　……（眼神僵住）撤銷公訴時效的罪名……殺人……是殺人案？

這時，貨車另一邊傳來聲音。

秀賢（聲音）　手舉起來。

只見，秀賢在貨車另一邊舉槍瞄準成汎，步步逼近。成汎臉色大變，開始逃跑……海英為了阻止成汎，兩人發生肢體衝突，最後成汎還是掙脫阻擋跑掉了。三人在車輛之間展開追擊戰，最後成汎還是被海英制伏，扣上了手銬。

成汎　我不是叫你一個人來嗎？瘋了嗎？！
海英　你不用擔心，可以相信車刑警。
成汎　不是相不相信的問題。金范洙是什麼人你還不清楚嗎？一定有人跟在後面了。

秀賢根本聽不進成汎的話，走上前抓住被制伏的成汎肩膀，二人對視。

秀賢　你還記得李材韓刑警吧？
成汎　（愣了愣）我不認識。
秀賢　2000年！善日精神醫院！
成汎　都說了我不知道！
秀賢　（逼問）那個警察的屍體埋在你的別墅裡！為什麼？你為什麼殺了他！
成汎　那是他自己找死！老實點不就什麼事都沒有了，非要多管閒事自己找死。

S／68　D，過去，振陽警局重案組辦公室

包括材韓在內的刑警聚在一起，大家都很緊張。慢慢走近辦公室的人，是范洙、治秀和其他首爾廳的3、4名刑警。隊長向大家介紹范洙。

隊長　為了支援調查金允貞誘拐案，首爾廳的金范洙科長親自過來指揮調查。從現在起，這案子交給金范洙科長指揮。

范洙與材韓互看一眼。此時電話聲響起。刑警1馬上接起電話。

刑警1　綁匪寄來勒索信，要家屬帶著5千萬元贖金，到花銀洞佛羅倫斯咖啡廳。

范洙　　（看著材韓）轄區警局重案組的人前往現場查看是否有可疑人物，首爾廳的人偽裝成客人埋伏在現場。全體出動。

刑警們準備出發，材韓在一群人當中冷冷瞥了范洙一眼，然後走出辦公室。

S／69　　D，過去，咖啡廳

第一集，S 9，Montage。治秀、材韓正在盤問咖啡廳老闆和客人。鑑識組人員正在店內採集門把、餐桌等地方的指紋。

S／70　　D，過去，振陽警局重案組辦公室

大家都出發了，辦公室裡空無一人。一個人影慢慢靠近材韓的辦公桌，是范洙。范洙檢查桌面，接著拉開每一個抽屜，在一個抽屜裡發現信封時愣住了。范洙的眼神變得冰冷。

S／71　　N，現在，地下停車場

海英顫抖的盯著成汎。

海英　　……是朴善宇自殺……的案子？

成汎　　……沒錯。那孩子跟他一點關係也沒有……裝作不知道不就什麼事都沒有了嗎？李材韓寧死不屈，非要揭露真相，瘋了似的去調查。

S／72　　N，過去，Montage（成汎的回憶）

- 廢棄倉庫。材韓的額頭上流著血。材韓面前站著范洙和治秀。范洙慢慢走到材韓面前。

范洙　　這件事除了吳在善檢察官，還有誰知道？
材韓　　（顫抖的眼神看著）
范洙　　我怎麼知道吳檢察官知道這件事？（噗哧笑出聲）這世界不就是這麼回事，你不知道大家都是一丘之貉嗎？
材韓　　（憤怒到顫抖）
范洙　　現在還不晚，放棄吧，只要你答應我放棄追查，我也會到此為止。我也不想殺死一個在職警察。

材韓滿腔怒火，大叫一聲朝范洙衝過去，兩人打鬥起來。材韓胸口被刀刺中，血流了出來。

- 荒山某處。接第二集，S 35的荒山。發生打鬥後，逃跑中的材韓跑在荒山上。從山上滾下來的材韓喘著粗氣……傳來信號的對講機。
- 荒山某處。材韓看著對講機，眼神漸漸黯淡。

材韓　　朴海英警衛……這可能是我最後一次講對講機了。請絕對不要放棄，過去是可以改變的。

這時，材韓聽到後面傳來腳步聲。材韓放下對講機，慢慢看向身後，只見治秀顫抖的眼神正望著材韓。治秀望著材韓，舉起手槍，「砰」一聲扣下扳機。成汎站在遠處看著這一切，笑了笑，從口袋裡取出手帕，擦了擦打鬥時沾到手上、濺在手錶上的血跡。擦手錶時看到時間，11點23分。在倒地流血、漸漸失去生命的材韓眼神之中。

S／73　　N，現在，地下停車場

海英看著成汎，眼神顫抖。

成汎　　……明明給他一條活路，誰教他不知好歹。

看著講出事實的成汎，海英倒退了幾步。

海英　是我……都是因為我……因為我……

－ Insert
－ 第十一集，S 31。坐在車裡的材韓與海英講對講機。

海英　未結懸案正是因為有人放棄才產生的……所以……請你絕對不要放棄……

－ 第十一集，S 67。

海英　有件事我想拜託你。1999年，當時在仁州發生了什麼事……請把那件案子的真相告訴我。這對我……真的很重要。

－ 第十四集，S 71 ～ 75。材韓與海英講對講機。

海英　刑警！是我。求你救救我哥。你說得沒錯，我哥是被人陷害的。2000年2月18日，他被人殺害了！

－ 回到現在，地下停車場。受到衝擊的海英眼神顫抖，一步步往後退。

海英　我以為……所有人都置之不理……原來他一直沒有放棄，追查到最後……可是……因為我……最後他卻因為我死了……

秀賢　（看向受到打擊的海英）朴海英，你振作點。

突然，成汎趁兩人不注意，立刻起身逃跑。秀賢愣了一下，立刻追上去。海英也回神追上去。只見某處突然冒出一輛車，直接撞向逃跑中的成汎。一聲巨響，成汎被撞倒在地。海英大吃一驚，目睹整個撞擊過程。撞成汎的車開始倒車，踩下油門準備調頭逃走。秀賢跑過去，瞄準車輛連開三槍，似乎擊中了輪胎，車子歪向一邊停了下來。從駕駛座上跳下來的男人想逃跑，秀賢舉槍逼近男人，男人用腳踢掉秀賢手中的槍，兩人展開搏鬥。海英緩過神後，朝秀賢的方向跑去。秀賢一腳踢倒男人，但倒在地上的男人立即抓起掉在身邊的手槍。男人舉起手槍。秀賢和海英的眼神變得緊張。

海英　　不！

在海英呼喊的同時，響起「砰」一聲槍響，地下停車場裡迴盪著槍聲。男人看向某處，拿著手槍開始逃跑。畫面跟隨男人的視線看過去，海英抱住秀賢。

秀賢　　……朴海英……你沒事吧？

海英倒在地上，鮮血漸漸流到地面。

秀賢　　（顫抖）朴海英！朴海英，你醒醒！

海英漸漸失去意識。

海英　　……對講機……
秀賢　　再忍一下，我叫救護車。

秀賢拿出手機，海英用沾滿血的手抓住秀賢。

海英　　……對講機……要用對講機……救李材韓刑警。

海英流著血，漸漸失去意識，秀賢望著眼前垂死的海英。

第十五集　終

第十六集

S／1　N，過去，振陽警局重案組辦公室

一片寂靜，只能聽到鐘錶走著的滴答聲。畫面特寫貼在電腦上的紙條「8月3日善日精神醫院」。材韓靜靜望著那張紙條，接著慢慢轉頭看向日曆。2000年8月3日。

＊字幕 — 2000年8月3日

材韓的畫面上漸漸響起現場的聲音。「李材韓刑警！」刑警1叫道。

刑警1　請你準備簡報，我去幫你拿影印的資料？
材韓　不用，我自己來。

走出辦公室的材韓身後，刑警們忙碌著。「聯絡上徐亨俊的朋友了嗎？」「他最近都沒打電話回家」等，為了調查金允貞誘拐案，正忙得不可開交的重案組辦公室。

S／2　N，過去，振陽警局大樓某處

材韓快步走在走廊上，一邊翻閱徐亨俊的調查資料、一邊走上樓梯，突然撞到從樓上下來的幼年海英，資料散落一地……材韓撿起地上的資料和紙條，朝辦公室走去。

S／3　N，過去，振陽警局重案組辦公室

做完簡報，刑警們出發去西營公園，材韓與范洙正面對面談話。

材韓　雖然勒索信和嫌犯出現的咖啡廳發現了徐亨俊的指紋，但都只有右手的拇指。
范洙　（瞪眼）

材韓	要是摸桌子或寫信，一定會留下其他手指的指紋，卻只發現拇指，這很奇怪，讓人覺得是有人故意留下。
范洙	所以呢？
材韓	徐亨俊隱藏的女友……需要進一步調查。
范洙	你自己去查吧，你不是喜歡單獨行動嗎？
材韓	（直視）
范洙	最好小心點身後啊。

范洙冷冷看著材韓，走了出去，留下望著離開背影的治秀和材韓兩人。

治秀	你有完沒完？徐亨俊身邊的女人不是都查過了。
材韓	前輩你也到此為止吧，別一直跟在金范洙科長後面拍馬屁了。

材韓奪門而出，治秀眼神冷酷，看著材韓的背影。

S／4　N，過去，振陽警局重案組大樓走廊

范洙站在沒人來往的偏僻走廊，望著窗外。治秀走到范洙身邊。

治秀	我去西營公園現場了。
范洙	不，你有別的事要做。
治秀	嗯？您的意思是……？
范洙	你以為我把你帶到這來，只是為了抓一個綁匪嗎？
治秀	（詫異，看著）
范洙	去跟著李材韓。
治秀	啊？
范洙	李材韓察覺到誰是仁州案的真兇了。
治秀	……（慌張）張太鎮嗎？……可是……不是已經沒有證據了嗎？
范洙	不……留下了一樣證據。

治秀　……（想了想）難道那時朴善宇來找李材韓，就是為了這個？

范洙　沒錯。掉在案發現場的紅圍巾……那個證據落在李材韓手上，而且已經送到美國做了證據鑑定。

治秀　……怎麼辦……我們該怎麼辦？

范洙　（惡狠狠的瞪著治秀）所以要你去跟著李材韓。

治秀　……跟著李材韓能有什麼解決辦法？還不如……

范洙　你這兔崽子！不如什麼？不如揭發真兇？要是被發現調查時偽造了事實，這麼多年貪的錢就都得吐出來，連你這身警服都得脫下來。一把年紀的鄉巴佬，到時候連份像樣的工作都找不到，你上哪去籌女兒的醫療費？

治秀　……（表情黯淡下來）

范洙　不該留在李材韓手上的東西都想辦法偷來，無論用什麼手段。

范洙冷冷瞪著治秀。在范洙的畫面之中，響起海英的聲音。

海英（聲音）　對講機……必須告訴他……

S／5　N，現在，地下停車場

海英喘著氣，沾滿血的手抓著秀賢。

海英　要救李材韓刑警……

秀賢　別說了，撐著點，我叫救護車。

海英　（更用力抓著秀賢）11點23分……

秀賢　（看著）

海英　對講機總是在11點23分響起。

秀賢看了看時間，11點20分，時針正快速轉動。

S／6　　N，過去，振陽警局重案組辦公室

材韓拿起桌上的徐亨俊信用卡明細，收好明細後，看到桌子一角貼著的紙條「8月3日，善日精神醫院」，把紙條放進口袋，剛一轉身，撞見剛進門的秀賢。

材韓　　吃飯了嗎？
秀賢　　（轉身，吞吞吐吐）吃了……
材韓　　真是會挑日子，偏偏今天調過來……
秀賢　　（看著）那個，前輩……那天我說的話……
材韓　　這個週末應該能解決。
秀賢　　（看著）嗯？
材韓　　等都結束以後，到時候再說。

材韓走出去時，拍了拍秀賢的肩膀。

S／7　　N，過去，振陽警局大樓停車場

通往振陽警局停車場的大門前，幼年海英尚未離去，在門口晃來晃去。紙條去哪兒了？海英翻了翻口袋，以為掉在原地，結果沒有……這時，後門傳來腳步聲，海英嚇得落荒而逃。海英不見了，材韓走出來，坐上停在後門停車場自己的車裡，把帶出來的地圖放在副駕駛座上，正要出發……忽然想起口袋裡的紙條，拿出來一看……小孩子的筆跡寫著「嫌犯不是男人，是女人。」材韓一頭霧水，下車環顧四周……又看看紙條……再次上車，發動汽車出發。

S／8　　N，過去，振陽警局大樓正門

材韓的車開出正門，稍後，一輛車亮起車燈，尾隨在材韓後面。駕駛座上坐著治秀。

S／9　N，過去，道路某處

材韓的車停在便利商店門口，確認從辦公室帶來的徐亨俊信用卡明細上標示的便利商店地址，然後打開地圖做標記。地圖上已經有好幾處做了標記，看著地圖，材韓停了下來，在地圖上畫下同心圓。同心圓的中央處有一座山，山的位置標示「善日精神醫院」。材韓從口袋裡取出字條，上面寫著「8月3日善日精神醫院」。

S／10　N，過去，醫院大樓前

醫院似乎停業了，三層樓的小醫院建築全關著燈，入口處貼著一張紙，上面寫著「停業通知－本院將於2000年7月29日休業，之後不再收任何患者。2000年7月10日」。材韓站在門前，打開手電筒朝醫院裡走去。醫院剛關門不久，設備都撤走了，內部顯得安靜陰森。材韓打開手電筒走進醫院。在材韓的畫面之中。

S／11　N，現在，地下停車場

沾染血跡的海英手錶時針正快速走向23分，海英一隻手握著對講機，眼神顫抖。因為失血過多，海英的意識越來越薄弱。為了讓海英鎮定下來，秀賢脫掉自己的外衣蓋在海英身上，接著用緊急的口氣打給119。

秀賢　有人受傷了，○○購物中心地下停車場，請盡快派救護車過來！（掛掉電話，看著海英）朴海英，振作點，救護車馬上就趕到。

海英　刑警……一定要救李材韓刑警。

時針走到23分，海英和秀賢一起望著對講機的頻率。

S／12　N，過去，善日醫院大樓後方外景

材韓走到善日醫院大樓後方，用手電筒巡視四周。當照到一口井時，愣住。在井裡的是徐亨俊的屍體。材韓眼神顫抖，注視著屍體。這時，對講機傳來「吱吱吱」的聲音，材韓取出對講機按下傳送鍵。

材韓　……朴海英警衛？

可是對講機另一頭沒人回應，材韓又呼叫一遍。

S／13　N，現在，地下停車場

海英和秀賢望著對講機，但對講機的黃燈沒有亮起，頻率也沒有晃動。時間已經過了11點23分。

海英　（焦急）不行……

這時，鳴笛聲漸漸逼近。

S／14　N，過去，善日精神醫院大樓後方外景

材韓看了看沒有應答的對講機。

材韓　難不成是……妳……點五……？

手電筒照向井底。

材韓　（對講機貼近嘴巴）這裡是你告訴我的韓正洞善日精神醫院。醫院後方的井裡有吊死的屍體。是金允貞誘拐案疑犯徐亨俊的屍體。拇指被截斷了，有人殺死徐亨俊後偽裝成自殺的。

這時，對講機另一頭傳來聲音。是第一集裡海英的聲音。

海英（聲音）　你是誰？你在說什麼？善日精神醫院？那是哪裡？

突然，一個鈍器砸在材韓後腦，材韓倒在地上，昏迷不醒。畫面上響起海英迫切的聲音。

海英（聲音）　不……

S／15　N，現在，地下停車場

海英眼神顫抖，注視著對講機。

海英　不……拜託……只要一次……

海英突然休克，暈死過去。

秀賢　（驚嚇）朴海英！醒醒！

這時，救護員從遠處跑來。

S／16　N，過去，荒山附近的廢棄倉庫

黑暗的畫面上，響起治秀的聲音。

治秀（聲音）　李材韓……醒醒，李材韓！

畫面漸漸轉亮，頭上流著血的材韓慢慢睜開眼睛，看到破舊的廢棄倉庫，身旁有一個燒著垃圾的油桶。倒在角落處的材韓雙手被捆綁，治秀站在身邊。

治秀　醒了？

材韓　（看著）

治秀　……可以證明仁州案真兇的證據……紅圍巾……在哪？

材韓　（看著）

治秀　只要你交出那條圍巾就沒事了，就算你再怎麼努力，也不會改變什麼的。

材韓　……金范洙告訴你的？他說那條圍巾是揭發仁州案的證物？那條紅圍巾……不僅是揭發仁州案的證物，也是證明金范洙殺害善宇的證據。

治秀　（大吃一驚，嚴肅）你在……說什麼？朴善宇……明明是自殺啊……

這時，傳來腳步聲，范洙和成汎走進倉庫。

范洙　（朝治秀）讓開。

治秀　（難以置信，看著范洙）他說的是真的？善宇……不是自殺？

范洙　（冷眼看著）我叫你讓開。

治秀還沒回過神，成汎上前把治秀拉過來。范洙慢慢走到材韓面前，蹲在地上，拿出美國寄來的信封給材韓看。材韓面無表情的注視著信封。

范洙　想置我於死地？就憑你？

材韓看著范洙，畫面移到材韓身後，材韓被綁在身後的手在口袋裡找出小刀，悄悄割起繩子。

范洙　話說回來，你可真了不起，怎麼找到證物的啊？

材韓　（看著）……這個世界可不是總繞著你轉。

S／17　N，回憶，材韓的房間

接第十五集，S 43，材韓眼神混亂，看著寫有「8月3日善日精神醫院」的筆記本。

秀賢（聲音）　可是最後……等來的卻是你的屍體……我等了15年……你卻死了。

材韓知道了自己的未來，感到失望，放下對講機，調整心情，陷入沉思。

材韓　……未來……可以改變……

拿起外套出門。

S／18　N，回憶，材韓的車內

材韓開車行駛在昏暗的高速公路上，思考著。

– Insert
第十四集，S 32。

善宇　……我找到了惠勝案子的證據。

第十四集，S 33。

善宇（聲音）　案發當時惠勝戴的紅圍巾。

– 第十五集，S 32。白天，海英母親家。材韓在狹小的屋內，翻遍善宇的衣櫃、抽屜和書桌，就是沒有找到紅圍巾。
– 回到車內。

材韓　……圍巾……

- Insert
  第十五集，S 21。購物袋裡裝著紅圍巾。畫面Tilt up，從購物袋拍到范洙。

材韓（聲音）　肯定是金范洙拿走的⋯⋯

目光冷漠的范洙上了停在路邊的車，把裝有紅圍巾的購物袋放在副駕駛座上，發動汽車出發。

材韓（聲音）　以金范洙做事嚴謹的性格來看，他不會隨便亂丟或燒掉證物，這樣會引起不必要的注意。金范洙會盡可能趕快離開殺死善宇的犯罪現場，所以不會在仁州處理證物，帶回警察廳又太危險⋯⋯還會有什麼可能呢？⋯⋯朴海英警衛⋯⋯還有什麼我沒有想到的變數嗎⋯⋯

回到車內，看到前方的世仁休息站。材韓望著世仁休息站的燈光。

- Insert
- 第十五集，S 32。材韓猛力推門而入，看到范洙桌上的OK繃和藥膏。畫面特寫桌上寫著「世仁藥局」的袋子。
- 白天，世仁休息站。范洙在世仁藥局買了OK繃和消毒藥。范洙一手提著裝有圍巾的購物袋，走出藥局，為了不被人發現圍巾，把購物袋折半後，塞進垃圾桶。
- 畫面回到高速公路，材韓眼睛一亮。

材韓（聲音）　陌生人進進出出的地方⋯⋯這些人丟掉的垃圾被一次清理掉，就再也找不回的地方。從仁州回首爾路上的休息站⋯⋯世仁藥局⋯⋯世仁休息站！

材韓調轉方向盤，駛向休息站。

S／19　　N，回憶，休息站

關了門的藥局門口，材韓翻著垃圾桶。但垃圾桶已被清理過了，不僅沒有裝紅圍巾的購物袋，連張廢紙都沒有。材韓又走到不遠處的垃圾桶翻找……也空無一物。這時，材韓看到一名清掃阿姨走過，趕忙追上前。

材韓　　請問這裡的垃圾桶是什麼時候清走的？
阿姨　　怎麼了？
材韓　　（連忙出示警證）我是警察，正在尋找重要的證物。垃圾桶什麼時候清理的？
阿姨　　……垃圾車剛剛清走的……
材韓　　……運去哪裡了？
阿姨　　……嗯？
材韓　　那輛垃圾車開去哪裡？

S／20　　N，回憶，資源回收垃圾站

專用垃圾袋堆積如山的資源回收垃圾站。材韓站在堆積如山的垃圾裡，打開一個個垃圾袋，拚命翻找紅圍巾。垃圾站的職員經過時看到材韓，走上前。

職員　　你在這裡做什麼？

材韓完全聽不進任何話，一語不發、拚命翻著垃圾。

職員　　（上前，抓住材韓手臂）喂，問你幹嘛呢？聽不到我說話啊？

材韓甩開對方的手臂。

材韓　　放開我，我要找一件很重要的東西。
職員　　就算要找東西也不能搞成這樣啊！再說，這麼多垃圾，

你要找到什麼時候……

材韓　　我能找到，必須找到，讓開！

材韓又打開一袋垃圾……這時，一位老奶奶經過，以為發生什麼事，看著爭執中的材韓與職員。老奶奶推著的手推車上堆滿撿來的廢紙……材韓瞥了一眼老奶奶，又看向垃圾時，突然愣住。老奶奶圍著紅色的圍巾。材韓驚慌的再次看向老奶奶……眼神顫抖的材韓一步步走向老奶奶。

材韓　　這條……圍巾……是哪裡來的？

老奶奶一頭霧水，望著材韓。

老奶奶　　好好的圍巾給丟了，我就撿來了……

材韓顫抖的眼神注視著老奶奶圍在脖子上的圍巾。

S ／ 21　　D，過去，國科搜走廊

畫面從裝有紅圍巾的透明證物袋移到拿著圍巾、走在走廊上的材韓。材韓看到認識的人，正要上前打招呼，卻發現那個人正在與另一名刑警講話，材韓遲疑。

– Insert
第十五集，S 32。把材韓拉出去的刑警。
– 回到國科搜。那個刑警與國科搜的人有說有笑，看起來關係很好。材韓看看兩人，安靜的轉身走了。

S ／ 22　　過去，Montage

– 白天，振陽警局重案組辦公室。材韓看著電腦螢幕，認真抄寫著。電腦螢幕上顯示美國某法醫研究所的網頁。

材韓正在抄寫法醫研究所的地址。

– 白天，郵局。材韓將圍巾放入包裹寄出，寫下的地址正是美國法醫研究所的地址。
– 夜晚，振陽警局重案組。深夜，大家都下班了，空蕩的辦公室裡只能聽見點擊滑鼠的聲音。材韓值班，整個辦公室裡只剩下自己一個人在電腦前確認郵件。材韓點開用英文寫的郵件，整篇內容都是英文。
– 夜晚，材韓的房間。印出來的英文郵件內容，材韓坐在桌前，一旁擺著英文字典，一個詞一個詞查找、確認郵件內容。內容很難，材韓不停抓頭，吃力的翻譯郵件，出聲讀起寫在紙上的內容。

材韓 從收到的圍巾上驗出兩名女性的DNA。

– Insert
– 圍著紅圍巾的惠勝。
– 圍著紅圍巾的老奶奶。
– 回到房間。

材韓 還驗出身分不明的男人精液。

– Insert
– 看著惠勝的太鎮。
– 回到房間。

材韓 檢驗了附在信中的朴善宇血液樣本。（讀下去的眼神漸漸深沉）還檢驗出……朴善宇以外的另一個男人的血液。

材韓表情嚴肅，注視著印出來的郵件內容，陷入沉思。

材韓 另一個男人的血液……

- Insert
  第十五集，S 32。推門而入的材韓看到范洙貼著OK繃的手。畫面特寫范洙手上的OK繃。
- 回到材韓房間。

材韓　　……手上的傷……

材韓再次確認郵件內容，「如果想要確認另一個男人的身分，則需要比對採樣。」

S／23　D，過去，首爾廳刑事科長室

范洙外出，不在辦公室，材韓手捧一罐飲料正要往裡走，卻被巡警攔下。

巡警　　科長不在，你不能隨便進去。
材韓　　我是來跟科長道歉，順便感謝他的，把這個放下我就走。
巡警　　交給我好了，你回去吧。
材韓　　讓我留張紙條也不行嗎？

- 過一段時間。
- 材韓在辦公桌前寫留言，注意到辦公桌上的菸灰缸，裡面有范洙抽過的菸頭。趁著身後的巡警不注意，材韓拿起一個菸頭放進證物袋……留言上寫道：「科長，我來跟您打聲招呼，見您不在，就放下飲料回去了。崔尚昌」（故意留下他人姓名的感覺）。然後材韓跟巡警打完招呼，走出辦公室。

S／24　N，過去，振陽警局重案組辦公室

材韓正在確認法醫研究所寄來的郵件，緊張的視線來回在電腦螢幕和字典之間查看，材韓注視著抄在紙上

的翻譯內容：「您寄來的菸頭與圍巾驗出的血液樣本一致……」

材韓　……金范洙……你這次……死定了。

S／25　D，過去，振陽警局大樓走廊（與第十五集，S 65相同）

材韓望著下著雨的窗外，一手拿著信封，一手在講電話。

材韓　吳在善檢察官，我是李材韓。證據……已經到手了。沒錯，是可以證明首爾廳金范洙刑事科長殺人的證據。（過一會）知道了。1小時後，我到您辦公室。

材韓掛斷電話，看了看信封，取出裡面的資料，上面有紅圍巾的照片，以及從圍巾上採到的血液DNA鑑定結果。材韓看完後又放回信封，走回辦公室。

S／26　N，過去，廢棄倉庫

范洙手上拿著的檢驗報告，與上個畫面的檢驗報告重疊。

范洙　是啊……那條圍巾……不管過去還是現在，都是個問題啊。

- Insert
- 白天。善宇的房間。善宇的手腕掉在地上，畫破的傷口流著血。范洙把握在手裡的美工刀放在地上，用自己的衣服擦去指紋，然後四周尋找毛巾或衛生紙，但什麼都沒有。范洙拿起腳下的圍巾包住刀子一端，另一端小心翼翼按上善宇的指紋……善宇在昏迷不醒的狀態下扭動了身體，碰到范洙的手。范洙一不小心，手割破了，血滴到圍巾上。范洙冷冷看著漸漸昏過去的善宇，確認善宇失去意識，按完善宇的指紋後，將美工刀放在原地，裝好紅圍巾，離開房間。

– 回到廢棄倉庫。

范洙　　（搖晃著檢驗報告）這個還有誰知道？

材韓　　……（默不作聲，看著）

范洙　　我再問你一次。這件事除了吳在善檢察官，還有誰知道？

材韓　　……（沉痛的看著）

范洙　　我怎麼知道吳檢察官知道這件事？（噗哧笑出聲）這世界不就是這麼回事，你不知道大家都是一丘之貉嗎？現在還不晚，放棄吧，只要你答應我放棄追查，我也會到此為止。我也不想殺死一個在職警察。

站在身後的治秀表情突然僵住。

材韓　　不，你不會給我活路的。

范洙　　……不是我不給，是你根本就不會放棄吧……

范洙起身將檢驗報告丟入燒著熊熊烈火的油桶，轉身朝成汎。

范洙　　處理掉。

材韓眼神顫抖，更加快速度割繩子。

治秀　　不行！只要銷毀證據不就好了嗎？

范洙　　別說廢話，情報已經到了美國那邊，要是申請重新寄送，你我可就死定了。

治秀　　可是，就算這樣也不能殺人啊，怎麼能把同事……

范洙　　同事？他把你當作同事了嗎？放過他，你和我就都完蛋了。

范洙與治秀爭吵的同時，材韓不停割繩子，就快要斷了。成汎朝材韓走來，材韓起身用頭撞倒成汎。范洙對成汎使個眼色，成汎拿起刀再次靠近材韓。在那瞬間，材韓割斷繩子。材韓向成汎出乎意料的一擊，成汎倒在地上，但很快再次撲向材韓。材韓與成汎在拳打腳踢的同時，突然感到不對勁，看過去……只見腹部流著血。成汎拿在手裡的刀，血一滴滴的流著……疼痛襲來，但材韓咬著牙。「呃啊！」材韓用力撞向成汎，藉著那股力量，倉庫的門被撞開，材韓逃了出去。

范洙　　幹什麼？快抓住他！

成汎正要追上去，被治秀攔下。

治秀　　別追了！

范洙　　（給治秀一拳）醒醒吧你！把那傢伙帶到這來的可是你。萬一李材韓逃走，你可是綁架加貪汙罪，至少也要在牢裡關幾年吧。要是那樣，你女兒……可就死了。

治秀眼神劇烈顫抖。

范洙　　你的選擇，是救李材韓，還是你女兒？

治秀顫抖的看著范洙……轉過身開始追材韓。成汎也正要跟在後面。

范洙　　讓安治秀做最後的了斷。

成汎輕輕點頭，跑出倉庫。

S／27　　N，過去，荒山某處

追趕材韓的成汎與治秀。

S／28　　N，過去，荒山另一處

材韓躲在大樹後喘著氣。疼痛襲來，材韓表情十分痛苦。治秀和成汎彷彿就要追上了。

S／29　　N，現在，救護車內

飛速行駛的救護車。臉色蒼白的海英躺在擔架上，秀賢擔心的看著海英。瞬間，救護車裡吹起一股輕風，風吹過秀賢的頭髮與海英。海英感受到那股微弱的輕風，突然，愣住。

海英（聲音）　改變了……

S／30　　N，過去，荒山某處

就快要被追上了，材韓咬緊牙站起，再次開始逃跑。

S／31　　N，現在，救護車內

海英緊緊抓住秀賢的手臂。

秀賢　朴海英，怎麼了？
海英　……改變了。
秀賢　馬上就到醫院了，你再撐著點。
海英　（更用力抓著秀賢）對講機……改變了。
秀賢　（看著）
海英　之前……第一次講對講機的時候……是我告訴李材韓刑警不要去善日醫院的。

- Insert
- 第一集，S 24 ～ 26。善日醫院大樓後方，正在講對講機的材韓。

材韓　這裡是你告訴我的韓正洞善日精神醫院，醫院後方的井裡有吊死的屍體，是警衛你告訴我這裡的。

- 現在，回到救護車。

海英　但……這次提到善日醫院的人不是我，而是車刑警。
秀賢　你的……意思是……
海英　對講機的內容改變了，過去也有可能改變。妳最後一次見到李材韓刑警是什麼時候？
秀賢　8月3日，他說要去調查金允貞誘拐案，那是最後一次見面。
海英　記憶和之前一樣，沒有改變嗎？
秀賢　沒有……改變啊……

海英遺憾的嘆口氣……突然，秀賢遲疑了一下，眼神開始顫抖……慢慢看向海英。

秀賢　你說得沒錯……
海英　（看著）
秀賢　……最後一次見到前輩的記憶……改變了。

- Insert
- 第六集，振陽警局重案組辦公室，秀賢與材韓面對面站著講話。

秀賢　……（看著）那個，前輩……那天我說的話……
材韓　這個週末應該能解決。
秀賢　（看著）嗯？

材韓　等都結束以後，到時候再說。

材韓走出去時，拍了拍秀賢的肩膀……秀賢愣住，轉身看去。材韓正準備走出去時，遲疑了一下，轉身看向秀賢。

材韓　我一定會回來。
秀賢　（吃驚的表情看著材韓）
材韓　一定會回來……

– 現在，回到救護車，秀賢顫抖的望著海英。

秀賢　……記憶改變了……前輩明明叫我等到週末……他說馬上會結束……還說一定會回來……

海英也目光顫抖的回望秀賢。

海英　……過去……已經改變了……

S／32　N，過去，荒山某處

材韓強忍疼痛，拚命逃跑，在畫面之中響起。

材韓（聲音）　如果我死了……所有事情都會變成懸案。仁州的案子……善宇的案子……還有……車秀賢……

– Insert
– 第十五集，S 38。秀賢哭著跟材韓講對講機。

秀賢　你不是有話要對我說嗎？不是要我等著你嗎？所以……我等了你那麼久……你倒是說話啊……對我說些什麼啊！

－　回到荒山某處，材韓已經沒有力氣，但仍在強撐。

材韓（聲音）　一定……要回去。

S／33　N，現在，醫院急診室走廊

海英躺在移動病床上，被送進急診室。秀賢守在海英身邊，海英望著天花板排列的日光燈。

海英（聲音）　11點23分……是李材韓刑警遇害的時間……比起害怕死亡……他更感到痛苦、憂心的，是讓這一切成為懸案……是那份懇切的心向我傳來了對講機的信號嗎？

S／34　D，現在，醫院急診室

海英躺在急診室接受CPR，醫護人員開始電擊，想讓海英的心臟重新跳動。「200焦耳！」「300焦耳！」海英的身體彈到半空中，心跳卻沒有任何反應。

海英（聲音）　李材韓刑警……請用你的那份意念活下來……不是靠對講機，而是靠你的意念……

S／35　N，過去，荒山某處

治秀與成汎追趕材韓。材韓靠著大樹、喘著氣，後面傳來漸漸逼近的腳步聲。材韓放下對講機，藏在身後，慢慢看向腳步聲傳來的地方。治秀顫抖的眼神正望著材韓，舉起手槍，扣扳機的手指在顫抖。「砰！」一聲槍響，荒山上迴盪著槍聲。

S／36　N，現在，醫院急診室

醫護人員持續搶救海英，但海英的脈搏仍沒有跳動。醫護人員搖搖頭，隨著「嗶——」的聲響，心電圖上出現一條直線。躺在床上的海英閉上雙眼。

海英（聲音）　不要放棄……

從海英的畫面漸漸轉白。

S／37　Montage

- 現在，白天。漸漸響起海浪聲的同時，畫面漸漸轉亮，蔚藍無邊的大海。一輛停在海邊的車，秀賢坐在車裡，面無表情的望著大海，然後又慢慢低下頭，看向手中的蝙蝠俠相框。秀賢看著相框的畫面。
- 現在，白天。海英的屋塔房拉起窗簾，一片黑暗。在（尚未確認的地點）畫面出現躺在床上的某人的手。
- 現在，白天。海邊的車內，秀賢望著蝙蝠俠相框的眼神。
- 昏暗的庭玄療養院病房，一隻手與躺在海英屋塔房的手很相似。
- 現在，白天。海邊看著蝙蝠俠相框的秀賢與躺在床上某人的手，交錯的畫面上響起「砰」一聲槍響。
- 過去，夜晚。迴盪著槍聲的2000年8月3日，荒山某處響起槍聲。治秀舉著槍瞄準材韓。材韓看著治秀，材韓馬上就要倒下了……成汎站在遠處看著兩人，心想這下總算結束了，笑著看了看錶，11點23分。成汎轉身正要離開，忽然愣住。治秀的槍掉到地上，肩膀流著血，治秀慢慢倒地。刑機隊刑警們正好趕到，愣在原地的成汎感到背脊一陣涼，只見刑機隊的刑警1用槍指著成汎。
- 現在，白天，屋塔房。一動不動的手忽然微微動了動。

– 過去，夜晚，荒山某處。刑機隊的刑警們制伏倒在地上的治秀，扣上手銬。刑警2跑去扶起流著血的材韓。

材韓　怎麼這麼晚才來啊！
刑警2　你以為手機定位很準啊？我們也找了老半天。
材韓　金范洙科長！必須抓住金范洙科長！

– 過去，夜晚，刑機隊的刑警們衝進廢棄倉庫，但范洙已經跑了。
– 過去，夜晚，荒山某處。刑警2扶起材韓。

刑警2　再忍忍，救護車馬上就到。
材韓　不行……我要去個地方。

– 過去，夜晚，秀賢家巷口。

秀賢接到電話，表情驚訝的跑出來……材韓在大家的攙扶下，從停在秀賢家門口的救護車上下來。秀賢嚇得跑向材韓。

秀賢　這是……

材韓一把將秀賢摟進懷裡。秀賢嚇一跳，刑警們難為情的：「啊，真是的……這兩人……」大家互相使著眼色。「有什麼好看的，轉過去……」秀賢看到自己抱著材韓的手上沾滿血，嚇得立刻推開材韓的身體，看著材韓。

秀賢　你瘋了嗎？讓我避開持刀的犯人，自己卻搞成這樣！

說著，材韓又痛起來，表情扭曲。

秀賢　還好嗎？

材韓看著擔心自己的秀賢，露出微笑。

材韓　　我遵守約定了。

秀賢眼神顫抖，看著材韓。材韓再次緊緊抱住秀賢，被抱在懷裡的秀賢眼眶含淚……兩人緊緊相擁。

- 現在，白天，海邊的車內。現在的秀賢望著蝙蝠俠相框，眼神悲傷，一行淚滑下。

S／38　　D，現在，海英的屋塔房

從海英的臉部特寫慢慢拉遠。海英突然睜開雙眼，猛然坐起……海英環視四周，與之前一樣的屋塔房，他查看自己被子彈擊中的身體，身上卻毫髮無傷。怎麼回事？海英起床查看周圍，瞬間愣住。桌上擺著準備好的飯菜，上面罩著餐巾布。海英緩緩走近，掀開餐巾布，看到簡單卻感受得到心意的飯菜。旁邊留有一張紙條：「聽說你病了，過來看看你。本來想等你起床，但餐廳還有事就先回去了，記得好好吃飯。——媽媽」
海英看到紙條的瞬間，眼神開始震盪……怎麼回事？海英環顧四周，屋內裝潢與之前一模一樣，不一樣的是，出現了全家福照片。海英高中畢業時和父母的合照；警大畢業時與家人的合照。雖然自己與過去不同，但表情是快樂的。海英搞不清楚到底發生什麼事？接著，記憶像碎片一樣開始拼湊起來，過去的記憶與現在的海英交錯。

S／39　　D，過去，街道某處

海英放學回家，經過電器行門口，看到新聞畫面。

主播　上個月發生的振陽國小金允貞誘拐案，真兇已經落網。兇手是某精神醫院護士的尹某，因欠下信用卡債務，誘拐金允貞並向其家屬勒索5千萬元贖金。經警方調查，下落不明的徐亨俊也是遭尹某殺害。

海英靜靜看著畫面。

S／40　D，過去，海英母親家

海英的父母和海英坐在一邊，材韓跪坐在對面。

海英母親　您是……什麼意思？您是說不是……善宇做的？

材韓拿出紅圍巾的檢驗報告，放在桌上。

材韓　善宇不是仁州案的主犯，還有……善宇是為了找出真正的兇手，才不幸被人殺害。

海英母親哭了出來，海英父親愣住。大家聽材韓繼續說下去。

材韓　善宇希望一家人能生活在一起，去追查真兇……才被人殺害的。

幼年海英搞不清楚狀況，只在一旁擦眼淚。材韓望著哭泣的海英。

材韓　對不起，沒能揭露善宇遇害的真相……沒提早抓住仁州案的真兇……對不起。

海英的父親深深嘆口氣，海英的母親流著淚。材韓跪在幼年海英面前，低頭道歉。

S／41　　D，過去，海英母親家門外

材韓走出家門，表情沉重的邁開步伐。身後傳來幼年海英的聲音：「警察叔叔！」材韓回頭望去，只見眼裡還含著淚水的海英。

海英　（低頭行禮）謝謝您。

材韓看著海英，露出微笑。

S／42　　D，現在，海英的屋塔房

回到屋塔房，海英的眼中充滿希望。

海英　……李材韓刑警……刑警……活下來了……

S／43　　D，現在，修錶店門前

海英跑到修錶店門前，緊張的拉開店門。

S／44　　D，現在，修錶店

正巧穿著外套的材韓父親剛從外面回來，背對著店門正在做什麼，聽到有人進來，材韓父親緊張的望去。見到有人，材韓父親趕忙把桌上的菸灰缸和東西清到一旁，像初次見到海英似的說了句「歡迎光臨」。海英眼神震動，望著不記得自己的材韓父親。

材韓父親　來修錶嗎？
海英　……李材韓刑警……

聽到材韓的名字，材韓父親眼神微微晃動。

材韓父親　　你認識……我兒子？
海英　　是的。請問他現在……在哪裡？

材韓父親盡量不露喜悲，但語氣緊張的回答。

材韓父親　　年輕人怎麼會認識他……我兒子已經失蹤……15年了。

海英震驚的看著材韓父親。

S／45　　D，現在，廣域搜查隊辦公室

海英猛力打開辦公室的門走進來，經過的義景詫異的看著，海英心裡很著急，沒有意識到不對勁，直接朝專案組走去。義景追在海英身後，海英朝專案組走去，忽然停下來。原來的「長期懸案專案組」牌子不見了，專案組的位子像倉庫一樣堆積著各種雜物。海英吃驚的看著眼前的一切……跟上來的義景。

義景　　您有什麼事嗎？
海英　　怎麼回事？這裡怎麼會變成這樣……
義警　　（看著不講敬語的海英）您是哪位？哪個警察局的？你認識……我嗎？

海英眼神顫抖，看著完全不認識自己的義景，又看向瞥了瞥自己的刑警們。刑警也完全不認識自己。海英看看大家，從口袋取出警證確認，定住。「北大門派出所警衛，朴海英。」

海英　　這……到底是……怎麼回事……

S／46　　D，現在，振陽警局重案組辦公室

偕哲和憲基在講話，憲基喝著手中的飲料。

憲基　　我明明交給你了。
偕哲　　交給我了，為什麼這裡沒有？
憲基　　你自己沒有保管好吧！
偕哲　　還敢頂嘴……

這時，海英開門走進來。憲基一臉「你是誰」的表情看海英，偕哲趁機搶下憲基的飲料喝了一口。

偕哲　　你哪位啊？這裡可不是隨便就能進來的地方……

海英看著完全不認識自己的偕哲和憲基。

海英　　……車秀賢刑警……在嗎？

海英的視線越過偕哲，看向秀賢的辦公桌。調查資料堆積如山，但沒有看到蝙蝠俠相框，辦公桌一角隱約看到「振陽警局重案組 李材韓」的筆記本。

偕哲　　你找車刑警有什麼事？
海英　　（出示警證）我是北大門派出所朴海英警衛，有工作上的急事想找車刑警，她要很久後才會回來嗎？
偕哲　　（確認海英的警證後）我們也不知道。突然一聲不響就不見人影了，電話也不接，家裡也沒人……誰知道去哪啦！（看著憲基）總之，檢驗報告再送一次。
憲基　　把人當狗使喚也該有點分寸吧！每次都搞丟，這次絕對不行。

海英看了看爭吵不休的偕哲和憲基，又看看秀賢的空位，一臉不解。

S／47　　N，現在，北大門派出所外景

海英站在派出所門外，看著派出所，慢慢走進去。

S／48　　N，北大門派出所

海英走進派出所，與警查視線相對。

警查　咦……今天不是休息，怎麼來了？

海英看了看警查，朝自己的座位走去，翻起抽屜。

警查　怎麼了？找什麼呢？
海英　那個對講機……沒有電池的舊型對講機……您不記得了嗎？
警查　說什麼呢……
海英　那天，我拿著對講機到這裡來。
警查　你拿著對講機過來？沒這回事啊……

海英眼神顫抖。

S／49　　N，過去，咖啡廳某處

2000年，咖啡廳裡播著當時的流行歌曲（9月份的感覺）。秀賢坐在咖啡廳裡等待材韓。第一次約會，秀賢雖然打扮了一下，但還是留有重案組刑警的風格。秀賢心想，怎麼這麼早到？要怎麼坐才顯得自然呢？秀賢試著蹺起腿，又放下，既尷尬又緊張。門開了，走進來三個穿著時髦的女人。秀賢瞥了瞥三個女人，然後看看自己，視線不自覺又看向那三個女人……咖啡廳裡每個人都看起來比自己漂亮時髦，難道是自己不會打扮？秀賢自尊心受挫，視線移到一旁的包包上。

— Insert

秀賢家門前。秀賢剛走出家門，秀敏立刻光著腳跟出來，攔住秀賢。秀敏手裡拿著香水。

秀敏　再怎麼說也是第一次約會，穿成這樣就去赴約？

秀賢　怎麼了？約會途中也可能收到呼叫，穿高跟鞋到時候怎麼跑啊？

秀敏　那也不能穿成這樣啊。（要幫秀賢噴香水）喏，噴點這個，男人都喜歡這個。

秀賢　不要啦。

秀敏一邊說：「啊，真是的，別這樣嘛！」一邊把香水硬塞進要走掉的秀賢包包，最後說了句：「加油！」

— 回到咖啡廳，秀賢從包包取出香水看了看，掃視一下四周，噴了幾下香水。突然身後傳來材韓的聲音。

材韓　喂。

秀賢嚇得轉身看過去。

材韓　走，出去吧。

秀賢　出……去？去哪……

S／50　N，過去，烤豬皮店

在烤豬皮店裡相對而坐的秀賢和材韓。秀賢一臉不知道為什麼來這裡的表情，材韓邊烤豬皮邊說。

材韓　怎麼，不喜歡吃烤豬皮嗎？

秀賢　不……不是……

材韓　從剛才就有一股奇怪的味道，妳沒聞到嗎？

秀賢失望，心想，我居然還對這個人有期待……

秀賢　　這家……是前輩常來的店嗎？
材韓　　……不是……是我認識的小孩常來的店……

說著，老闆娘走過來，把端來的小菜和蔬菜擺在桌上。

老闆娘　　來找那孩子啊？
秀賢　　（小孩？詫異的看著材韓）
老闆娘　　他現在跟爸媽一起生活，好長一段時間沒來了。
材韓　　（微笑）……我知道。

S／51　　N，現在，烤豬皮店街道附近某處

海英發著呆走在街上，望著前方的烤豬皮店，慢慢打開門走進去。

S／52　　N，過去／現在，烤豬皮店

海英開門走進來，坐在桌前，望向某處……是在過去碰著燒酒杯的材韓與秀賢。

秀賢　　那小孩是誰啊？
材韓　　說了妳也不認識。
秀賢　　（懷疑）難道是……
材韓　　什麼？
秀賢　　難道是……前輩的……不會吧？
材韓　　胡說什麼呢……趕快吃。

海英彷彿可以看到秀賢和材韓一樣，呆呆望著他們。

秀賢　　前輩……你還在到處找金范洙科長嗎？
材韓　　……
秀賢　　前輩能做的都做了。金范洙科長……就交給其他人吧。

材韓　……（看著）金范洙科長也不過是顆棋子罷了。
秀賢　什麼意思？
材韓　真正該受到懲罰的另有其人。在背後操控一切，把案子變成這樣的人……
秀賢　（看著）
材韓　只有徹底糾正錯誤……才能改變過去，進而改變未來。

海英看到的材韓漸漸模糊……坐在對面的材韓和秀賢消失不見，只剩下一張空桌。現在的老闆娘端來燒酒和燒酒杯，走到海英面前。

老闆娘　哎喲，當年的小孩都到了能喝酒的年紀了，真是歲月不饒人啊。
海英　……那次是最後一次來嗎？
老闆娘　嗯？
海英　那時候的那個警察。
老闆娘　是啊，他和一個女人來過一次，之後就再也沒來過了。

這時有客人走進來，老闆娘邊說「歡迎光臨」、邊朝客人走去，留下海英一個人。海英的眼神沉下來。

海英（聲音）　李材韓刑警……究竟發生了什麼事？

S／53　D，過去，振陽警局停車場

秀賢一邊講電話、一邊跑到停車場。

秀賢　什麼？你說現在在哪裡？
材韓（聲音）　慶津洞，確定就是那裡，叫大家快點過來！

說完，電話掛斷了。

秀賢　前輩！（掛斷）是慶津洞的哪裡啊？

S／54　　D，過去，街道某處

材韓掛斷電話，加速行駛，看到前方廢棄的倉庫，材韓眼中充滿緊張……

S／55　　D，過去，廢棄倉庫

材韓舉著手槍，緊張的走進倉庫。雖然是白天，但倉庫窗戶緊閉，內部陰森森的。材韓走在堆積的設備間尋找范洙。他巡視四周，小心翼翼的往裡面走。突然，范洙從設備之間衝出來，撲倒材韓。被范洙一撞，材韓的手槍掉到地上。趁材韓倒在地上的空檔，范洙正要逃跑，材韓一把抓住范洙的腿，絆倒范洙。想要掙脫的范洙與材韓激烈的打鬥……最後，范洙流著血倒在地上，材韓滿身是傷，抓住范洙的衣領。

材韓　……我說過……絕對不會放過你……
范洙　你以為……抓住我……就能改變世界了嗎？還不如活成一條狗……比裝好人活得舒服……
材韓　不……不是你，要抓住其他人，才能改變這個世界。
范洙　（眼神僵住）
材韓　……仁州案的真兇張太鎮的伯父……張英哲議員。
范洙　（眼神冷酷）
材韓　明知道自己的侄子做了傷天害理的事，為了隱瞞真相，不惜殺害無辜的孩子……那個混蛋，是張英哲對吧？
范洙　那又如何？這樣活過來的人，才能有那麼大的權力。
材韓　所以說……問題就出在這裡。他們還會犯下數次、甚至數十次一樣骯髒的罪行……用權力掩蓋罪行，用錢堵住別人的嘴，偽造證據！所以……我要去阻止，我要親手將他繩之以法！
范洙　（噗哧笑出來）就憑你？警察、檢察官……甚至連青瓦臺也奈何不了的人，就憑你區區一個重案組刑警，怎麼阻止？

材韓　振陽新都市開發區貪汙案⋯⋯

范洙　（眼神僵住）

材韓　當時，你動過手腳後才交給檢察官的磁碟片⋯⋯正本是沒了，但複本還在吧？

范洙　⋯⋯（目光顫抖）

材韓　別說不在你手上。像你這麼卑鄙狡猾的人，不可能不給自己留條後路⋯⋯

范洙　⋯⋯

材韓　磁碟片在哪？！

這時，外面傳來連續的剎車聲。范洙意識到危險，本能的看了一眼放在角落的包包，材韓隨范洙的視線看向角落。幾名身穿黑西裝的男人推門闖進倉庫，手拿棍棒朝材韓和范洙衝來。材韓和范洙一邊退一邊打，但人數不敵對方。最後，范洙被木棍擊中、倒在地上，材韓也被打得遍體鱗傷，倒在地上。

S／56　D，現在，北大門派出所

海英坐在電腦前看著電腦畫面，畫面上出現的是「慶津洞倉庫殺人案」的調查資料。當時拍攝的現場照片下寫著調查內容。隨著海英的視線看到：
「2000年11月20日，在慶津洞廢棄倉庫裡發現前首爾廳刑事科長金范洙的屍體」
「從全身的損傷來看，研判為毆打致死」
「被殺前曾與振陽警局重案組李材韓刑警單獨見面」
「現場發現嫌犯李材韓的血跡及大量DNA」
「2000年11月20日後，李材韓下落不明」
「在13號公路附近發現嫌犯所屬車輛」
「公訴時效期滿，終結調查。」
看著調查資料的海英，眼神顫抖起來。

海英（聲音）　因貪汙遭通緝的金范洙局長死在廢棄倉庫，李材韓刑警被認為是重要嫌犯被通緝中，卻失蹤了。李材韓刑警不可能殺害最重要的證人、也是兇手的金范洙局長……是有人殺了金范洙局長後，嫁禍給李材韓刑警……究竟是誰……

S／57　D，過去，廢棄倉庫外

「哐啷」，玻璃被打碎，材韓滿身是血的逃出來，一手提著范洙放在角落的包包，迅速朝自己的車跑去。這時，穿黑西裝的男人踢開門從倉庫追出來。只差一步，材韓上了車，開車出發。

S／58　D，過去，公路某處

停在公路旁的車。材韓滿身是傷，還來不及治療，焦慮不安的看著對講機。

材韓　朴海英警衛……

S／59　D，現在，北大門派出所

海英望著調查資料，心情鬱悶、遺憾。

海英（聲音）　要是有對講機……有對講機的話……

S／60　D，過去，公路某處

接S 58。材韓望著對講機，但直到最後對講機也沒有動靜。這時，透過玻璃窗看到的材韓眼神僵住。遠處，穿著黑西裝的男人朝自己走來。材韓無奈的看看對講機，接著望向放在副駕駛座上的筆記本，立刻著急的寫下什麼……在那瞬間，棒球棍敲擊在擋風玻璃上。

S ／ 61　　D，現在，北大門派出所

海英眼裡充滿遺憾，正感到鬱悶時……突然，腦中閃過材韓的筆記本。

– Insert
第十六集，S 46。振陽警局重案組辦公室。秀賢辦公桌一角擺著材韓的筆記本。
– 畫面回到派出所。

海英　……就算沒有對講機……還有其他辦法……

S ／ 62　　D，現在，振陽警局重案組辦公室

海英走進重案組辦公室，辦公室裡只有一名正在打瞌睡的警察。海英悄悄走到秀賢辦公桌前，伸手拿走材韓的筆記本。

S ／ 63　　Montage

– 第九集，S 29。在屋塔房裡與材韓講對講機的海英。

海英　當時在紅院洞的確發生了什麼事……你的筆記本上是這麼寫的。

– 第九集，S 30。過去，在小巷用對講機的材韓。

材韓　我的……筆記本？上面都寫了什麼？

海英（聲音）　你的筆記本後面夾了一張紙條，上面寫著1989年京畿南部案、1995年大盜案、1997年紅院洞案……還有1999年仁州女高中生案。

- 第九集，S 31。材韓嚇得愣住。

材韓 真的……那麼寫？你確定？

但沒有人回應。材韓看向對講機，信號不知什麼時候早就斷了。材韓不安的盯著對講機，從口袋取出自己的刑警筆記本。不是振陽警局的筆記本，而是刑機隊的筆記本。他慢慢翻到最後一頁，取出自己夾在最後一頁的紙條，打開來……上面只寫著「1989年京畿南部案」「1995年大盜案（振陽新都市開發貪汙案）」。

S ／ 64 D，現在，街道某處，車內

海英坐在車內，翻到材韓筆記本的最後一頁，最後一頁夾了一張褪色的紙條。

海英（聲音） 李材韓刑警知道未來的我會看到這張紙條……

海英慢慢打開紙條，眼神顫抖。之前寫的案件最下方，潦草的寫著「32-6」。

- Insert
- 第十六集，S 60。穿西裝的男人靠近時，材韓迅速打開副駕駛座上的筆記本，在最後一頁夾著的紙條上急忙寫下數字「32-6」。接著將紙條摺好夾到筆記本裡。在那瞬間，球棒砸在擋風玻璃上。
- 回到車內。

海英（聲音） 李材韓刑警留給我的……最後一個訊息……別人不懂、只有我懂的數字……

海英的眼神顫抖。

S／65　D，現在，仁州，海英母親家門前

海英看了看S 64中材韓留下的紙條，慢慢抬頭，看向前方，是兒時自己住過的家門前地址。海英顫抖的看著門牌上的地址「蓮津洞32-6」。海英開門走進去。

S／66　D，現在，海英母親家

海英走進家門。海英母親（50代後段）穿好外套正準備出門，看到海英，感到吃驚。

海英母親　海英，回來有什麼事嗎？早上我才去看過你……
海英　（對母親的樣子感到陌生，看著不語）
海英母親　（看著海英）回來有什麼事嗎？

－ 過一段時間。
海英母親準備了一些食物和飲料。

海英母親　吃吧。

海英懷念那樣的母親，痴痴望著。

海英　……我回來是有件事想問您。小時候，幫忙解決哥哥案子的刑警，李材韓刑警……他有沒有什麼東西寄放在這裡？

海英母親詫異的看著海英。海英靜靜望著母親。

海英母親　你怎麼知道的？

海英愣住。
－ 過一段時間。
海英母親從衣櫃裡取出一個紙箱。打開紙箱，裡面有相

冊、海英的日記本、善宇的筆記本等物品……母親取出壓在最下方、印有庭玄療養院LOGO的信封遞給海英。

海英母親　　那位刑警打電話來說寄了一個很重要的東西，囑咐我絕對不能告訴任何人，在他回來找那東西的那天以前，請我幫他保管……他對我們家有恩，所以我就一直替他保管了。到底什麼時候會來找呢……

海英看著母親遞來的信封。

S／67　　D，現在，海英的車內

海英坐在停在路邊的車裡看著信封，接著緩緩打開信封，看到裡面的磁碟片，還有……一封信。海英愣在那裡，視線顫抖的看著信……

材韓（聲音）　　我不知道你會不會看到這封信，但還是期盼你能讀到它，因為這是我最後可以和你取得聯繫的方法了。還記得那時候，你透過對講機對我說的話嗎？

S／68　　過去，Montage

- 第十六集，S 14。身處善日精神醫院後方，用著對講機的材韓。

材韓　　（對講機貼近嘴巴）這裡是你告訴我的韓正洞善日精神醫院。醫院後方的井裡有吊死的屍體。是金允貞誘拐案疑犯徐亨俊的屍體，拇指被截斷了。是有人殺死徐亨俊後，偽裝成自殺的。

這時，對講機另一頭傳來聲音。第一集裡海英的聲音。

海英（聲音）　　你是誰？你在說什麼？善日精神醫院？那是哪裡？

海英靜靜注視著對講機。

材韓（聲音）　當時，和我講對講機的人，是不認識我的朴海英警衛。如果按照之前那樣，當時我已經死了，然後在1989年又再次與你取得聯繫。你我之間的關係，就是這樣一直循環的吧。

- 白天，住進醫院的材韓活了下來，睜開眼睛。
- 材韓躺在醫院的病床上看著對講機，對講機完全沒有聲響。

材韓（聲音）　可是，當我活過來後，對講機就再也沒有響過了。雖然我很期待，說不定它什麼時候會再響起，但本該死去的我，活了下來……我們的緣分說不定也就到此為止了……直到今天，對講機也沒有再響過。

- 第十六集，S 41。材韓走出海英家門，表情沉重的邁開腳步。身後傳來幼年海英的聲音：「警察叔叔！」材韓回頭望去，看見眼眶含淚的海英。

海英　（低頭行禮）謝謝您。

材韓看著海英，露出微笑。

- 振陽警局重案組辦公室，材韓坐在辦公桌前陷入沉思。

材韓（聲音）　那天我突然覺得……要是那些應該受到懲罰的人沒有被繩之以法，說不定我們還會再聯繫上。

S／69　D，現在，車內

海英開車前往某處。

材韓（聲音）　附在信封裡的磁碟片是與1995年振陽新都市開發區貪汙案有關的資料。該把它寄給誰，我想了很久，可是……在我生活的這個時代卻找不到一個可以信得過的人。無論寄給誰，或把它放在身邊都很危險，證物也可能再次消失。但我想……警衛生活的那個世界應該有所不同吧。

海英開著車，遇到紅燈停了下來，海英看到了什麼。十字路口的大螢幕上正在播放新聞。新聞畫面中，張英哲議員和幾名助理從選區辦公大樓走出來，記者們一擁而上、遞出麥克風。英哲露出平常的親切笑容，穿過記者群，迅速上了自己的座車。字幕上打出「張英哲議員涉嫌振陽新都市開發區貪汙」。在畫面之中響起。

主播（聲音）　流傳在網路上的振陽新都市開發區貪汙文件，在社會上引起軒然大波。文件指出，張英哲議員及財經界人士在促進開發區建設時，私吞約十幾兆的國民血汗稅金。該文件還提及曾奪走數十條人命的漢陽大橋，在建設過程中的貪汙情形，為社會帶來巨大衝擊。

S／69-1　D，現在，選區辦公大樓

張英哲議員從大樓出來，走向停在遠處的車子。記者圍上來，不停提問。

記者1　您與振陽新都市開發區貪汙案有關，這是事實嗎？
記者2　網路上曝光的文件上有您的親筆簽名，內部文件也被做過手腳，這是事實嗎？
記者3　目前輿論希望您辭去議員一職，對此您有什麼看法？

記者3提出問題的同時，準備上車的英哲忽然停下來。英哲回頭看去，目光冷酷，但很快又轉換成政客狡猾的眼神。

英哲　　振陽新都市開發區，是為了解決市民住房困難的問題，透過這項開發案，能成功帶動地區經濟。汙衊這項開發案，等於是汙衊主導這項開發案的大韓民國政府，侮辱大韓民國國民。

英哲話音剛落，記者又相繼提出問題，但英哲露出政客的微笑，上車離開。畫面上響起主播的聲音。

主播（聲音）　　為了平息輿論，青瓦臺決定組成特偵組進行調查，若調查結果證實文件內容屬實，將引起政界和金融界的極大震盪。

S／69-2　　D，現在，車內

從選區辦公大樓出發的車內，英哲的祕書表情嚴肅的坐在前座，察言觀色。

祕書　　網路上流傳的文件……是16年前失蹤的那個刑警拿走的文件。

英哲　　（眼神冷酷）……不管用什麼方法……給我把他找出來……

S／69-3　　D，現在，街道某處

望著大螢幕的海英慢慢出發，在畫面中響起。

材韓（聲音）　　我相信……至少在你生活的世界裡，可以讓那些犯法的人受到應有的懲罰。對我來說……身處未來的你就是最後一線希望。或許這封信是我最後一次跟你問候了，好好生活，祝福你……健康幸福……

S／70　　D，現在，沿海公路某處

海英駕車行駛在沿海公路上，好像想到了什麼，扭轉方向盤，開往小城市。

S／71　　D，現在，小城市郵局

海英站在郵局服務檯與職員對話。海英拿出印有「庭玄療養院」的信封給職員看。

海英　　這封信是從這裡寄出的吧？可以查出是誰寄的嗎？

職員確認郵局的戳章，「2000年11月24日」。

S／71-1　　D，現在，小城市派出所

海英在與派出所所長講話。

海英　　……我正在找一個失蹤的人。2000年11月24日後曾在這附近出現……是否能確認一下身分不詳的屍體或白骨紀錄呢？

－ 過一段時間。
海英確認案件紀錄，但被害人特徵都與材韓不符。海英闔上文件，所長經過，朝海英。

所長　　怎麼了？沒有嗎？
海英　　……（微笑）是啊……還好……沒有。

S／72　　D，現在，海邊某處

海英心情沉重的開著車，經過海邊的生魚片店與咖啡廳聚集的街道時，突然看到什麼，立刻剎車停下來。看到秀賢走進某家咖啡廳。海英吃驚的看著。

S／73　D，現在，海邊咖啡廳

海英開門走進咖啡廳。秀賢正在給櫃檯裡的老闆看材韓的照片。

秀賢　您在附近見過這個人嗎？

老闆搖搖頭。秀賢失望的轉身，與正在看自己的海英視線相對。

海英　車刑警……
秀賢　……（看著）你……怎麼……
海英　（遲疑）妳記得我嗎？
秀賢　……（看著）
海英　等我醒過來，發現專案組不見了……沒有人記得我了。我跑去振陽警局找妳，但都說聯繫不上妳，之後也一直打電話……
秀賢　但存的號碼一直打不通。
海英　……妳也是？
秀賢　……沒錯。就像你說的，一切都變了。等我回過神來跑到急診室，根本找不到叫朴海英的患者。我也去過你住的屋塔房，你母親說你生病了還在睡覺……我才鬆了口氣……
海英　……李材韓刑警呢？

秀賢的眼神漸漸黯淡，看著海英

秀賢　……一切，我都記得……

- Insert
- 白天，車內。只聽汽車喇叭「叭——」的一聲，秀賢猛然驚醒，她驚慌失措，混亂的巡視四周，只見車子停靠在沿海公路旁。到底怎麼回事？秀賢看向自己沾有海英鮮血的手，但什麼也沒有。秀賢愣住。記憶好像改變了，秀賢的視線與過去的記憶交錯。

- S 37，Montage。材韓跑到秀賢家門口，緊緊擁抱秀賢。
- S 50，在烤豬皮店裡，材韓面帶笑容，坐在秀賢對面。
- S 53，在振陽警局停車場，秀賢正與材韓講電話，突然電話掛斷。秀賢朝手機大喊：「前輩！」
- 秀賢在慶津洞附近尋找材韓。
- 回到咖啡廳，眼神顫抖的秀賢看著海英。

秀賢　……那些記憶就像昨天才發生一樣……但已經過去16年了。那之後，我又花了16年的時間尋找前輩……跟之前一樣……

海英　……

秀賢　（穩定情緒，看著海英）雖然前輩失蹤這件事沒有改變……但有一件事改變了……

海英　（看著）

秀賢　電話……前輩失蹤後有打過電話。

S／74　D，過去，Montage

- 過去，振陽警局重案組辦公室。
  大家都出門查案，辦公室裡只留下秀賢，她憔悴的坐在辦公桌前，盯著在13號公路旁找到的材韓車輛照。這時，辦公桌上的電話響起。

秀賢　（注意力放在照片上）振陽警局重案一組。

電話另一頭只傳來海浪聲，沒有人說話。秀賢突然覺得不對勁……

秀賢　……喂？喂……

電話另一頭仍只有海浪聲。

秀賢　（難道……）前輩？……是前輩嗎？是前輩沒錯吧？前輩！

正說著，電話被掛斷了。

秀賢　喂！喂！

秀賢顫抖的眼神盯著電話，接著打電話到電信局。對方接起電話：「這裡是振陽電信局。」

秀賢　這裡是振陽警局重案一組。031-567-8236，請幫我確認一下剛才打過這支電話的地址。

－ 過去，白天，秀賢跑到生魚片店聚集的海邊。
秀賢巡視四周，看到前方設的公共電話。秀賢跑過去，取出筆記本，確認上面的電話號碼和公共電話上的號碼。兩個號碼一致，秀賢眼神顫抖的望向四周。

現在的秀賢（聲音）　雖然沒有人說話……但是前輩……不，我覺得是前輩。

－ 過去，另一天，秀賢在那附近拿著材韓的照片到處打聽，但沒有人見過材韓。疲憊的秀賢失望的望著那個公共電話。

S／74-1　D，現在，咖啡廳內

海英聽秀賢講完後。

海英　……電話是在2000年……11月24日打來的嗎？
秀賢　（看著）你怎麼知道……

海英　　那天，李材韓刑警在這裡寄了封信給我，一封藏有重要證據的信。郵局的紀錄只保存1年，所以沒辦法確認是誰寄的……但我想應該是李材韓刑警。

海英把裝有磁碟片的信封交給秀賢。秀賢吃驚的確認信封上的戳章。

秀賢　　……是這裡……前輩……分明就在這附近。
海英　　16年前是在這裡，但現在不是。這封信之所以要在16年前寄給我，是因為李材韓刑警知道自己會遭遇不幸。所以……為了留下這個證據，才帶著一絲希望寄給了我。
秀賢　　……沒有前輩已經遇害的證據……在這附近再找找，一定會有什麼線索的。
海英　　我也……希望他還活著。但這說不通啊，李材韓刑警不是一個會消聲匿跡16年，不與家人、同事聯繫的人。如果他還活著，一定會在那之前就跟大家聯絡的。
秀賢　　……也可能是有不得已的原因。比如傷得很重，昏迷不醒……或被人威脅，無法現身……
海英　　（感到遺憾）車刑警……
秀賢　　（明知自己說的不可能，但還是期盼著，情緒激動）沒有遇害的證據，所以……前輩有可能還活著，還活著……

海英遺憾的看著秀賢，秀賢眼眶泛紅，看著桌面，接著看到信封上庭玄療養院的LOGO……突然，秀賢視線震動起來。

秀賢　　……庭玄療養院……
海英　　……怎麼了？

秀賢趕忙從口袋取出手機，確認簡訊，找到一則簡訊後拿給海英看。海英看過去，是一個不明號碼傳來的簡訊內容：「2月5日，絕對不可以去庭玄療養院。」

秀賢　（看著海英）……這是10天前收到的簡訊。剛才回過神，找你的手機號碼時看到這簡訊，想起改變後的記憶。看過這條簡訊後，我查了全國的庭玄療養院，但沒有更進一步的線索。

海英　（遲疑、看著簡訊）

秀賢　對講機的內容……只有前輩、你和我……我們3個人知道。8月3日……善日精神醫院……

- Insert
- 第十六集，S 1。畫面特寫電腦上貼著「8月3日善日精神醫院」的紙條。材韓望著紙條。
- 回到咖啡廳，秀賢眼神顫抖。

秀賢　……像這種小型療養院，提供假的身分證號碼也可以住進去。只要不拖欠住院費，是不會查指紋的，所以可以長期躲在裡面。

海英　但有一點說不通。李材韓刑警一直是被通緝的身分，不可能使用信用卡，16年來怎麼可能躲在那裡？沒有其他人幫助是絕對不可能的。

說著，海英遲疑了一下。

海英　……幫手……

秀賢　（看著）

海英　……16年裡……不可能不聯絡家人或同事……

- Insert
- 第十六集，S 44。修錶店裡材韓父親在清理桌面。畫面移到桌上的菸灰缸，菸灰缸裡有燒掉的客運車票，隱約可以看到「江原高速」的字跡。
- 聽到海英說要找材韓，材韓父親的眼裡隱約透著戒備。

S／75　　D，現在，同一場所（Omit）

S／76　　D，現在，海岸公路某處

從上個畫面的秀賢與海英，畫面漸漸移到蔚藍大海，車子奔馳在沿海公路上。車裡，坐在駕駛座的秀賢與坐在副駕駛座、望著窗外海景陷入沉思的海英。

海英（聲音）　這件事從一開始……就說不通。從沒有電池的對講機傳來信號開始……所以……不用太早失望。

S／77　　D，現在，庭玄療養院外景

幾輛車緊急停在庭玄療養院門前，穿著西裝的男人從車上下來。

S／78　　D，庭玄療養院病房

開著的窗戶，可以看到蔚藍大海，畫面慢慢移動到S 37，Montage裡出現的某人的手。躺在床上的那個人慢慢起身，坐在那裡的剪影。

S／79　　D，現在，海岸公路某處

依舊奔馳在公路上的車。海英望著窗外，在畫面之中響起。

海英（聲音）　不知道這條路的盡頭會有什麼，或許是素未謀面的好友……抑或是……難以預料的危險在等著我們……一切都是未知。

- Insert
- 接S 74-1的咖啡廳。海英對秀賢。

海英　如果真的是李材韓刑警傳來的簡訊……去那裡會有危險。李材韓刑警就是在8月3日去善日精神醫院後遇害的。

秀賢　（看著）

海英　李材韓刑警一直把那個對講機帶在身上，雖然與我們失去聯繫，但或許他又與別人取得了聯繫。就像從前那樣……聯絡到未來的某個人……這很有可能是在警告未來的那個人，2月5日去庭玄療養院的話，會遇到危險。

秀賢　……不……也可能剛好相反。前輩……明知道有危險，但還是去了善日精神醫院。他覺得我們也會做出那樣的判斷……所以才傳來這則訊息……

– 回到馳騁在海岸公路上的車內，海英望著窗外，秀賢開著車。

S／79-1　D，現在，庭玄療養院大樓內

穿著西裝的男人衝進大樓，打開每個病房的門進行搜查。

S／79-2　D，現在，海岸公路

馳騁在公路上的車內，遠處可以看到庭玄療養院了。秀賢踩下油門，海英望著療養院，在畫面之中響起。

海英（聲音）　唯一可以肯定的是……這憑藉一個人的意念開始的對講機……對講機另一頭傳來的那個人的聲音，教會我一件事……只要不放棄……就可以做到。

在海英望著庭玄療養院的畫面之中。

– Insert
– 第六集，S 84。

材韓　　你那裡也是這樣嗎？只要有錢有勢，就算做出再混帳、再無賴的事，也能吃得好、過得好嗎？已經過去20年了……至少應該有什麼不一樣了吧？……是不是？

– 第七集，S 25。

材韓　　犯了法，不管再怎麼有錢有勢，也該讓他受到應有的懲罰啊！這才是我們警察該做的事啊！

– 現在，回到車內。在秀賢望著庭玄療養院的畫面之中。

– Insert
– 第十五集，S 46。

材韓　　刑警……是不能掉以輕心的職業。

– 第十六集，S 52。

材韓　　只有徹底糾正錯誤……才能改變過去……進而改變未來。

– 回到車內，開往庭玄療養院的車內。在兩人的畫面之中響起。

海英（聲音）　　只要不放棄……就有可能瓦解看似無法戰勝的權力，也會遇見尋找了16年的那個人……一切都有可能。只要不放棄……就會有希望……

S ／ 80　　D，庭玄療養院病房

畫面從坐在病床上的那個人的剪影，移動到窗邊的桌子。桌上放著對講機，突然，「吱吱吱」的雜音響起，頻率開始晃動，黃色的燈也亮了。

全劇終

導讀與推薦

堅持推理劇之路，金銀姬開啟我的韓劇新視野

資深劇迷／Mogu（「蘑菇娛樂」版主）

突破戀愛掛帥的韓劇型態

從2000年開始看韓劇的我，深深認為2010年是韓劇內容革命的元年。2010年之前，所有在亞洲大紅的韓劇，主因都是帥哥美女演員搭配華麗場景包裝，帶給觀眾一波波視覺饗宴。真要談論劇情，大多是人們熟悉的韓劇公式套路：高富帥男主角跟平凡女談著只有電視上才會發生的戀愛。

然而從2010年開始，韓劇在選題創意上與決心發展的速度與氣勢，讓每年的熱播題材五花八門，從外星人、穿越、前世今生到各式各樣類型劇，不只劇情完成度高，甚至跳脫以往被詬病的哭哭啼啼愛情劇，幾乎媲美節奏快速的美劇，而其中最成功的，莫過於刑偵懸疑推理類型劇的飛躍進步。在這類型編劇中，擁有自己風格、進入市場後又引領同類題材不斷出現的，我第一個想到、也必須感謝的莫過於金銀姬編劇。

堅持自己風格的編劇之路

金銀姬於2010年推出第一部作品前，我看的懸疑推理韓劇大都是披著類似場景（警察局、法院、醫院）跟角色設定的皮，骨子裡往往還是戀愛劇。推理辦案只是編劇讓男女主角談情說愛的工具，因此身為觀眾，還是只能把這類劇看作愛情劇，若想認真推理案件邏輯，只會敗興而歸。

這樣的無奈，直到第一次看金銀姬的作品才有被救贖的感覺。記得我在2012年第一次看了《幽靈》（2012年韓國首播），就感受到我的韓劇世界被開啟了新視野的震撼。看過上百部韓劇的我，第一次看到如此扎實撰寫一部純推理辦案的燒腦系韓劇，沒有硬兜的愛情線。在那次觀劇過程中，感受到金銀姬安排劇情推進的仔細，無論是人物設定到案件該有的專業知識，連每件案情帶給社會大眾何種好、壞影響，都在劇本中完整呈現，深刻感受編劇為報答螢幕前觀眾投資時間看劇的誠意，我也從此成為金銀姬編劇的忠實

觀眾，不但補看她先前的作品，之後的每部劇也絕不錯過。

推理劇並非容易收視率討好的類型，但金銀姬讓人佩服的是，她從第一部正式作品開始就只寫推理劇。《信號》是她的第四部正式作品，在觀賞這部劇時，很訝異也很開心看到一個好編劇該有的成長。她把自己在前三部作品累積的推理編排經驗去蕪存菁後，穿針引線的說故事手法更加純熟，且每一集的節奏安排也更顯俐落。

不只懸疑，更探討人性，賦予作品生命

《信號》與金銀姬以往作品比起來，最大的進步莫過於大幅加入人性剖析及反思。韓劇一直以來最迷人的特色是擅長書寫人與人之間的各種關係，但在《信號》之前，鮮少有一部劇能從犯罪推理切入，深入探討人性。

而《信號》最值得推薦之處，在於追求正義、不放棄希望的樂觀力量。雖然真心認為金銀姬筆下的主角們都好辛苦，但為了追求正確的答案，總是不放棄，不斷抽絲剝繭的往真相邁進，並在種種考驗中點出犯罪背後更該面對的社會問題，不應只是找到真相後就畫下句點。在現今社會中，比起不斷攀升的犯罪率，更可怕的是對於犯罪議題越來越冷漠的我們，那怕只有一點點，若能在這劇本中感受到金銀姬透過《信號》所傳遞的堅持及渴望散發的溫度，都能讓這世界變得更加溫暖，我是如此深信。

《信號》裡的韓國真實懸案

《韓國人和你想的不一樣》作者／太咪

我非常喜愛《信號》這部韓劇，無論是內容、演技或拍攝手法，精采程度直逼電影。而編劇金銀姬在撰寫劇本時，更從韓國真實發生過的懸案取材，讓劇情看起來更具真實性，令人悚然。接下來就來告訴大家，在劇中幾個重大案件的原型（以下文中提及真實案件中的韓文姓名皆為音譯）。

金有真誘拐案 vs. 朴娜莉誘拐案（박초롱초롱빛나리 유괴 살인 사건）

1997年，發生了一起韓國家喻戶曉的誘拐殺人案，1997年8月30日，當時27歲、懷孕8個月的女子全賢珠（전현주），在首爾蠶院洞的英文補習班前誘拐了當時只有國小二年級的朴娜莉（박나리），朴娜莉全名其實為「박초롱초롱빛나리」，具晶瑩發光的含意，因名字太長且特殊，因此取其簡稱為朴娜莉。

全賢珠成功帶走朴娜莉後，當天晚上用公共電話向她的父母打了3通電話，要求2千萬韓圜贖金（約新臺幣60萬）。誘拐後隔天，全賢珠在明洞某咖啡廳內向朴娜莉的父母要求贖金時，警方追蹤訊號找到那間咖啡店。當時店內有12名女性、1名男性，但警方僅簡單詢問後就釋放了所有人。

勒索電話錄音被警方公開，全賢珠的爸爸聽到錄音，於9月11日向警方舉發，說女兒在案發隔天9月1日後就不見蹤影。警方最後在案發14天後，於一間旅館內逮到全賢珠。但朴娜莉小妹妹在被誘拐當晚，全賢珠打完第一通勒索電話後就被下了安眠藥，然後被勒斃。

全賢珠受過良好教育，也很有教養，但在該年2月結婚後因為花了很多錢，欠下約3千萬韓圜債務，因此才誘拐朴娜莉、勒索贖金。被捕後，全賢珠被檢方求處死刑，後來判無期徒刑，目前仍在服刑中。

在以前的年代，很多人會給孩子取很長的特殊名字，但在此案件發生後，父母們為了避免受人注目，都盡量不幫孩子取這樣的名字。

京畿南部連續殺人案 vs. 華城連續殺人案（화성 연쇄살인 사건）

1986 年 9 月 19 日，在京畿道華城市泰安邑安寧里發現一名 71 歲女性的屍體，這就是韓國最知名懸案「華城連續殺人案」的開端。

從 1986 年到 1991 年一共發生 9 起案件、共 10 名女性遭到殺害，案發地點都在泰安邑半徑 2 公里範圍內。被害人年齡層不一，且遭到不同方式被性侵殺害。其中 4 具遺體被發現時，陰部有受損情況，在被害人體內或案發現場都有發現精液、頭髮或菸頭等物品。

這是韓國第一件連續殺人案，一開始只被當作個別的殺人案，但隨著調查更深人，受害者繼續出現，才被列為連續殺人案，受到全國關注。當時一共動員 180 萬名警察，調查超過 3 千名嫌犯，其中第 8 起案件，因犯人的體毛在現場被發現，之後被證實與此連續殺人案無關。

華城連續殺人案在 2006 年時，因為超過 15 年的公訴時效，最終以未結懸案告終。韓劇《岬童夷》、電影《殺人回憶》等也曾以這起事件為背景。 韓劇《隧道》中的連續殺人案也被推測是以這起案件為原型而製作的連續劇。

大盜案 vs. 大盜趙世亨（대도 조세형 사건）

大盜趙世亨（조세형）因只盜取富人或有權者而被稱為大盜。1982 年他被捕時，警方在他家發現共 5.75 克拉碎鑽及紅寶石戒指、卡地亞手錶等贓物。之後他入獄服刑 15 年，於 1998 年 11 月出獄，出獄後積極參與宗教活動。

2000 年他到日本參與宗教活動時，又在當地竊盜，被日本警察逮捕，在日本被判刑 3 年 6 個月，期間獲得減刑，於 2004 年回到韓國。回到韓國後，趙世亨仍不改其行，於 2013 年在瑞草區偷竊被捕，2015 年出獄後 5 個月又再度犯案，當時被捕的他已年近 80。

漢陽大橋崩塌事件 vs. 聖水大橋崩塌事件（성수대교 붕괴사건）

1979 年 10 月竣工的聖水大橋，在 1994 年 10 月 21 日上午崩塌，

因為這起事故造成 49 名駕駛、行人墜落橋下，其中 32 人死亡、17 人受傷。意外發生後，負責建造大橋的公司東亞建設公開道歉，更導致當時的國務總理李英德（이영덕）下台，首爾市長李元宗（이원종）也遭到解職。

紅院洞連續殺人案 vs. 新亭洞連續殺人案（신정동 연쇄살인사건）

2005 年 6 月與 11 月，在首爾陽川區新亭洞有 2 名女性遭到殘忍殺害。第一名女性年約 30 歲，在 6 月 6 日被綁架後，隔天於某住宅區垃圾桶內被發現，她上半身與下半身的屍體分別裝在兩個垃圾袋中，死因為頸部壓迫造成窒息死亡。在她的下體裡發現塞有兩個衛生棉及衛生紙，內褲是捲起來的，疑似被脫下後再拉上，胸前則有齒痕。警方懷疑是性侵殺害，但體內沒找到任何精液，因此無法掌握兇手特徵。

第二名女性是 40 多歲女性，在 11 月 20 日出門後就無音訊，她最後在新亭站的手扶梯被監視器拍到。她的遺體一樣被棄置在垃圾桶，以地墊及多層塑膠袋包裹，還纏有很多電線。死因一樣是勒斃，肋骨有骨折現象，應曾受到暴行。她被發現的地點與第一位女性相距只有 1.8 公里，衣服上沾有黴菌，警方判斷應曾待過地下室。

2006 年 5 月 31 日，第三位女性搭計程車要去木洞跟朋友碰面，但因為沒注意而開過頭，改在新亭站下車。在步行前往木洞的路上被犯人以刀子抵住肋骨挾持，雖然她大聲呼救，但犯人跟路人說女友喝醉了，因此沒有路人幫助她。

她被拖到新亭洞一個半地下房間，裡面還有另一個被推測為共犯的男性。她趁犯人上廁所時逃跑，卻往樓上逃而非往大門外。她躲在其他住戶的鞋櫃後沒有被發現，最後跑到附近的學校打電話給男友求救，才平安脫困。

在這之後，犯人可能覺得有被抓的危險，就沒有再犯案了。

仁州女高中生事件 vs. 密陽集體性侵事件
（밀양 지역 고교생의 여중생 집단 성폭행 사건）

2004 年，慶南密陽一帶發生了 44 名（也有些新聞寫 41 名）高中生集體性侵女學生的事件，所有加害者均為 1986 年生，當時已滿 18 歲。後來又有媒體稱共有 75 名加害人，不過後來都沒有針對這些加害人進一步調查。據稱其中許多加害學生的家長為公務員、市議員。

被害人為當時在蔚山讀國中的 13、14 歲崔氏姐妹以及表姐盧氏，另外還有一名國中生與一名高中生。加害者性侵這些女學生長達 1 年時間，並用手機拍照藉以威脅她們。

這起案件在調查過程中出現很多狀況，警方不知是否受到加害者家屬施壓，竟對被害少女說出：「密陽的水都被妳們弄髒了」、「應該是妳們先勾引的吧」等歧視言論。被害人要求由女警調查也被拒絕，個資還被警方公開。加害者及家屬更毫無反省之意，最後加害學生的刑期似乎也沒有很長，讓當時許多民眾都非常氣憤。此事件暴露出韓國社會對女性諸多歧視問題，韓國電影《青春勿語》也是以此事件為主題。

韓國的許多影視作品、節目都常以真實案件當作題材，進行各種不同改編，例如 SBS 於 1992 年開播的 節目《The Its Know》就會重新演繹並深入探討各種案件，很多案件也因為他們的節目才重新浮上檯面，引起大眾關注，甚至發生過觀眾要求重啟調查的情況。

我覺得這些影視作品並不是想讓大家獵奇或造成心理陰影，而是提醒民眾更關心這些社會案件，不讓世界太過冷漠。在《信號》之前、之後都一直有這樣子的韓劇題材，就是讓大眾關注社會議題的方式之一。我想《信號》的原著劇本不僅會讓喜歡《信號》的朋友再次回味這齣好戲，更能反思平常被我們忽略的社會議題。

提升觀眾品味，改變社會的劇本魔力

專欄作家／艾利斯

「只有徹底糾正錯誤，才能改變過去，進而改變未來。」這是李材韓最後一段對白，也總結了 2016 年那一部讓我們對劇情著迷與熱衷討論的《信號》。

用人情溫度處理冷門題材

一齣好的戲劇需要演員、導演和編劇三方的共同協力才能激盪出燦爛火花，進而吸引觀眾的矚目。做為戲劇主體的骨架，劇本構成了一部戲劇的個性，演員透過劇本給予的想像空間形塑角色，而這次換觀眾透過劇本，貼近編劇的異想世界。

做為一部懸疑刑偵劇，《信號》在題材的選擇上是冷門的，尤其當中的主軸又透過一部能跨越時空對話的對講機，這樣的奇幻內容讓觀眾對劇情充滿好奇，也挑戰觀眾的接受度，因此，要維持熱度甚至向上提升，需要的是能說服人的劇情鋪陳，而在金銀姬編劇用兩年時間進行取材與撰寫，當中的細膩也體現了編劇在訪問時所提到她寫劇本的堅持——「不用腦袋，而是用雙腳」。單憑想像所撰寫的劇情常常與現實產生悖論，只有實際的走訪與觀察後，所獲得的資訊才是最真實的，應用在劇情中也讓人更能產生共感。

影視作品足以影響社會發展

此外，《信號》也可說是打開了近年韓劇發揮警政題材的開關，在過去一年多來，幾乎每個時段都可以看到以法官、檢察官和警官為題材的影視作品。每部作品的製作動機其實都大同小異的希望能藉此喚醒大眾對社會的關懷，因此選擇領域陌生的題材，希望給予觀眾更多思考空間。這也呼應了金銀姬編劇在寫《信號》時所抱持的中心思想：「希望懸案不會被遺忘」。

《信號》從劇情一開始討論了公訴時效後，接著加入過去十年來就不斷被翻拍成影視作品的南韓著名未結懸案，如以華城連續殺人事件為主軸的電視劇《岬童夷》、以聖水大橋坍塌事件為雛型的

《恐怖直播》與柳永哲連續殺人事件的《追擊者》，以及依密陽性暴力事件為本的《青春勿語》。把這些灰暗人性的真實事件融合在同一部作品當中，描述處理上不以血腥暴力為呈現主軸，反而是基於希望能激起民眾對事件的討論為目的，讓觀眾有著滲血卻不痛的怵目驚心感，也更令人記憶深刻。

而要說電視劇的影響力，其實更遠超於電影和綜藝節目，即使後兩者在近年對社會法案的影響立下了重要的里程碑，如電影《熔爐》促成通過了對性暴力犯罪處罰特別法部分修訂法案；綜藝節目《無限挑戰》在「國民議員」特輯提出的《兒童虐待罪處罰法》，已在真實國會通過並進入修法程序，在在顯示出影視作品是能夠影響大家的生活環境。而電視劇因播出時間比前述兩者來得長，接觸的觀眾層面廣、收視門檻低，在播出過程中，透過觀眾對劇情的回饋不斷發酵和口碑行銷的效果，都讓《信號》的長尾效應比其他電視劇影響深遠。

不同於影像的文字穿透力

近年來，韓劇不斷更新製作題材，也相對升級了觀眾的觀看品味，原著劇本保留了編劇對角色的原始設定與未播出的片段描述，我也試著拿原著劇本、開著電視劇來回的對照閱讀、觀看，更是發現文字的穿透力與影像的動態呈現，能給予完全不同的劇情體驗。劇本所呈現的對白，賦予觀眾更寬廣的想像空間，同時也保留在影視作品中所無法感受到的文字溫度。希望大家可以透過劇本，除了品味與感受劇情，也從中品味與觀察演員演繹角色的方式，讓一部優秀的作品可以有不同層面的理解和感受。

故事說完前，依舊掛著懸念——《信號》的奇幻腹語術

編劇、作家／周紘立

《信號》幾乎是部零負評的「神劇」，網上滿是推推推。身為一個創作者，我時常哀嘆無劇可追，拋出這 Signal 後，識與不識的臉友動之以情，「慫恿」我去看《信號》，整串留言樓幾乎要讓人懷疑是電視臺的廣告。收服所有人心的戲難之又難，當晚我馬上看了第一集，從此花了兩天時間看完全劇，轉身去臉書推薦這部戲。

看電影或電視劇，在開頭前 15 分鐘就能揣測是好是壞，所以，我經常「棄劇」。然而，《信號》從頭到尾——故事將要說完前，依舊掛著懸念——堅持精良至最後一個畫面。這樣品質上等的戲，支撐故事的劇本，更令人想一窺究竟。

劇本和小說不同，劇本理應安份守己，簡潔俐落，透過動作、對白推演劇情；小說在先天上，作者是上帝，無論動用的是何種視角說故事，都意圖讓讀者走向預設的結局。縱使二者皆憑藉無數「事件」來「有戲可唱」，然小說講究文字經營，段落裡都有作者的影子。編劇則要旁觀，讓角色自由發揮，什麼人說什麼話，動作指示也要乾淨。於是，我特別鍾愛劇本。因為你大可以把主角想像成喜歡的人或明星，「想像」是最原始的天賦，無需成本，只要開始閱讀，燒錢、爆破、搞特效，都在腦中呈現，非常經濟實惠，順便拾回逐漸被磨鈍的想像力。

戲劇普遍被認為起緣於古希臘的羊人舞，戴著羊面具歌頌酒神戴歐尼修斯（Dionysus），感恩植物神賜予今年農作豐收，酒暈狂歡的躁動，卻是真實的人性。中、西方對「巫」的狂熱孕育了戲劇的雛形。文類分流之後，劇本成為邊緣人，小說、散文、詩歌百花齊放，唯獨劇本被束諸高閣——天曉得，它才是最貼近市井小民生活概況的「側記」！如前文所說，「想像」離現代人太遠了，嚴禁飛往外太空的 N 種方式，導致我們只能安穩如常的走在地球表面。

編劇金銀姬的《信號》便是一條擦亮匱乏想像的捷徑。在閱讀這部劇本時，你會不自禁的被她纖細靈敏的背景描述打動，恍若置

身彼處；今昔場景的調度不著痕跡，隨著她建構的經緯順利航行，不會因雙主軸而困頓停滯。尤其她神乎其技的準確、貼合每個角色理應會說的話語、性格，使人物躍然紙上，這是基礎，也是能耐。根據採訪，為了這齣戲她足足花了兩年時間，除了蒐集韓國懸案史料，我想，在琢磨「人」上必定下過苦功。所以劇本不單是視覺的，更是奇幻的腹語術。

我最欣賞的是編劇立基現實的翻案功德。假使是夢境般的天馬行空，《信號》不會獲得好評，它的美德在於從人性的醜陋中開出花，衣冠楚楚的政治家，為搏上位機關算盡，粉飾自己站在鎂光燈前；貌似無害的掌權者，卻是整齣戲 16 集中，各個事件最終指向的淵藪。觀眾在追劇時安撫了心靈，同時盼望司法能勿枉勿縱，修正重大案件的闕漏，例如：過了法律追訴期，罪犯漂白一身乾淨。

作品優劣，我認為在於看完戲之後，你心中是否有什麼被觸動了。這頓悟，由情感延伸至思考，如果它無法帶給你這樣深刻的思辨，情緒終究會淡，追劇或讀劇的時光等同浪費，幸虧《信號》不在此歸類。

《信號》雖是韓劇，但劇本成就令人震撼，因為你會在字裡行間找到自己，投射對美好生活的嚮往：現在的黑暗只是等待天亮。

穿越時空的好奇與良善

金鐘編劇、文化大學戲劇系副教授／陳世杰

收到厚厚的《信號》原著劇本書，很慶幸自己還沒看電視劇。因為忙碌與耐性不夠，我始終不是追劇一族。雖然自己也寫連續劇，卻常常買了 DVD、看看前兩集做個參考，就將之束之高閣。即使在網路盛行的時代，看見同行好友在社群網站如何盛讚某某劇集，最多也只是點開連結，略窺一二，包括這齣叫好叫座的《信號》。

大概是職業病的關係，身為一個出身劇場的影視編劇，我比較喜歡先閱讀文本。我一直很好奇這些文字創作在被影像化之前，是怎麼描述畫面、塑造角色、鋪排情節。可惜，市面上原著小說好找，原創劇本卻很少，尤其是連續劇，除非你是劇組相關人員，否則一般觀眾很難一睹劇本的廬山真面目。我自己也曾面臨即使想出版劇本集，卻因銷量與版權的緣故而無法付諸實現的窘況。

現在有了這套原著劇本，我終於可以先享受閱讀、觀摩，再與拍攝成品仔細逐一對照的樂趣了。同理，看過劇集的你，當然也可透過閱讀，穿越時空，追溯文字與影像之間相輔相成或彼此辯證的過程——就像劇中的朴海英與李材韓一樣。

將基本元素推展得更完整

《信號》與近幾年轟動的韓劇，大多採用「高概念」（High-concept pitch）的製作策略：俐落好記的劇名、符合角色的華麗卡司、簡單扼要的主旨和情節、強大又接連不斷且符合市場商機的戲劇衝突……以這些普世化的吸引力探索各式各樣的主題。而劇中角色追求的更是一個看得到、摸得到的目標（visible goal），讓觀眾因懸疑而產生好奇，願意跟隨主角努力克服重重障礙，展開一場又一場情緒高低起伏的獨特旅程。

《信號》的主要賣點「穿越」並非原創，撇開類似《回到未來》（Back to the Future）系列、《蝴蝶效應》（The Butterfly Effect），主角錯置時空，因而改變歷史或人生的基本元素，2000 年的好萊塢電影《黑洞頻率》（Frequency），即是描述因大自然的神奇力量，使身處現代的兒子與昔日年輕的父親，在無線電跨越時空產生連結的奇特狀況下進行對話，不但相互影響彼此的生活與決定，更因此改變往後的一生，甚至促使父子和解的科幻電影。

以我個人的推測，《信號》應該有受到這部電影啟發，進而推展成更具推理元素的連續劇，以朴海英童年的傷痛與記憶及李材韓的生死之謎為主軸，巧妙串連出這橫跨數十年的數件懸案。角色性格與事件發展緊緊相扣，雖有若干巧合之處，卻依然合乎邏輯，讓這齣雖具有單元性的連續劇，依然使觀眾願意在前一案件破案後，繼續欲罷不能的往下追看、尋求真相，又可在過程中窺探與猜測這些人物、案件在宿命上的關聯，編劇金銀姬在劇本結構上的功力，可見一斑。

體現劇作終極目標——人性

然而，「穿越」只是一種講故事的手段，藝術創作的功能不僅是娛樂與抒懷，追求宇宙的公理和正義，更是諸多戲劇作品的終極目標，特別是推理辦案的類型劇。那潛藏在鮮血、白骨與詭計之下的是更多關於慾望仇恨、社會階級與道德法律之間的詭譎辯證，不但藉由追查結果彰顯善惡，更在探討案件過程中，那關乎人性幽微且不可言傳的灰色地帶。《信號》不但寫出本格推理的奧妙暢快，更對國家、司法和歷史的絕對性，做了一番徹底的追索與針砭。

善宇　（微笑）海英好奇的事情那麼多，以後肯定會成為好人。
海英　為什麼？
善宇　因為你很關心這個世界。

這是身為罪犯側寫師的警察海英，在幼年時與哥哥善宇的一段對話。那時，善宇便已精準側寫出我們主角的良善性格。

人是複雜的動物，因為良善，我們對彼此存在包容與理解；因為慾望，我們追逐所求或排除異己；我們不時在罪愆與道德間擺盪、掙扎。但也因為好奇，所以我們閱讀、欣賞別人的創作，讓自己在作者的情感與理智所產生的結晶裡，仔細品味對照，繼續關心這個世界，試著成為好人。

這也是為什麼你即使已經看過影像作品，現在仍願意打開這套《信號》原著劇本的緣故了。

((口碑好評))

透過一個老舊對講機，讓朴海英意外聯繫上 15 年前的李材韓刑警，跨越 15 年的時差，共同解決過去到現在都無法偵破的長期懸案。

刑偵類型劇向來不是容易撰寫的劇本，《信號》之所以成為經典，就在於能將露出端倪的線索一一釐清，節奏明快的敘明與案件的關聯，並留下令人想一再探究的懸念，屏息期待下一集劇情的反轉。

金銀姬編劇不僅描繪冷硬的社會案件，也適當融入細膩的感情線，將三個主角內心的遺憾與彼此的情誼，共同凝聚成一股正向的意志貫穿全劇：「只要不放棄，就有希望」。

——資深劇迷／Resolver（「你今天 re 劇了嗎？」版主）

金銀姬作家的脈絡嚴謹且文筆細膩，原著劇本的精采度絲毫不輸螢幕上的呈現，角色神情跟語氣躍然紙上。隨著主角們鍥而不捨的精神和劇情的神推展，幾度讓我瞬間起雞皮疙瘩，讀著讀著，就不知不覺再度進入了《信號》的世界！

這不只是推理緝凶、將惡人繩之以法的故事，更重要的是，當人越加脆弱，也會更加堅強，正義的信念讓人在黑暗中看見曙光，改變未來！

——資深劇迷／王喵（「不看戲會死」版主）

忠實呈現原句的《信號》原著劇本，不僅是 2016 年的韓劇神作，更說出一個永不過期的刑警戀愛故事，他愛的不只是並肩作戰的菜鳥女警，更愛著無法捨棄的正義，讓《信號》超越單純的韓劇娛樂界限，融入未結懸案中被遺忘的靈魂與心痛。在每一次看似變態驚悚的個案中，提醒你我以溫柔對待周遭的人們。

假如你從未理解何以韓劇能引領亞洲風潮，假如你以為驚心動魄就是刑事案件的最高境界，假如你沒想過看連續劇還能反思社會現況，假如你，會被追求社會公平而吐露的字句撼動——《信號》原著劇本，你不能錯過！

——資深劇迷／貝爾達（「貝爾達日韓范特西」版主）

《信號》是近年來最好的韓國刑偵劇，既有社會寫實面上對案件的懸疑推理，也有藉由人的意志與情感推力，創造機會彌補種種缺憾的浪漫情懷。本劇無論在商業娛樂性與深刻的人物刻畫上，都表現相當出色，即便閱讀劇本都是欲罷不能的享受！

——編劇／吳洛纓

《信號》是我這幾年最喜歡的韓劇，完全折服於編劇的才華，不只是懸念轉折，就連人物情感的掌控也十分到位。如果你喜歡《信號》，那更應該讀一讀金銀姬編劇的文字劇本！

——《天黑請閉眼》導演／柯貞年

對於資淺編劇如我，選擇一部優秀的作品，在觀賞後，跟著回放影像或憑藉記憶，寫出它的劇本，然後與原劇本對照，將原劇本與影像互相參照，這個方法為我帶來莫大收穫。影像並非複誦劇本，劇本實為影像帶來一個迷人的計畫，擁有兩者，便能測知自己適合打造與保留多少空間給導演、表演及其他參與的創作者。《信號》的人物性格描寫與故事糾葛，實在棒極了！而且說起來，做為編劇就是得像朴海英，永遠樂觀的抱著那支對講機啊。

——《天黑請閉眼》編劇／傅凱羚

它幾乎改變了整個韓劇的歷史！單看劇本，你會懷疑自己根本是在看一部真實的電影，尤其人物刻劃極為用心，每個人性格上的缺陷無可避免的讓故事交織成一幅細膩的地獄繪卷。

在那裡，黑暗面與光明面並存，角色們為懸而未決的案件糾結掙扎，每當案情稍微綻露曙光，又被無情推向另一個深淵，閱讀時不禁為他們死命追緝的拚搏過程捏把冷汗，毫無冷場的情節推演，縝密的思路布局，充滿懸念和刺激，讓你不由自主代入角色心境，無論是受害者或刑偵人員，大家都不願放棄最後一絲希望，相信兇嫌終能繩之以法。贏得讀者共鳴，讓心臟緊張到快要跳出來的劇本，幸好有這樣的作品，讓那些不安的魂魄得以被拯救。

——荒野夢二手書店主人／銀色快手

韓劇類型故事精彩絕倫的背後，有著非常厲害的編劇，他們能在情節、人物和懸疑感間彼此兼顧，高超技巧有如魔術般引人好奇。《信號》原著劇本比電視劇更好看，同時也揭開一個優秀劇本的真實面目。

——偵探書屋探長／譚端

信號Signal：原著劇本／金銀姬 著；胡椒筒 譯. -- 初版. – 臺北市：時報文化，2018.1；面 ；14.8 × 21 公分. --（STORY；016-017）
ISBN 978-957-13-7256-3（上冊：平裝）
978-957-13-7257-0（下冊：平裝）
978-957-13-7283-9（全套：平裝）

862.5 106023143

ISBN 978-957-13-7257-0
Printed in Taiwan

STORY 017

信號Signal：原著劇本【下】

시그널 – 김은희 대본집 2

作者 金銀姬｜譯者 胡椒筒｜主編 陳信宏｜編輯 尹蘊雯｜執行企劃 曾俊凱｜封面設計 朱陳毅 Bert Design｜總編輯 李采洪｜發行人 趙政岷｜出版者 時報文化出版企業股份有限公司 10803 台北市和平西路三段240號3樓 發行專線—02-2306-6842 讀者服務專線—0800-231-705・(02)2304-7103 讀者服務傳真—(02)2304-6858 郵撥—19344724 時報文化出版公司 信箱—台北郵政79~99信箱 時報悅讀網—www.readingtimes.com.tw 電子郵件信箱—newlife@readingtimes.com.tw 時報出版愛讀者—www.facebook.com/readingtimes.2｜法律顧問 理律法律事務所 陳長文律師、李念祖律師｜印刷 勁達印刷有限公司｜初版一刷 2018年1月19日｜定價 新台幣450元｜（缺頁或破損的書，請寄回更換）

時報文化出版公司成立於一九七五年，一九九九年股票上櫃公開發行，二〇〇八年脫離中時集團非屬旺中，以「尊重智慧與創意的文化事業」為信念。